Norbert Sahrhage · Der tote Hitlerjunge

Da staunen die Bauarbeiter in der ostwestfälischen Kleinstadt Spenge nicht schlecht, als sie in ihrer Baugrube einen Toten finden. Laut Befund der Gerichtsmedizin ruht der Leichnam schon seit über 60 Jahren dort. Das Bielefelder Ermittler-Team um Hauptkommissar Klaus Korff findet heraus, dass es sich dabei wahrscheinlich um einen kurz vor Kriegsende verschwundenen Hitlerjungen handelt. Nur wenig später wird ein Rentner ermordet, der seinerzeit ebenfalls ein Mitglied der HJ war. Korff wittert einen Zusammenhang zwischen den beiden Fällen. Doch er kommt dem Täter nicht näher. Als ein Anschlag auf den Bruder des ermordeten Rentners verübt wird, beginnt ein spannender Wettlauf mit der Zeit, bei dem auch Korff ein persönliches Opfer bringen muss.

Norbert Sahrhage wurde 1951 geboren. Nach einem Studium der Geschichtswissenschaft, Sozialwissenschaften und Sport unterrichtet er seit 1981 als Lehrer an einem Gymnasium in Bünde; Promotion 2004; diverse Veröffentlichungen zur Regionalgeschichte.

Die Handlung ist frei erfunden. Jede Ähnlichkeit mit lebenden oder verstorbenen Personen ist rein zufällig.

Norbert Sahrhage

Der tote Hitlerjunge

PENDRAGON

Pendragon Verlag
gegründet 1981
www.pendragon.de

2. Auflage

Gedruckt auf holz- und säurefreiem Naturpapier

Originalausgabe
Veröffentlicht im Pendragon Verlag
Günther Butkus, Bielefeld 2010

ISBN 978-3-86532-197-8
Umschlag & Herstellung: Uta Zeißler (www.muito.de)
Gesetzt aus der Adobe Garamond
Lektorat: Stefanie Gomoll
Druck: Aalexx Buchproduktion, Großburgwedel
Printed in Germany

Die Hauptpersonen

Zeitebene Gegenwart

Klaus Korff	Kriminalhauptkommissar
Jörg Zeinitz	Kriminalkommissar
Helma Gebhard	Kriminalkommissarin
Bernhard Kemper	Rentner
Friedrich Kemper	Pensionär, Bruder von Bernhard Kemper
Helmut Dannhauer	Freund von Bernhard Kemper
Wolfgang Storm	Journalist
Arnold Wellenbrock	Hobbyhistoriker
Kurt Möller	Archivar

Zeitebene 1944/45

Hartmut Kollenberg	Gefolgschaftsführer der HJ
Bernhard Kemper	Hitlerjunge
Friedrich Kemper	Hitlerjunge
Waldemar Waskamp	NSDAP-Ortsgruppenleiter
Karl Kemper	Vater von Bernhard und Friedrich Kemper

TEIL 1

1. Kapitel

Freitag, 6. Oktober 1944

Bötzes Schlag traf den Gefolgschaftsführer völlig überraschend. Er verlor das Gleichgewicht, ruderte etwas ungelenk mit den Armen und fiel unkontrolliert nach hinten. Sein Hinterkopf prallte ungebremst gegen die scharfe Kante eines der großen Steine, auf denen die drei Hitlerjungen zuvor gesessen hatten.

Verzweiflung und Wut hatten den älteren der beiden Brüder dazu getrieben auf ihren Gefolgschaftsführer loszugehen. Als Hartmut Kollenberg bewegungslos vor ihnen lag, waren die Brüder erschrocken.

„Das hat er verdient", brachte Bötze schließlich hervor und beugte sich über den Gestürzten. Hartmut atmete flach und unregelmäßig, doch dann setzte der Atem ganz aus. Bötze stutzte, er zog den Oberkörper des Gefolgschaftsführers hoch und schüttelte ihn leicht, allerdings ohne Resultat.

„Hartmut", rief er, „Hartmut!"

Er blickte aber nur in die gebrochenen Augen seines Gefolgschaftsführers. Hartmut Kollenberg hatte sich durch den Sturz auf den scharfkantigen Stein eine tödliche Kopfverletzung zugezogen. Blut tropfte aus der Wunde am Hinterkopf und rann, der Schwerkraft folgend, über den Stein und versickerte dann in der Erde. Als auch dem Jüngeren dämmerte, dass der Gefolgschaftsführer tot war, setzten sich die beiden Jungen auf die Steine und warteten – ratlos und wie erstarrt.

Nach einer scheinbar endlosen Zeit stieß Bötze seinen Bruder an: „Komm, wir müssen ihn fortschaffen." Der jüngere Bruder erhob sich unsicher.

Sie säuberten zunächst den Stein mit Erde und Laub

vom Blut des Gestürzten und hievten dann den leblosen Körper des Gefolgschaftsführers über eine zerfallene Mauer, die die Obstwiese einst begrenzt hatte. Danach schleppten sie die Leiche in den benachbarten Wald, wo sie sie nach wenigen Metern auf einer freien Fläche im reichlich vorhandenen Laub ablegten.

Die Dunkelheit hatte bereits eingesetzt. Das dünne Mondlicht erhellte die kleine Lichtung ein wenig; tiefer im Wald war es bereits stockfinster.

„Wir verbuddeln ihn hier", flüsterte Bötze.

„Womit? Wir haben keinen Spaten!"

„Wir besorgen einen!"

In der nahe gelegenen Siedlung fanden sie schließlich den benötigten Spaten in einem unverschlossenen Schuppen. Sie schlichen zurück zum Wald, wo sie zunächst das Laub großflächig beiseite schoben, um in einer kleinen natürlichen Vertiefung eine etwa einen Meter tiefe, längliche Grube auszuheben. Sie wechselten sich bei der Arbeit ab. Da es in den letzten Wochen nur wenig geregnet hatte, war das Erdreich nicht sehr schwer und ließ sich gut bewegen. Schwierigkeiten bereiteten lediglich einige dünnere Baumwurzeln, die die beiden Jungen mit dem Spaten durchtrennen mussten.

Nach etwa einer halben Stunde hatten sie ihre Arbeit abgeschlossen und ließen den toten Gefolgschaftsführer in die Grube gleiten. Mit dem Spaten schob Bötze die ausgehobene Erde wieder in die Grube; sein Bruder trat die Erde fest, wobei er anfangs das Empfinden hatte, auf dem Leib des Toten herumzutrampeln, jedenfalls blieb der Untergrund zunächst sehr weich und gab unter seinen Füßen nach.

Wie betäubt standen die beiden schließlich neben der Grube und schoben mit den Händen das Laub über die eingeebnete Fläche. Mit der übrig gebliebenen Erde hatten sie zuvor die natürliche Vertiefung ausgeglichen, so dass der Platz nicht auffällig wirkte.

Sie säuberten den Spaten so gut sie konnten mit dem trockenen Laub, und Bötze brachte ihn dann ungesehen zurück in den Schuppen. Sein Bruder wartete in der Nähe.

Als die beiden Brüder über Umwege das elterliche Haus erreichten, war es bereits nach Mitternacht. Sie betraten das Fachwerkhaus durch den kleinen Stall, in dem die Familie ein Schwein hielt. Leise öffneten sie die Tür zum Flur und schlichen in ihr gemeinsames kleines Zimmer, zogen sich aus und legten sich wortlos in die Betten.

***

Donnerstag, 2. August 2007

Erwin Eggers schnippte das Filterstück der aufgerauchten Zigarette in die ausgebaggerte Grube und beendete damit seine Frühstückspause. Der mittelgroße, braun gebrannte Mann unbestimmbaren Alters, der eine von der Sonne verblasste Kappe auf seinem nahezu haarlosen Schädel trug, wollte gerade wieder in seinen kleinen Bagger klettern, als er stutzte. Am unteren Rand der etwa einen Meter tiefen Grube schimmerte etwas weißlich. Eggers schaute noch einmal und sprang dann schwerfällig in die Grube. Als er die Erdwand in Augenschein nahm, sah er, dass er sich nicht getäuscht hatte. Das waren Knochen, eindeutig. Vorsichtig schob er mit seinen Händen mehr von der Erde beiseite. Weitere kleine Knochen, vermutlich von einem Fuß, traten zutage. Eggers glaubte zudem einen menschlichen Unterschenkelknochen zu erkennen.

„Herr Wittschier, schauen Sie mal!"

Der Vorsitzende des Tennisvereins, der vorbeigekommen war, um sich von dem Fortschritt der Erdarbeiten zu überzeugen, und sich gerade angeregt mit einem weiteren Vorstandsmitglied unterhielt, blickte auf und kam dann langsam an die Baugrube heran.

„Ich wette, das hier ist ein menschliches Skelett!"

Auch Gernot Wittschier sprang in die knapp metertiefe Grube, indem er sich am Grubenrand abstützte. Kurze Zeit später folgte ihm sein Gesprächspartner. Beide betrachteten den Fund und schlossen sich dann der Einschätzung Eggers' an, der sich inzwischen eine neue Zigarette angezündet hatte.

„So leid es mir tut, wir werden die Polizei anrufen müssen", meinte Wittschier schließlich. „Das scheinen tatsächlich Knochen eines Menschen zu sein."

Wittschiers Gesprächspartner, Rechtsanwalt Kellinghaus, ein braun gebrannter, elegant gekleideter Mittvierziger, stöhnte leicht auf: „Das wird den Bau des Klubhauses aber verzögern."

„Vielleicht. Aber was meinst du, wird passieren, wenn wir das hier nicht melden und die Öffentlichkeit erfährt doch davon?" Er deutete auf die beiden älteren Männer, die am anderen Ende der Baggergrube standen und interessiert zusahen. Dann zog er ein Handy aus der Innentasche seines Jacketts und wählte die Nummer der örtlichen Polizeistelle.

Als gut 20 Minuten später ein Polizeiauto vorfuhr, standen der Baggerfahrer und die beiden Mitglieder des Tennisvereins noch in der Grube und unterhielten sich über den Knochenfund. Die beiden älteren Männer hatten ihren Morgenspaziergang schon fortgesetzt, waren aber, nachdem sie das Polizeiauto gesehen hatten, wieder zurückgekommen und verfolgten interessiert das weitere Geschehen. Von den angrenzenden Tennisplätzen waren einige Vereinsmitglieder hinzugekommen. Sie umringten die ausgeschachtete Grube. Mehrere hielten ihre Tennisschläger noch in den Händen. Nur von einem weiter entfernt gelegenen Platz hörte man in kurzen Abständen die typischen Plopp-Plopp-Geräusche geschlagener Tennisbälle.

Dem Wagen entstiegen zwei jüngere Polizisten. Sie grüßten die Anwesenden knapp und ließen sich vom Vereinsvorsitzenden den Fundort zeigen. Nachdem sie mit einer Digitalkamera mehrere Fotos gemacht hatten, sperrten sie die Grube mit Flatterband ab. Einer der beiden Polizisten, ein hochgewachsener Mann mit dunklen Haaren, die die Ohren reichlich bedeckten, ging zum Dienstfahrzeug zurück und gab einen kurzen Bericht an die Zentrale.

Als er zurückkam, informierte er die Anwesenden mit lauter Stimme: „Sie dürfen die Baugrube nicht mehr betreten. Die Arbeiten müssen vorerst eingestellt werden."

Kellinghaus meinte stoisch: „Na prima! Dann werden wir das Klubhaus wohl erst zur nächsten Saison einweihen können."

Erwin Eggers nahm einige persönliche Gegenstände aus seinem Bagger. Bevor er die Baggertür verschloss, ließ er sie demonstrativ zufallen.

„Bis bald. Sie melden sich bei meinem Chef, wenn's weitergehen soll!", verabschiedete er sich von Wittschier. Dieser nickte.

„Herr …", der dunkelhaarige Polizeibeamte zögerte. „Eggers", half ihm der Baggerführer.

„Herr Eggers, bitte bleiben Sie noch einen Augenblick. Wir müssen ein Protokoll aufnehmen. Schließlich haben Sie die Knochen gefunden."

Eggers murmelte etwas Unverständliches, lehnte sich dann aber an den Kleinbagger und zündete sich eine weitere Zigarette an. Er haderte bereits jetzt mit seiner Entscheidung, den Skelettfund gemeldet zu haben.

Wittschier wandte sich an den Polizeibeamten: „Wie lange wird es dauern, bis die Erdarbeiten fortgesetzt werden können?"

Der Beamte zögerte. Wittschier merkte, dass der Polizist bemüht war keine falsche Auskunft zu geben. „Ein paar Tage sicherlich. Gleich kommt erst einmal die Spurensicherung aus Bielefeld. Der Leichnam muss zunächst vollständig ausgegraben werden und dabei wird man auch den Fundort noch weiter untersuchen."

Nachdem sich der Beamte abgewandt hatte, tauschte Wittschier mit Kellinghaus einen längeren Blick, als wollte auch er sagen: „Wenn wir das gewusst hätten …"

***

Auf dem angrenzenden Gelände des Tennisvereins hatte sich hinter einem Maschendrahtzaun eine Reihe von Zuschauern eingefunden, die die Arbeit der mit zwei Fahrzeugen, einem Bulli und einem PKW, aus Bielefeld angerückten Spurensicherung aus der Distanz aufmerksam beobachteten. Auch einige Besucher des nahe gelegenen Freibades hatten sich vor der Absperrung zur Straße hin eingefunden. Die Zaungäste konnten sehen, dass die in weißen Overalls gekleideten Beamten sehr vorsichtig mit Spachteln, kleinen Schäufelchen und Pinseln die bereits erkennbaren Knochen ganz freilegten und nach und nach weitere Knochen zu Tage förderten, bis schließlich ein komplettes Skelett sichtbar wurde. Ein Fotograf dokumentierte jede Phase der Ausgrabung.

Die Zuschauer unterhielten sich und kommentierten dabei die Vorgänge. Einige Vorlaute sprachen die Beamten aus der Distanz an und stellten Fragen, erhielten aber keine Antworten.

Kurz vor Einbruch der Dämmerung kam ein weiteres Auto vorgefahren. Ihm entstieg ein einzelner Mann mittleren Alters und von kräftiger Statur, der die anwesenden Leute von der Spurensicherung freundlich grüßte und dann den Fundort des Skeletts in genauen Augenschein nahm.

Die noch Ausharrenden konnten sehen, dass der Mann – einer der Zaungäste vermutete laut, dass er der mit der Klärung des Falles beauftragte Kommissar sei – auch verschiedene Tüten betrachtete, in die offenbar weitere kleine Fundstücke gelegt worden waren. Um was es sich dabei handelte, war aus der Distanz nicht zu erkennen.

Die Spurensicherung arbeitete bis tief in die Nacht. Noch bevor es dunkelte, war ein Beleuchtungswagen der Polizei vorgefahren, dessen Scheinwerfer den Fundort in gleißendes Licht tauchten. Die Männer in ihren weißen Anzügen wirkten nun gespensterhaft. Zu diesem Zeitpunkt hatten die meisten Zaungäste ihren Beobachtungsplatz allerdings bereits verlassen.

***

„Schon erste Fakten?“, fragte Hauptkommissar Rolf Grohner den Leiter der Spurensicherung, nachdem er aus dem Auto geklettert war.

Hermann Dreyer, ein kleines, etwas verhutzeltes Männlein mit ungesunder gelblicher Hautfarbe, der in dem zu großen weißen Anzug – vorsichtig formuliert – ungünstig aussah, schüttelte den Kopf.

„Nicht viel. Die Knochen scheinen älter zu sein, sind aber noch gut erhalten. Der hintere Teil des Schädels weist vermutlich eine Fraktur auf und der Zustand der weiteren Funde ist eher schlecht. Nur eine lederne Brieftasche ist noch recht gut erhalten. Wir haben sie allerdings noch nicht geöffnet. Das sollen die Leute im Labor machen. Vielleicht enthält die Brieftasche ja noch irgendwelche Hinweise, die etwas über die Identität der gefundenen Person aussagen."

„Danke, das war doch schon eine Menge. Darüber, wie lange das Skelett im Boden liegt, kannst du mir sicherlich noch keine Auskunft geben?"

Dreyer seufzte. „Sicherlich viele Jahre, nach dem Aussehen des Schädels zu urteilen vermutlich mehr als zwanzig. Eine genauere Datierung wäre aber wilde Spekulation. So häufig kommen solche Funde nun auch wieder nicht vor. Wir müssen die weiteren Untersuchungen abwarten."

„Gut. Dann will ich euch nicht länger stören. Ich höre von dir."

Dreyer nickte und wandte sich wieder seiner Arbeit zu. Grohner ging die paar Meter bis zu dem Tapeziertisch, auf dem die von den Mitgliedern der Spurensicherung in Pergamenttüten gesicherten Fundstücke lagen. Eine Tüte, in dem sich ein größeres Objekt aus Leder befand, zog Grohners Aufmerksamkeit auf sich. Es schien sich dabei um die von Dreyer beschriebene Brieftasche zu handeln.

Grohner sah sich das feuchte, mit Erde behaftete schwarze Objekt noch einen Augenblick an, dann verabschiedete er sich von den anderen Männern und ging zu seinem Wagen. Er ließ sich auf den Sitz fallen. Er fühlte sich nicht besonders gut, war matt und hatte in den letzten Wochen schlecht geschlafen. Am Wochenende hatte er auf der Baustelle seines Schwagers und seiner Schwester geholfen, die seit mehr als einem Jahr in der Senne ein Haus in Eigenregie bauten und dabei natürlich auf die Mithilfe der engeren Verwandtschaft angewiesen waren. Am Samstagnachmittag hatten sie nach getaner Arbeit noch auf der Baustelle zusammen gesessen und Bier und Schnaps getrunken – und viel geraucht. Auch jetzt spürte er plötzlich diese bleierne Müdigkeit, die ihn in letzter Zeit häufiger überfiel. Er sollte mal zum Arzt gehen, einen Gesundheitscheck vornehmen lassen.

Dann schob er den Gedanken beiseite und zündete sich eine Zigarette an. Augenblicklich fühlte er, dass sein Puls beschleunigte und dass ihm der Schweiß ausbrach. Er drückte die Zigarette aus und atmete ein paar Mal tief durch. Als es ihm etwas besser ging, startete er das Auto.

2. Kapitel

Samstag, 7. Oktober 1944

Um halb sieben morgens, nach nur etwa sechsstündiger Bettruhe ohne richtigen Schlaf, hörten sie den Wecker klingeln. Während der ältere Bruder noch wie gelähmt in Bett liegen blieb, stand der Jüngere sofort auf und zog sich an. Er zitterte leicht. Im Zimmer war es kühl.

„Ich begleite dich zum Bahnhof, Bötze", sagte er. „Ich werde vorher noch unsere Schuhe putzen, sie sind bestimmt sehr schmutzig."

Bötze nickte, stemmte sich hoch und saß auf dem Rand des Bettes. Heute Morgen mussten alle Hitlerjungen des Jahrgangs 1928 auf dem örtlichen Kleinbahnhof antreten. Von dort aus sollten sie zum Arbeitseinsatz an den Westfalenwall* transportiert werden.

Während Bötze sich wusch, die Zähne putzte und sich anzog, sah ihm sein Bruder schweigend zu. Bötze legte beruhigend seinen rechten Zeigefinger auf die geschlossenen Lippen. Der Jüngere verließ das Zimmer.

In der Zeit, in der Bötze das Schwein versorgte, säuberte sein Bruder die Schuhe. Etwas später betraten die Brüder die noch unbeheizte Küche, wo ihre Eltern bereits auf sie warteten. Seine Mutter hatte die Sachen ihres älteren Sohnes gepackt.

„Jetzt sollen Kinder für den Endsieg sorgen. Heil Hitler!" Die Verachtung in der Stimme ihres Vaters war unverkennbar. „Pass gut auf dich auf, Junge. Die Zeit für Heldentaten ist vorbei. Jetzt geht es nur noch darum, einigermaßen unbeschadet aus der Sache herauszukommen."

Die Mutter weinte leise. Sie hatte dem Sohn drei Päckchen mit Butterbroten auf den Tisch gelegt. Sie drückte Bötze an sich: „Bitte, bitte sei vorsichtig." Der Junge nickte.

Auch sein Vater umarmte Bötze etwas ungelenk, nahm dann seine verschlissene alte Aktentasche und humpelte zur Tür.

„Denk dran, ich will dich hier gesund wiedersehen. Es reicht, wenn wir einen Kriegskrüppel in der Familie haben!"

Er wandte sich ab. Er wurde pünktlich in der Weberei erwartet, wo er nach verletzungsbedingter Rückkehr aus dem Krieg als Pförtner arbeitete und den Kollegen der Nachtschicht ablösen musste.

Wenig später verließen auch die beiden Brüder das Haus. Sie hatten ihre Mutter davon abbringen können, sie zu begleiten. Der Jüngere trug einen kleinen Koffer, während Bötze den „Affen", einen Rucksack, der zur Ausrüstung der Hitlerjugend* gehörte, auf dem Rücken hatte. Sie gingen die noch feuchte Adolf-Hitler-Straße hinauf. Autos fuhren nicht. Die Morgenkühle ließ die beiden Jungen frösteln. Als sie den Friedhof und die Kirche passiert hatten, lag ihr Ziel, der Kleinbahnhof, fast in Sichtweite.

„Niemand hat uns gestern zusammen mit Hartmut gesehen", brach Bötze das Schweigen. „Ich verschwinde jetzt für ein paar Wochen und dich wird niemand verdächtigen."

Sein Bruder blickte auf die Straße und weinte leise. Er hatte sich zuhause zusammengerissen. Jetzt brach es aus ihm heraus. „Es war doch ein Unglücksfall, Bötze. Niemand darf dich dafür bestrafen. Wenn wir jetzt zur Polizei gehen und sagen, dass es …"

„Wenn wir jetzt zur Polizei gehen, wird uns niemand glauben. Wenn es ein Unglücksfall war, weshalb hätten wir Hartmut dann begraben und alle Spuren verwischen sollen?", unterbrach ihn der ältere Bruder. „Es gibt keine Zeugen, niemand wird Hartmut finden. Die Amerikaner sollen schon ganz Frankreich erobert haben. In wenigen Wochen ist der Krieg zu Ende. Die Sache wird bald in Vergessenheit geraten. Glaub mir, du bist zu jung, niemand wird dich verdächtigen, und ich bin weg. Wenn wir schweigen, wird nichts herauskommen. Denk auch an Vater!"

Der Jüngere beruhigte sich und wischte sich mit dem Handrücken die Tränen von den Wangen.

Vor dem Kleinbahnhof standen bereits einige Hitlerjungen mit ihren „Affen" und weiterem Gepäck. Auch einige Eltern waren anwesend. Trotz der bereits kühlen Jahreszeit trugen die Jungen die HJ-Uniform: braunes Hemd, kurze schwarze Hose mit Koppelschloss, helle Kniestrümpfe und Halbschuhe.

Scharführer Günter Offels, ein kräftiger braunhaariger Junge mit etwas vorstehenden Schneidezähnen, blickte aufgeregt umher.

„Habt ihr Hartmut gesehen?", fragte er die neu Angekommenen. „Er wollte uns verabschieden." Die beiden Brüder schüttelten die Köpfe, trotteten weiter und stellten sich zu den übrigen.

Kurze Zeit später traf Ortsgruppenleiter Waskamp, Inhaber einer kleinen Zigarrenfabrik, ein. Er kam in seiner braunen Uniform und schwarz glänzenden Stiefeln etwas schwerfällig mit dem Fahrrad die Straße hinaufgeradelt und schnaufte leicht, als er abstieg und das Rad an die Mauer der Bahnhofsgaststätte lehnte. Er gab dem Scharführer ein Zeichen. Offels ließ die Jungen antreten.

Waldemar Waskamp blickte die Anwesenden an, hob den Arm zum Hitlergruß und sagte mit lauter Stimme: „Wir haben uns heute hier versammelt, um mitzuwirken am Endsieg des deutschen Volkes über unsere Feinde. Der Westfalenwall, an dessen Bau mitzuhelfen ihr die Ehre habt, wird für unsere Feinde ein unüberwindbares Hindernis darstellen. Er wird unserer Wehrmacht und dem Volkssturm Gelegenheit geben, die Kräfte erneut zu organisieren und die Feinde des Deutschen Reiches endgültig zu besiegen. Der Führer hat noch einige Trümpfe im Ärmel. Er weiß, dass er sich auf die deutsche Jugend verlassen kann. Ihr seid die Nachfahren des Arminius, der die Römer aus dem Stammland der Germanen geworfen hat, und die Nachfahren Widukinds, an denen sich Karl der Große trotz zahlenmäßig überlegener Truppen lange Zeit die Zähne ausgebissen hat. An euch werden auch die Feinde des Dritten Reiches verzweifeln."

Bötze sah, dass die Augen einiger Jungen leuchteten. Sie nickten. Die Rede des Ortsgruppenleiters wurde durch einen lauten Pfiff der sich ankündigenden Kleinbahnlokomotive unterbrochen. Wegen der aufkommenden Unruhe fasste sich der Hoheitsträger kurz: „Die Partei ist stolz auf euch. Die Heimat wird an euch denken, wenn ihr eure Pflicht tut." Die Rede des Ortsgruppenleiters endete mit dem obligatorischen „Heil Hitler!" Auch die Jungen und die umstehenden Eltern wünschten dem Führer Heil.

Es war kurz vor acht Uhr. Die noch in der Zeit des Kaiserreiches gebaute Kleinbahnlokomotive rollte ein. Etwa 30 Hitlerjungen bestiegen einen der beiden Personenwaggons. Wenig später ruckte der Zug an. Die Jungen winkten ihren Eltern zu, soweit sie mit zum Kleinbahnhof gekommen waren. Bötze sah seinen jüngeren Bruder an, der an der Wand der Bahnhofsgaststätte lehnte und ihn unverwandt anschaute. Dann hatte der Zug den kleinen Bahnhof verlassen.

***

Montag, 6. August 2007

Der Skelettfund war Thema vieler Gespräche in der kleinen Stadt. Die Gerüchte mehrten sich, je länger die Menschen Gelegenheit hatten über den Fund nachzudenken. Zunächst wurde vermutet, dass es sich bei dem Toten um einen Franzosen aus der Zeit der Befreiungskriege handelte. Arnold Wellenbrock, ein pensionierter Verwaltungsangestellter, der allgemein als Ortshistoriker anerkannt war, verwies in einem Zeitungsinterview darauf, dass im Oktober 1813, nach der Völkerschlacht bei Leipzig, ein Trupp versprengter napoleonischer Soldaten zu Pferde die Gegend durchquert hatte und dabei in ein Scharmützel mit preußischen Kavalleristen geraten war. In dem überlieferten Tagebuch eines Pfarrers wurde darüber berichtet, dass die Franzosen dabei Verluste erlitten hätten. Ihre Leichen seien seinerzeit einfach verscharrt worden.

Als weitere Möglichkeit wollte Wellenbrock nicht ausschließen, dass es sich bei dem gefundenen Skelett um einen der drei russischen Zwangsarbeiter handelte, die im Jahre 1944 bei einem englischen Tieffliegerangriff auf einem nahe gelegenen Feld bei Erntearbeiten irrtümlicherweise beschossen und getötet worden waren. Da der Ortsgruppenleiter untersagt hatte, die „bolschewistischen Untermenschen“ auf dem örtlichen Friedhof zu beerdigen, waren die drei Zwangsarbeiter irgendwo in der Nähe vergraben worden. Nach Kriegsende hatte eine Kommission der Sowjetischen Militäradministration veranlasst die Leichen zu exhumieren und auf dem Friedhof zu bestatten. Eine der Leichen sei seinerzeit allerdings nicht gefunden worden.

***

Für Bäckermeister Konrad Budde war klar, dass es sich bei dem Skelettfund um den kurz vor Kriegsende verschwundenen Hartmut Kollenberg handeln musste.

„Hartmut war ein zackiger Hitlerjugendführer, ein Hundertfünfzigprozentiger. Der Onkel meiner Frau hat ihn noch gekannt und mir davon erzählt. Kollenberg ist wenige Wochen vor dem Einmarsch der Amerikaner verschwunden, niemand hat ihn mehr gesehen. Es wurde gemunkelt, er habe sich dem Werwolf* angeschlossen. Im Nachbarort ist kurz nach dem Einmarsch ein Bürgermeister von Mitgliedern des Werwolfs erschossen worden, weil er zu sehr mit den Amerikanern kooperiert und aktive Nationalsozialisten verraten hatte."

Budde, ein mittelgroßer Mann von etwa 65 Jahren, hatte seine Mitturner von der „Asthmariege", wie sich die Sportler selbstironisch nannten, im Umkleideraum der kleinen Sporthalle, die in unmittelbarer Nähe des Fundortes lag, um sich versammelt und teilte seine Erkenntnisse vor Trainingsbeginn allen, die es hören wollten, mit. Die Mitglieder der „Asthmariege" waren allesamt schon in die Jahre gekommen. Neben der Gymnastik und dem wöchentlichen Fußballspiel stand auch die gesellige Runde in der Kneipe nach dem Training bei den Mitgliedern hoch im Kurs.

„Später wurde auch erzählt, Hartmut habe sich Wehrmachtssoldaten angeschlossen und sei mit ihnen bis zum Weserbogen bei Rinteln gezogen, wo man versucht hat, gegen die anrückenden amerikanischen Panzerverbände eine neue Verteidigungslinie aufzubauen. Dort sei er vermisst. Aber richtige Beweise hat man für diese Vermutungen nie gehabt. Seine Gasteltern haben bis zu ihrem Tod darauf beharrt, dass Hartmut bereits hier in der Gemeinde einem Verbrechen zum Opfer gefallen sei."

„Wieso ‚Gasteltern'?" unterbrach Martin Hahne den Redefluss des Bäckermeisters, der auf seinen Auslieferungsfahrten täglich viele Gespräche mit seinen Kunden führte und dadurch stets über alle Neuigkeiten informiert war.

„Hartmut Kollenberg stammte nicht von hier. Er war seinerzeit aus dem Ruhrgebiet evakuiert worden, als dort die Fliegerangriffe überhand nahmen. Ich glaube, seine Eltern und seine Geschwister sind bei den Fliegerangriffen ums Leben gekommen. Hartmut ist dann hier bei der Familie Kettering einquartiert worden, seinerzeit stramme Nazis, die den Jungen in ihr Herz geschlossen und ihm Familienanschluss gegeben haben. Der alte Kettering war Mitglied der Ortsgruppenleitung und hat wohl dafür gesorgt, dass Hartmut in die Führungsriege der HJ aufgenommen wurde."

„Friede seiner braunen Seele. Ich will jetzt kicken!" Werner Wecker, der nach der Wende mit seiner Familie aus Magdeburg nach Spenge gekommen war und den die – wie er immer wieder etwas abschätzig betonte – „heimatlichen Reminiszenzgeschichten" nervten, die nach dem Training am Stammtisch häufig die Runde machten, war zu der Gruppe getreten und gab seinem Wunsch nach sofortiger sportlicher Betätigung Ausdruck. „Wir sind doch schließlich nicht zum Spaß hier", schob er nach, als die Zuhörer des Bäckermeisters nicht sofort reagierten.

Einige der Umstehenden lachten. Sie lösten sich langsam von Konrad Budde, der offenbar keine weiteren Einzelheiten zu berichten wusste, und betraten den Hallenraum, wo Übungsleiter Alfred Tenhoff bereits auf sie wartete und sie mit dem obligatorischen: „Auf Männer, los geht's!" begrüßte. Dann trabten die vierzehn Teilnehmer gemächlich los, um ihre Muskulatur zu erwärmen; harmlose Witze machten weiter die Runde und überspielten bei einigen „Asthmatikern“ den Anfangsschmerz, der bei den ersten intensiveren Bewegungen einsetzte, dann aber langsam verebbte.

3. Kapitel

Samstag, 7. Oktober 1944

In Herford stiegen die Jungen von der Kleinbahn in einen Sonderzug um, in dem bereits weitere Hitlerjungen aus der Region warteten, die sie zum Teil von früheren Geländespielen und HJ-Treffen kannten. Um die Mittagszeit erreichten die Jungen schließlich den Ort Borken nahe der niederländischen Grenze, wo sie allerdings auf freier Strecke den Zug verlassen und im Laufschritt ein nahes Waldstück aufsuchen mussten, weil der Zug von englischen Tieffliegern angegriffen wurde.

Da nach dem Angriff der Druckkessel der Lokomotive beschädigt worden war, hatten die Jungen noch etwa sieben Kilometer weit zu marschieren, bis sie in dem kleinen Ort Ramsdorf ankamen, wo sie in einer leer geräumten Schule ihr Lager bezogen. Ihre Schlafstätten mussten sie aus Strohsäcken und Decken herrichten.

Es dämmerte bereits, als sie von einem Hitlerjugendführer nach draußen gerufen wurden, wo sie ungefähr eineinhalb Meter tiefe und 60 bis 80 Zentimeter breite Gräben anlegen mussten. Der Hitlerjugendführer erklärte ihnen, dass sie die Deckungslöcher aufzusuchen hätten, wenn Tiefflieger kämen. Tiefflieger seien hier in der Gegend eine große Gefahr. Das wussten die Jungen bereits aus ihrer Heimat. Nahezu jeder von ihnen hatte bereits Erfahrungen mit Tieffliegern gemacht oder hatte von gefährlichen Begegnungen mit Tieffliegern gehört.

Die erste Nacht verlief ohne Störungen. Die Jungen wurden um sechs Uhr geweckt, wuschen sich und nahmen ein knapp bemessenes Frühstück ein.

Kurze Zeit später marschierten sie los. In weniger als einer halben Stunde waren sie am so genannten Westfalenwall angekommen, bei dem es sich um einen etwa vier bis fünf Meter breiten und etwa drei Meter tiefen Panzergraben handelte. Die Hitlerjungen aus dem Kreis Herford wurden in dem Wallabschnitt zwischen Ramsdorf und Weseke eingesetzt.

Die Arbeit war schwer. Bötze wurde beim Schaufeln immer wieder an die Geschehnisse in der vorletzten Nacht erinnert. Er freundete sich aber rasch mit den beiden Jungen an, die rechts und links neben ihm arbeiteten, so dass er während der Arbeit genug Ablenkung hatte. Kurt, ein kleiner, drahtiger, dunkelhaariger Junge, kam aus dem benachbarten Enger, während der etwas dickliche Siegfried aus Bochum stammte. Wie er Bötze erzählte, war er Anfang des Jahres nach Vlotho ausquartiert worden, weil die Luftangriffe auf das Ruhrgebiet immer heftiger geworden waren.

Während der Mittagspause erlebten die Jungen ein makaberes Schauspiel. Nach dem Essen befahl ihnen der HJ-Gebietsführer, ein hochgewachsener, schlanker junger Mann mit einem etwas blasierten Gesichtsausdruck, in zwei Reihen Aufstellung zu nehmen. Bötze schätzte, dass der Gebietsführer bereits 20 Jahre oder älter war. Er schien Fronterfahrung zu besitzen, denn die Funktionsfähigkeit seines linken Arms war beeinträchtigt, vermutlich die Folge einer Kriegsverletzung. Die Jungen wurden aufgefordert, ihre Gürtel zu lösen. Dann wurde ein Hitlerjunge, eskortiert von zwei anderen Jungen, herangeführt. Der Junge trug eine verdreckte und zerrissene HJ-Hose, sein Oberkörper war nackt. Die Knie des Jungen waren aufgeschlagen und blutig. Er hatte ein verweintes Gesicht, seine Haare waren verklebt. Er blickte auf den Boden.

Der HJ-Gebietsführer wandte sich an die Jungen: „Das hier ist Franz Berger aus Wiedenbrück. Er hat in der letzten Nacht versucht, unsere Gemeinschaft zu verlassen und zu desertieren. Er wollte nach Hause, zu seiner … Mutter.“ Wie vom Gebietsführer durch seine Kunstpause beabsichtigt, lachten einige Hitlerjungen. „Er hat damit unsere Gemeinschaft verraten und die Wehrkraft unseres Volkes geschwächt. Solch ein Verhalten verdient keine Schonung. Nehmt jetzt eure Gürtel und zeigt dem Schädling, wie deutsche Jungen mit Verrätern umgehen. Denkt daran, dass er eure Arbeit sabotiert hat.“

Franz Berger wurde von den beiden ihn festhaltenden Jungen in die Gasse gestoßen, die aus den in zwei Reihen aufgestellten Hitlerjungen gebildet wurde. Er machte einige unsichere Schritte nach vorn, da schlugen die ersten Jungen auch schon zu. Manche hatten ihren Gürtel so gefasst, dass sie den Rücken des „Deserteurs“ mit ihren Koppelschlössern trafen. Der Junge schrie, während er versuchte so schnell wie möglich vorwärts zu kommen. Bötze schaute nach rechts, von wo sich Franz Berger näherte. Er blickte dabei in die konzentrierten, teilweise auch hasserfüllten Gesichter seiner Kameraden. Nur wenige schienen die Aktion zu missbilligen. Vielen bereitete es offensichtlich ein Vergnügen an der Strafaktion teilzunehmen. Sie schlugen mit voller Kraft zu, als Berger sie passierte. Bötze hielt sich zurück. Er sah, dass auch Kurt und Siegfried es vermieden hart zuzuschlagen.

Am Ende der Gasse stürzte Franz Berger. Er hielt dabei eine Hand schützend über den Hinterkopf, mit der anderen versuchte er den Sturz abzumildern. Die umstehenden Jungen ließen es sich nicht nehmen, den Gestürzten mit weiteren Schlägen zu traktieren. Bötze schaute weg. Auf einen Wink des Gebietsführers wurde der nur noch wimmernde Berger schließlich von zwei Hitlerjungen weggebracht. Sein Rücken sah fürchterlich aus. Er war an mehreren Stellen durch Schläge mit den Koppelschlössern aufgeplatzt und blutete. Durch die zahlreichen Striemen schwoll er an und begann sich blaurot zu verfärben.

Bötze blickte zu Kurt und Siegfried und sah in ihren Gesichtern Abscheu, andere Jungen hingegen lachten. Wie Bötze später erfuhr, waren Grausamkeiten der gerade erlebten Art nichts Ungewöhnliches und gehörten zum Lageralltag.

***

Donnerstag, 9. August 2007

Gerüchte über den Skelettfund kursierten noch eine Weile in der Kleinstadt, dann kehrte vorübergehend Ruhe ein. Als die Lokalzeitung einige Tage später einen längeren Artikel über den Fall brachte, war der Fund jedoch wieder in aller Munde.

„Hier, es ist so, wie ich gesagt habe."

Konrad Budde warf die Ausgabe der Neuen Westfälischen auf die Theke. Martin Hahne griff nach der Zeitung und schlug die Lokalseite auf. Die beiden Männer hatten sich abends in der Meierei, einem nahe den Tennisplätzen gelegenen Gasthaus, getroffen, um über die weiteren Aktivitäten der „Asthmatiker" während des Sommers zu sprechen, da für den Rest der Schulferien die Sporthalle geschlossen war.

„Da hat Arnold Wellenbrock mit seinen Franzosen oder Russen ganz schön daneben gelegen."

Martin Hahne hörte nur mit halbem Ohr zu. Er überflog bereits den Artikel, der über die ersten Ergebnisse der polizeilichen Untersuchung informierte. Der Lokalredakteur hatte sorgfältig recherchiert und seine Erkenntnisse dann zusammengefasst. Zunächst berichtete er über die anstehende Erweiterung des Tennisgeländes und den damit in Zusammenhang stehenden Bau eines neuen Klubhauses. Er zitierte dabei den Vereinsvorsitzenden Wittschier, der sich besorgt über die Einhaltung des bestehenden Zeitplanes äußerte. Ein Foto zeigte Wittschier vor der mit Flatterband markierten Absperrung des Fundes. Auch Baggerführer Eggers wurde zitiert. Er beschrieb, wie er nach seiner Frühstückspause auf die Knochen aufmerksam geworden war. Der Lokalredakteur ging dann in einer längeren Passage auf eine Pressekonferenz ein, die von der Bielefelder Staatsanwaltschaft am Vortage abgehalten worden war. Danach hatte die gerichtsmedizinische Untersuchung ergeben, dass es sich bei dem Fund um die Knochen eines männlichen Jugendlichen beziehungsweise jungen Mannes im Alter zwischen 15 und 20 Jahren handelte. Überreste in Form eines noch teilweise erhaltenen Ledergürtels ließen die Vermutung zu, dass der Tote im Zeitraum zwischen 1933 und 1945 begraben worden war, da das Koppelschloss des Gürtels in der besagten Zeit zur Ausstattung von Mitgliedern der Hitlerjugend gehört habe. Der Vertreter der Polizei berichtete von weiteren Funden, unter anderem von den Überresten eines Fahrtenmessers und einer ledernen Brieftasche, deren Inhalt aber sehr brüchig und noch nicht restauriert und damit auch noch nicht auswertbar sei. Auch das Fahrtenmesser habe zur Ausrüstung der Hitlerjugend gehört.

Der Vertreter der Polizei betonte, dass man ein Kapitalverbrechen, d.h. einen Mord, nicht ausschließen könne, da der Schädel des Toten im hinteren Bereich eine deutliche Fraktur aufweise. Die Fraktur befände sich zwar unterhalb der so genannten Hutkrempe, was eigentlich dafür spreche, dass die Verletzung Folge eines Sturzes sei. Auf ein Gewaltverbrechen deute aber hin, dass die Leiche offenbar heimlich verscharrt worden sei. Ermittlungen seien bereits aufgenommen worden. Angaben zur Identität der gefundenen Person könnten noch nicht gemacht werden, obgleich es Vermutungen gebe. Diese müssten jedoch noch bestätigt werden. Die bislang durchgeführten Untersuchungen stützten allerdings die Vermutungen der Polizei. Der Lokalredakteur stellte abschließend eigene Überlegungen zur Identität des Toten an. Er kam dabei zu dem Schluss, dass es sich bei dem Knochenfund wohl nur um die Überreste des Hitlerjugendführers Hartmut Kollenberg handeln könne.

Martin Hahne legte die Zeitung beiseite, nickte und prostete Konrad Budde zu. Der Wirt hatte den beiden Männern inzwischen zwei Gläser Bier auf den Tresen gestellt.

„Du hast ein feines Näschen, Konrad. In solchen Fällen macht es sich bezahlt, dass du halb Spenge kennst."

„Das hat mir meine Frau auch schon gesagt. Ich habe inzwischen erfahren, dass Kollenberg von der Familie Kettering adoptiert werden sollte, um später die Firma des alten Kettering zu übernehmen."

„Na, da kann sich Joachim Kettering ja freuen, dass Kollenberg als Erbe ausgefallen ist."

„Der würde dann vielleicht ein weniger großes Wort führen", meinte Budde und wies auf einen etwa fünfzig Jahre alten Mann mit etwas groben Gesichtszügen und schütterem Haarwuchs, der am anderen Ende des Tresens stand und drei Zuhörern in bierseliger Stimmung verkündete, bei der nächsten Kommunalwahl für das Amt des Bürgermeisters kandidieren zu wollen. Jemand müsse mal im Rathaus gehörig aufräumen.

Hahne nickte und grinste. „Joachim ist heute wieder in Form."

„Na ja, mein Fall ist er nicht. Hast du ihn schon mal gehört, wenn er über die Zeit des 'Dritten Reiches' spricht? Das ist unfassbar."

„Bei dem Thema ist er in der Tat ziemlich vernagelt. Sein Onkel war damals Mitglied der NSDAP-Ortsgruppenleitung und hat ihn sicherlich beeinflusst. Schließlich hat er auch das Unternehmen seines Onkels geerbt."

„Wenn ich unsere Gemeindearbeiter sehe", tönte Kettering lautstark zu ihnen herüber, „dann frage ich mich, wer denen das Arbeiten beigebracht hat. Ich wollte schon einige Male anhalten, um ihnen zu zeigen, wie man eine Schaufel richtig hält. Aber du musst ja damit rechnen, dass sie dich nicht verstehen, wenn du nicht Türkisch, Russisch oder Polnisch sprichst." Seine Zuhörer lachten.

„Mach noch mal eine Runde für uns", forderte Kettering den Wirt auf und wies auf die leeren Biergläser. „Und vier Wacholder!"

Budde und Hahne hatten Kettering einen Augenblick lang zugehört. Dann wandte sich Hahne wieder Konrad Budde zu: „Trinken wir auch noch einen?"

„Das sollten wir tun. Ich schlage vor, dass wir am kommenden Montag eine Radtour machen und danach bei mir Zuhause etwas grillen. Ich glaube, wir sind mal wieder dran. Ich stifte die Würstchen, du besorgst das Bier?"

Hahne nickte.

4. Kapitel

Samstag, 14. Oktober 1944

Als am Abend nach der Rückkehr in die Unterkunft die Tagespost verteilt wurde, war auch ein Brief für Bötze dabei. Bötze nahm den Brief und zog sich in eine ruhige Ecke zurück. Dann riss er den blauen Umschlag auf. Sein Bruder schrieb wie üblich in gestochen klarer Schrift: „Lieber Bötze, wir hoffen, es geht dir gut und du hältst die schwere Arbeit aus. Die anderen Jungen aus Spenge haben schon geschrieben, nur von dir fehlt noch ein Lebenszeichen. Mama sorgt sich, ob du auch genug zu essen bekommst. Du sollst dich auch immer warm genug anziehen, sagt sie. Viele Grüße auch von Papa."

Dann kam die Stelle, auf die Bötze gewartet hatte: „Hier in Spenge ist etwas Seltsames passiert. Hartmut Kollenberg ist spurlos verschwunden. Niemand weiß, wo er ist. Die Familie Kettering ist ratlos. Einige Leute glauben, dass Hartmut zurück ins Ruhrgebiet gegangen ist. Vielleicht ist er dort auf der Suche nach seinen Familienangehörigen. Die Polizei hat die Sache untersucht, aber noch keine Spuren von Hartmut gefunden. Uns geht es gut. Bis bald, melde dich doch bitte."

Bötze war mit dem Brief zufrieden. Sein Bruder hatte ihm in sehr geschickten Formulierungen mitgeteilt, dass zurzeit für ihn keine Gefahr bestand. Sein Bruder war intelligent, ein guter Schüler, der immer hervorragende Zeugnisse erhielt. Seine Lehrer hatten empfohlen, ihn zur höheren Schule zu schicken, doch das war der Familie finanziell nicht möglich gewesen.

Bötze bedauerte den Schlag gegen Kollenberg nicht. Dass dieser unglücklich gestürzt und dadurch zu Tode gekommen war, hatte er natürlich nicht gewollt. Um Kollenberg war es nicht schade. Er hatte Bötzes Vater beobachtet und Material gegen ihn gesammelt, weil die NSDAP-Ortsgruppenleitung ihn für politisch unzuverlässig hielt. Bötze war sich sicher, dass Kollenberg, genau wie die Mehrzahl der anderen Hitlerjungen im Lager, vor wenigen Tagen mit Vergnügen und ohne jede Skrupel auf Franz Berger eingeschlagen hätte. Wie man hörte, befand sich Berger noch immer auf der Krankenstation. Siegfried war jedoch zu Ohren gekommen, dass sich sein Zustand gebessert hatte.

Die drei Jungen waren immer noch schockiert über das Ausmaß von Gewalt und Grausamkeit, das sie eine Woche zuvor erlebt hatten. Sie hatten gesehen, dass ganz normale Jungen, allein durch Gruppendruck veranlasst, bereit dazu waren, Gewalt unvorstellbaren Ausmaßes auszuüben.

***

„Hört ihr das auch?“, fragte Kurt, als sie abends vor dem Schulgebäude noch etwas zusammensaßen. „Das sind Flugzeuge!“ Siegfried und Bötze wunderten sich, dass es keine Warnung gegeben hatte, dann sprangen sie auf und liefen zu den Schutzgräben. Kurt brüllte laut: „Fliegeralarm!!“

Jemand in der Nähe lachte schallend und kam dann näher. Ein Angehöriger der Organisation Todt*, die ebenfalls zu den Arbeiten am Westfalenwall eingeteilt war, stand am Schutzgraben und blickte mitleidig auf die Jungen hinab: „Seit wann versteckt ihr euch vor unseren eigenen Waffen? Habt ihr noch keine V2-Rakete gesehen?“

Das hatten die Jungen in der Tat noch nicht. Sie hatten zwar von den „Wunderwaffen“ gehört und wussten, dass sie in der Nähe abgeschossen wurden. In den letzten Tagen war das aber nicht geschehen. Als die Jungen zum Himmel blickten, konnten sie die Rakete sehen. Sie bewegte sich westwärts und zog einen Feuerschweif hinter sich her.

„Ziel London", sagte der OT-Mann und deutete nach oben. „Wir werden den Tommies noch gehörig einheizen!" Er schnippte dann seine noch nicht zu Ende gerauchte filterlose Zigarette in den Graben, wo Siegfried sie aufhob und dann genüsslich weiterpaffte.

Als der Mann verschwunden war, beobachteten die Jungen noch drei weitere V2-Raketen, die allesamt westwärts flogen. Das hob ihre Stimmung beträchtlich. Selbst Bötze, der durch die vielen Gespräche mit seinem Vater davon überzeugt worden war, dass der Krieg nach der Niederlage von Stalingrad nicht mehr gewonnen werden konnte, begann an der Unabwendbarkeit dieser Prognose zu zweifeln. Er war sich unsicher, wie er diese neue Situation bewerten sollte.

***

Freitag, 10. August 2007

„Hier, das ist ein Fall für dich, Klaus. Kannst dich neben dem Hallmann-Mord damit beschäftigen. Ich glaube zwar nicht, dass wir noch viel herausbekommen werden, aber der Aktenlage nach müssen wir ermitteln."

Bereichsleiter Paul-Heinrich Pott, fast zwei Meter groß, mit rundem Gesicht, hoher Stirn und leicht übergewichtig, verteilte die Fälle, die im KK 11 bislang von Rolf Grohner bearbeitet worden waren, der tags zuvor einen Herzinfarkt erlitten hatte und nun für mehrere Wochen ausfiel.

Hauptkommissar Klaus Korff schnaubte halblaut: „Vielen Dank, als ob ich nicht schon genug zu tun hätte." Pott reagierte nicht.

Korff war etwa vierzigjährig, leicht untersetzt und trug

sein gewelltes blondes Haar nach hinten gekämmt. Er arbeitete wie Rolf Grohner schon seit mehr als zehn Jahren im KK 11. Die beiden Kriminalbeamten waren eng miteinander befreundet. Es hatte Korff schwer getroffen, als er von dem Zusammenbruch Grohners gehört hatte.

„Typisch Pol Pot", dachte Korff. „Du bist nichts, deine Arbeitskraft ist alles. Wir sind seit Monaten chronisch unterbesetzt und er will denen da oben zeigen, dass sein Laden auch unter schwierigsten Bedingungen läuft."

Kriminalrat Pott war bei seinen Leuten nicht gerade beliebt, deshalb hatte ihm ein an Geschichte interessierter Kollege in Anlehnung an den kambodschanischen Diktator und Führer der Roten Khmer kurzerhand den Spitznamen „Pol Pot" verpasst. Wenn sich die Kriminalbeamten unterhielten, firmierte Kriminalrat Pott entweder unter der Bezeichnung Pol Pot oder unter „Bruder Nr. 1", wie sich der kambodschanische Diktator auch hatte nennen lassen.

Nach einem kurzen Blick in die Akte erhellte sich Korffs Blick aber: „Soll ich jetzt schon den Schlussbericht für den Staatsanwalt schreiben und vorschlagen, die Sache einzustellen oder doch noch einmal nach …" – er machte demonstrativ eine kurze Pause und tat so, als suche er in der Akte nach dem Namen des Ortes – „nach Spenge fahren und pro forma ein paar Gespräche führen?"

Pott antwortete nicht. Er betrachtete das große Foto der Bundesligamannschaft von Borussia Dortmund, das Korff in seinem Büro neben dem Fenster befestigt hatte. Das Plakat zeigte die Meistermannschaft des Jahres 2002.

„Fährst du immer noch ins Westfalenstadion?", fragte er.

„Immer dann, wenn du mir nicht durch irgendwelche Extratermine den Samstag versaust."

Pott schnaufte, sagte aber nichts. Er wusste, dass es besser war, Korff nicht zu provozieren, zumindest dann nicht, wenn es um den BVB ging. Korff war über das Kommissariat hinaus als verbal-radikaler BVB-Fan bekannt, der auf seinen Verein nichts kommen ließ, sich jedes Jahr eine Dauerkarte besorgte und äußerst unleidlich werden konnte, wenn er aus dienstlichen Gründen ein Heimspiel seiner Mannschaft verpasste.

Korff sah sich die Akte genauer an. Neben dem Polizeibericht über den Skelettfund und dem vor drei Tagen erstellten gerichtsmedizinischen Gutachten enthielt die Akte lediglich noch einige Fotos vom Fundort sowie einen Bericht der Lokalzeitung über die Pressekonferenz, die drei Tage zuvor stattgefunden hatte. Staatsanwältin Kasper und Pott hatten dabei über den vorläufigen Stand der Ermittlungen berichtet.

Die gerichtsmedizinische Untersuchung hatte ergeben, dass das menschliche Skelett zu einem Jugendlichen männlichen Geschlechts gehörte, der vor mehr als 60 Jahren gestorben war. Korff entnahm dem Untersuchungsbericht, dass Grohner bislang nur mit einem ehemaligen Hitlerjugendführer gesprochen hatte, der sich aber sehr sicher gewesen war, dass man die Überreste des im Jahre 1944 verschwundenen Kollenbergs gefunden hatte. Sehr viel mehr als den vermutlichen Namen des Toten hatte Grohner noch nicht herausgefunden. Offenbar hatte er gedacht, dass man nach so vielen Jahren wohl kaum noch etwas zur Klärung des Falles beitragen könne. Grohner hatte – was etwas ungewöhnlich war, da noch kein Vergleichsmaterial existierte – auch eine DNA-Analyse in Auftrag gegeben. Das Ergebnis lag aber noch nicht vor.

Korff blickte auf. „Wenn es einen Täter gegeben hat, so ist er heute vermutlich tot. Verdächtige können kein Alibi mehr vorweisen, weil sich ihre Entlastungszeugen nicht mehr erinnern werden."

Pott schwieg.

„Wo sind denn überhaupt Ansatzpunkte? Mit wem soll ich sprechen? Die Leute, die die Überreste beim Bau des Clubhauses gefunden haben, werden über jemanden, der vor mehr als 60 Jahren ermordet und begraben worden ist, nichts wissen. Soll ich seine Spielkameraden aus der Sandkastenzeit befragen? Leben die überhaupt noch?"

„Warum nicht?" Pott hatte sich aus der Reserve locken lassen. „Viele Menschen werden heute älter als 80 Jahre. Vielleicht sprichst du auch mal mit dem Lokalredakteur, der den Artikel geschrieben hat, der sich in der Akte befindet. Der scheint sich im Ort ganz gut auszukennen und kann dir vielleicht ein paar Tipps geben." Pott zögerte: „Unter uns. Wenn du einmal nach Spenge fährst und dich umhörst, hast du deine Pflicht getan. Ich habe nichts dagegen, wenn du dann vorschlägst die Ermittlungen abzuschließen."

„Gut."

Nachdem Pott den Raum verlassen hatte, holte sich Korff einen Milchkaffee und griff dann zum Telefonbuch. Nach einigem Blättern nahm Korff den Hörer ab und wählte.

Eine etwas gelangweilte Frauenstimme mittleren Alters meldete sich: „Redaktion Neue Westfälische. Was kann ich für Sie tun?"

„Kriminalpolizei. Mein Name ist Korff. Ich möchte mit Herrn Storm sprechen."

„Augenblick." Korff hörte ein kurzes Knacken, dann meldete sich Wolfgang Storm: „Ja, Storm hier."

„Guten Morgen Herr Storm. Mein Name ist Korff. Ich bin Kriminalbeamter und derzeit mit dem Skelettfund in Spenge befasst. Ich würde mich gern mit Ihnen über den Fall unterhalten."

„Jederzeit. Vielleicht können wir unsere Informationen austauschen, so dass sich Synergieeffekte ergeben, die auch für meine Arbeit von Wert sein können", umschrieb Storm etwas blumig sein Interesse an einer journalistischen Verwertung des anstehenden Gesprächs.

„Können wir uns am Montagvormittag in Ihrer Redaktion treffen?" fragte Korff, ohne auf die Anregung Storms einzugehen.

„Sicher. Um halb elf?"

„Das passt. Bis dann."

Korff legte den Hörer auf und wandte sich noch einmal der dünnen Akte zu, die sich als nicht sehr ergiebig erwies. Offenbar ein Fall, den man schnell abhaken konnte.

5. Kapitel

Freitag, 20. Oktober 1944

In dem Aufenthaltsraum herrschte großer Lärm. Die Hitlerjungen aus Spenge waren nach der Tagesarbeit zusammengerufen worden. Sie unterhielten sich lautstark. Einige kannten den Grund ihrer Zusammenkunft, andere wussten noch nicht, worum es ging. Scharführer Günter Offels gelang es nur mit Mühe gegen den Lärm anzuschreien.

„Ruhe, verdammt noch mal … Ruhe!“, brüllte er. Der Scharführer musste noch zwei weitere Male laut werden, bevor sich die Jungen langsam beruhigten.

„Das wäre unter Kollenberg nicht passiert“, dachte Bötze, der in einer der hinteren Reihen saß und sich an dem Geschrei nicht beteiligt hatte. „Der hätte sofort ein Exempel statuiert und dem größten Schreihals eine geknallt. Dann wäre Ruhe eingekehrt.“ Er wusste nicht, ob er sich den Führungsstil Kollenbergs zurückwünschen sollte.

„Wir erhalten gleich Besuch von einem Beamten der Geheimen Staatspolizei aus Bielefeld. Ihr wisst, das Verschwinden von Hartmut Kollenberg ist immer noch nicht aufgeklärt. Der Beamte hat einige Fragen an euch, die ihr ihm wahrheitsgemäß zu beantworten habt. Bis der Beamte kommt, herrscht hier Ruhe. Ist das klar?“ Günter Offels ließ seinen Blick durch die Reihen schweifen.

Die Jungen saßen noch eine Weile mehr oder weniger leise auf ihren Plätzen. Kurz bevor der Lärmpegel wieder unzumutbar laut wurde, öffnete sich die Tür und der HJ-Gebietsführer sowie ein älterer Mann mit Brille betraten den Raum. Augenblicklich war es ruhig.

„Achtung!“, brüllte Günter Offels. Die Jungen sprangen auf.

„Heil Hitler!", grüßte der Gebietsführer zackig, den rechten Arm erhoben, „Heil Hitler!", grüßten die Jungen lautstark zurück.

Bevor der Gebietsführer etwas sagen konnte, ergriff der Gestapo-Beamte das Wort. Er war etwas schmächtiger als der Gebietsführer, hatte ein schmales Gesicht und trug seine kurzen Haare nach hinten gekämmt, sein Gesicht war ohne Regung, seine Augen blickten ausdruckslos und wanderten von einem Jungengesicht zum anderen.

„Ich untersuche das Verschwinden eures Gefolgschaftsführers. Seit dem Abend des 6. Oktober fehlt jedes Lebenszeichen von Hartmut Kollenberg. Seine Pflegeeltern haben ihn am 6. Oktober zum letzten Mal gesehen. Ihr seid am Morgen des 7. Oktober zum Schanzeinsatz gefahren. Einige von euch werden Hartmut Kollenberg am 6. Oktober noch in Spenge gesehen haben. Vielleicht ist euch etwas aufgefallen, was zur Klärung des Falles beitragen kann. Jedes noch so kleine Detail kann von Bedeutung sein. Ich brauche euch nicht zu sagen, dass es sich um eine sehr ernste Angelegenheit handelt. Ihr müsst meine Fragen wahrheitsgemäß beantworten."

Die Jungen schwiegen, dann setzte ein leises Getuschel ein. Schließlich meldete sich Johann Kuhnert, der sich gerne wichtig machte, und sagte: „Es wurde erzählt, dass er sich der SS-Einheit angeschlossen hat, die im Oktober im Kreis Herford Zwischenstation gemacht hat."

„Wer hat das erzählt?", fragte der Gestapo-Beamte.

„Das weiß ich nicht mehr genau, ich habe es aber gehört."

„Wer auch immer dieses Gerücht in die Welt gesetzt hat, es stimmt nicht." Der Gestapo-Beamte machte eine Pause. „Es wäre aber interessant herauszubekommen, von wem dieses Gerücht stammt. Vielleicht hat derjenige ja etwas mit dem Verschwinden Hartmut Kollenbergs zu tun und will nur ablenken."

Johann Kuhnert schwieg verschüchtert.

„Also, von wem hast du das gehört?"

Der Junge blickte nervös umher.

„Das ist nicht der richtige Weg etwas herauszufinden", dachte Bötze, „der schüchtert die Jungen doch nur ein. Niemand wird ihm etwas sagen wollen, weil er damit rechnen muss, dass ihm selbst ein Strick daraus gedreht wird."

„Von wem hast du das gehört?", insistierte der Gestapo-Mann. Er blickte Johann Kuhnert scharf an.

„Mehrere Jungen haben das gesagt."

„Konkret – wer?" Die Stimme des Gestapo-Beamten wurde schneidend.

Der Junge sah ängstlich in die Runde. „Nun ja, Hans Frenkel und Heini Florhaus haben davon gesprochen."

Die Köpfe der beiden Genannten wandten sich gleichzeitig um und warfen dem Denunzianten wütende Blicke zu.

„Hans Frenkel und Heini Florhaus – aufstehen!" Die Stimme des Gestapo-Mannes war noch lauter geworden.

Die beiden Angesprochenen erhoben sich.

„Stimmt das?"

Hans Frenkel und Heini Florhaus sahen sich an. Dann fasste sich Heini Florhaus ein Herz. „Na ja, wir haben darüber gesprochen. Hans hatte einen Brief von Zuhause erhalten, in dem seine Eltern über das Verschwinden Hartmuts berichteten. Wir haben Vermutungen geäußert, wo Hartmut geblieben sein könnte. Hartmut ist in den Tagen vor unserem Einsatz häufiger mit dem Fahrrad nach Bünde und auch nach Rödinghausen gefahren, wo vorübergehend Einheiten der SS-Leibstandarte* Adolf Hitler untergebracht waren. Hartmut hat immer wieder davon gesprochen, dass auch er zur SS wollte. Da haben wir vermutet, dass er sich den SS-Männern angeschlossen hat, als sie in neue Einsätze geschickt worden sind."

Die Stimme des Gestapo-Beamten wurde wieder leiser. „Auch in Spenge gab es solche Gerüchte. Wir haben das überprüft. Daran ist nichts. Es ist verantwortungslos von euch, solche Gerüchte in die Welt zu setzen oder zu verbreiten. Unter Umständen kann der Feind davon profitieren." Er machte eine Pause. Dabei sah er die Jungen noch einmal durchdringend an. „Kann jemand weitere Hinweise geben? Hat jemand Hartmut Kollenberg am Abend vor eurer Abfahrt gesehen?"

Bötze konnte seine Erregung nur mit Mühe verbergen. Wenn jemand seinen Bruder und ihn mit Kollenberg gesehen hatte? Was sollte er dann sagen? Dass sie nur ein belangloses Gespräch geführt hatten? Würde man ihm das glauben? Bötze blickte aufmerksam nach vorn. Niemand meldete sich – wie er gehofft hatte. Ihm fiel ein Stein vom Herzen. Der Gestapo-Mann war zu forsch gewesen. Niemand wollte von ihm unter Druck gesetzt und peinlich befragt werden. Niemand wollte sich für seine Bereitschaft, zur Aufklärung des Falles beizutragen, rechtfertigen müssen.

Der Gestapo-Beamte schaute noch einmal in die Runde. Bötze begegnete seinem Blick und lächelte dabei freundlich.

„Wenn euch noch etwas einfallen sollte, meldet euch bei eurem Gebietsführer. Er wird die Information an mich weiterleiten. Heil Hitler!"

Die Jungen sprangen auf und brüllten ebenfalls „Heil Hitler!"

***

Montag, 13. August 2007

Korff hatte unruhig geschlafen. Als er erwachte und auf den Wecker blickte, war es nach drei Uhr. Conny war noch nicht zurück. Korff war am Nachmittag des Vortages nach Dortmund gefahren, um das Heimspiel seiner Borussia gegen den MSV Duisburg zu verfolgen. Conny hatte am Abend mit ihrer Freundin Edith ins Kino gehen wollen. Als Korff um elf Uhr wieder zu Hause angelangt war, hatte er noch etwas ferngesehen und sich dann ins Bett gelegt.

Plötzlich war Korff hellwach. Er spürte, dass sein Herz schneller schlug. Er dachte daran, dass Conny etwas passiert sein könnte. Er richtete sich auf, knipste die Nachttischlampe an und setzte sich auf die Bettkante. Ob er versuchen sollte, Conny anzurufen? Sie hatte sicherlich ihr Handy dabei. Er griff zum Telefon, das auf dem Nachttisch stand, doch dann zögerte er. Conny mochte es nicht, wenn man ihr nachspürte. Aber wenn ihr etwas passiert war, wenn sie sich in Schwierigkeiten befand?

Korff nahm den Telefonhörer, war aber immer noch unschlüssig, da hörte er vorn auf der Straße ein Auto. Er löschte das Licht, legte sich wieder ins Bett und wartete. Wenig später wurde unten die Haustür geöffnet. Es dauerte eine Weile, dann ahnte Korff die leisen Schritte Connys auf der Treppe mehr als dass er sie tatsächlich hörte.

Conny entkleidete sich im Badezimmer und schlich dann, ohne Licht anzumachen, in das Schlafzimmer. Korff bewegte sich nicht und stellte sich schlafend. Conny machte sich nicht die Mühe ihren Schlafanzug zu suchen und legte sich nackt ins Bett, zog sich ihre Bettdecke passend und bewegte sich dann nicht mehr. Gleichmäßige Atemzüge verrieten Korff bereits nach kurzer Zeit, dass Conny eingeschlafen war.

Korff blieb noch eine Weile ruhig liegen, dann schlief auch er wieder ein.

***

Als am Morgen um kurz nach sieben Uhr der Wecker summte, fühlte Korff sich nur wenig erholt. Er schwang sich aus dem Bett und tappte die Treppe hinunter in die Küche, wo er die Kaffeemaschine in Gang setzte. Dann verzog er sich mit der Tageszeitung auf die Toilette. Er las zunächst den Sportteil. Die Borussia hatte – im Beisein von Korff – ihr gestriges Heimspiel unerwartet mit 1:3 gegen den Aufsteiger MSV Duisburg verloren. Im politischen Teil fanden sich Meldungen über die Regierungskrise in Polen, über die fortschreitende Zerstörung des Regenwaldes sowie über die Schlichtung im Tarifkonflikt zwischen der Deutschen Bahn und der Gewerkschaft der Deutschen Lokomotivführer.

Als er geduscht hatte, saß Conny am sparsam gedeckten Frühstückstisch. Sie sah müde aus. Korff lächelte ihr zu und gab ihr einen flüchtigen Kuss auf die Wange.

„Du warst spät gestern Abend. Ich hab wohl schon geschlafen, als du nach Hause gekommen bist." Er sagte das betont beiläufig, damit es nicht vorwurfsvoll klang.

Conny rührte mit einem Plastiklöffel im Honigglas, nahm dann den Löffel heraus und ließ den Honig auf ihr Toastbrot tropfen. Sie blickte nicht auf. „Ich weiß nicht so genau, zwei Uhr war es sicherlich. Wir haben uns nach dem Kino noch ziemlich lange unterhalten."

Korff schwieg. Belog sie ihn oder hatte sie tatsächlich nicht auf die Zeit geachtet? Sie musste doch wissen, wann sie nach Hause gekommen war. Oder wollte sie ihn nicht beunruhigen?

„Geht das mit unserem Urlaub klar?“ Conny blickte ihn jetzt forschend an.

„Sicher, wer oder was sollte uns daran hindern?“

„Na ja, jetzt, wo Rolf im Krankenhaus liegt …“

„Mach dir keine Sorgen. Im Augenblick ist nicht viel los. Ich kann mir nicht vorstellen, dass Pott wegen Rolfs Erkrankung die Urlaubspläne umwirft.“

Die beiden wollten in der letzten August- und der ersten Septemberwoche nach Südfrankreich fahren. Bereits im letzten Jahr war ihr gemeinsamer Urlaub wesentlich kürzer als beabsichtigt ausgefallen, weil Korff plötzlich länger arbeiten musste, da ein von ihm geleiteter Fall kurz vor dem Abschluss gestanden hatte. Conny hatte heftig protestiert. Ihre Beziehung war in eine ernste Krise geraten.

Conny seufzte. „Dein Wort in Potts Ohr. Du weißt, dass ich dieses Jahr auf einen gemeinsamen Urlaub bestehe. Sag das deinem Chef.“

***

Auf der Fahrt nach Spenge schob Korff eine CD mit Mozarts Requiem ein. Korff liebte das Requiem und hatte es sicherlich mehr als 50-mal gehört. Es berührte ihn immer wieder aufs Neue.

Die Morgensonne tauchte die von Jöllenbeck nach Spenge in großen Kurven verlaufende Straße in helles Licht. Korff setzte seine Sonnenbrille auf und summte die Melodie des Confutatis maledictis mit. Er dachte noch einmal an Connys späte Heimkehr in der letzten Nacht. Gab es da einen anderen Mann? Korff konnte sich das nicht vorstellen. Ihre Beziehung war in Ordnung. Andererseits … wer konnte sich seines Partners schon völlig sicher sein? Er hatte Conny vor zwei Jahren im Rahmen einer Ermittlung kennen gelernt. Letztes Jahr waren sie dann zusammengezogen. Conny war Unternehmensberaterin und musste häufig auswärtige Termine wahrnehmen. Natürlich war die Möglichkeit gegeben, dass sie sich mit einem anderen Mann traf. Korff verwarf den Gedanken aber so schnell, wie er ihm gekommen war.

Er war inzwischen in Spenge angelangt und parkte seinen Wagen auf dem Rathausparkplatz. Als er dem durch die Klimaanlage wohl temperierten Fahrzeug entstieg, spürte er die heraufziehende Hitze, die den Tag für alle, die ihn nicht im Freibad verbringen konnten, zu einer schweißtreibenden Angelegenheit machen würde.

Pünktlich um halb elf Uhr betrat Korff die Räume der Lokalredaktion der Neuen Westfälischen in Spenge, die durch den Nebeneingang eines Schreibwarengeschäfts zu erreichen waren. Ein etwa vierzigjähriger Mann mit kurzem Schnurrbart und fast schulterlangem schwarzen Haar kam auf ihn zu, als Korff sich suchend im Flur umsah.

Der Mann lächelte freundlich. „Guten Tag. Ich bin Wolfgang Storm. Wir hatten miteinander telefoniert."

Korff stellte sich seinerseits vor und machte dann eine ironische Bemerkung über die versteckte Lage der Redaktion. Storm ignorierte den Kommentar. Stattdessen sagte er: „Ich schlage vor, wir setzen uns nebenan in das Eiscafé. Es gibt dort einen ausgezeichneten Latte macchiato. Wie Sie schon festgestellt haben, sind die Verhältnisse hier in den Redaktionsräumen etwas beengt."

Korff nickte zustimmend. Storm griff nach seinem dünnen Sommerjackett und steuerte dann auf die Tür zu.

„Was macht die Arbeit?", wollte Korff wissen.

„Sauregurkenzeit – wie immer in den Ferien. Hier passiert wenig. Keine Sportveranstaltungen, keine Versammlungen des Gesangvereins und in der Politik tut sich auch nichts. Selbst unser ‚Meisterbürger', der sich ausgesprochen gerne ablichten lässt und immer für eine kleine Meldung gut ist, macht zurzeit Urlaub. Er hat auch die Bürger ganz offiziell in die Ferien entlassen."

Sie waren inzwischen draußen angelangt und Storm wies auf ein Plakat, das an einem Laternenmast angebracht war. „Bürgermeister Trautmann wünscht allen Bürgern schöne Ferien" stand da zu lesen.

Korff lachte. „Der Mann hat sicherlich gute Wahlkampfberater. Sei nett zu deinem Volk und dein Volk wählt dich!"

„Sie sagen es. Bei Trautmann hat es jedenfalls zuletzt gereicht, um seine Wiederwahl zu sichern." Storm wandte sich nach links, Korff im Schlepptau.

„Sagen Sie mal …" Korff machte eine kurze Pause. „Sind Sie mit dem großen Theodor verwandt?"

„Ich weiß das nicht so genau, mein Vetter meint allerdings, dass es da eine verwandtschaftliche Verbindung gibt. Er behauptet das vorzugsweise dann, wenn er versucht Frauen kennen zu lernen."

Korff lachte. Storm war ihm nicht unsympathisch. Sie betraten das kleine Eiscafé.

„Es spricht einiges dafür, dass es sich bei dem Skelettfund um den Hitlerjungen Hartmut Kollenberg handelt", begann Korff das Gespräch, nachdem sich die beiden Männer in eine leere Ecke des Cafés gesetzt hatten. „Im Zuge der Ermittlungen möchte ich zunächst mit einigen Zeitgenossen Kollenbergs sprechen. Vielleicht können Sie mir dabei behilflich sein. Sie kennen doch sicher Personen, die in Frage kommen?"

Storm nickte. In seiner mehr als zehnjährigen Tätigkeit als Lokalredakteur hatte er sich gute Ortskenntnisse erworben.

„Bei den Recherchen zu meinem Artikel habe ich mich ein wenig umgehört. Es gibt hier noch einige Leute, die sich an Hartmut Kollenberg erinnern, die meisten von ihnen waren mit ihm zusammen in der Hitlerjugend. Vor allem Walfried Höfer wird Ihnen weiterhelfen können." Er zögerte kurz. „Höfer scheint aber noch nicht so ganz in der Gegenwart angelangt zu sein. Er schreibt gelegentlich Leserbriefe, denen die nötige Distanz zum Nationalsozialismus fehlt."

Er verstummte, als eine ausnehmend hübsche Servierin erschien und die beiden Männer fragend anblickte. Ihre dunklen Augen signalisierten dabei aber Distanz. „Ich nehme einen Latte macchiato", sagte Storm. Korff schloss sich der Bestellung an.

Storm, der Korffs anerkennenden Blick beobachtet hatte, lächelte: „Bemühen Sie sich nicht, sie hat einen Verlobten in Italien und sie ist sehr treu, dafür sorgt schon ihr Schwiegervater. Der ist übrigens Inhaber des Cafés."

Korff fühlte sich ertappt und hüstelte.

„Stört es Sie, wenn ich rauche?", fragte Storm, „in den Redaktionsräumen muss ich mir das verkneifen. Ich hab da eine Kollegin, die mag das nicht."

Korff schüttelte den Kopf, obwohl er sich gelegentlich noch schwer damit tat, anderen beim Rauchen zuzusehen, da er bis vor zwei Jahren noch selbst geraucht hatte. Storm griff in die Tasche seines Jacketts und zog ein blaues Päckchen mit Tabak hervor. Dann begann er sich eine Zigarette zu drehen.

„Der Fund der sterblichen Überreste von Hartmut Kollenberg hat in Spenge einigen Staub aufgewirbelt. Als wir vor etwa zwei Jahren anlässlich des Kriegsendes damals vor 60 Jahren eine mehrteilige Serie veröffentlicht haben, in der sich Zeitzeugen an den Kriegsausgang erinnerten, stieß das vor allem bei älteren Lesern auf großes Interesse. Aus den Interviews, die wir geführt haben, wurde deutlich, dass es hier im Ort in der älteren Generation immer noch nicht verarbeitete Konflikte zwischen früheren Mitgliedern der Deutschen Christen* und der Bekennenden Kirche* sowie zwischen ehemaligen Mitgliedern der NSDAP und der KPD gibt. Es müssen seinerzeit einige schlimme Dinge passiert sein, Denunziationen und so weiter. Einige Leute aus Spenge sind dadurch ins Konzentrationslager gekommen. Nicht alle sind zurückgekehrt. Dadurch gibt es zwischen einzelnen Familien noch immer latente Feindschaften oder Ressentiments."

Die Serviererin brachte die Getränke. Korff lächelte ihr zu, als sie die Gläser hinstellte. Dann wandte er sich wieder an Storm.

„Gibt es Hinweise darauf, dass Kollenberg an diesen Geschehnissen beteiligt war?"

Storm antwortete sofort: „Keine Ahnung, ich habe den Namen Kollenberg vor wenigen Tagen zum ersten Mal gehört. Soweit ich weiß, ist er ja wohl nur für kurze Zeit in Spenge gewesen."

„Das muss ich noch genauer herausfinden."

Korff rührte den Latte macchiato um und nahm einen kleinen Schluck.

„Ihre Zeitzeugen waren wohl hauptsächlich frühere Angehörige der Hitlerjugend?"

„Kann man so sagen. Die so genannte Pimpf-Generation hat sich zu Wort gemeldet. Viele von denen empfanden den Dienst in der Hitlerjugend als Bereicherung, es war für sie eine Zeit der großen Erlebnisse, der Abenteuer. Die Fahrten mit der Hitlerjugend haben die Jungen und Mädchen erstmals aus dem beschaulichen Spenge herausgeführt." Storm lachte. „Die paramilitärische Ausbildung der Jungen und die ihnen immer wieder vorgegaukelte Perspektive, die künftige Führungsschicht in einem großdeutschen, weit nach Osten ausgreifenden Reich zu sein, hat die jungen Leute begeistert."

„Wen sollte oder müsste ich in dem Fall befragen?", lenkte Korff das Gespräch wieder in für ihn konkretere Bahnen.

Storm hatte die fertige Zigarette neben seine Tasse auf den Tisch gelegt, nun nahm er sie und zündete sie an. Korff sog den würzigen Tabakqualm genüsslich mit ein.

„Neben Walfried Höfer würde ich mit Bernhard Kemper und Willi Rudolph sprechen. Bernhard Kemper stammt aus einer kommunistischen Familie und gehörte der Hitlerjugend notgedrungen an, stand der Sache aber sehr distanziert gegenüber. Nach Kriegsende hat er sich in Spenge an der Gründung einer Jugendgruppe der KPD beteiligt. Damit soll er sich aber nicht viele Freunde gemacht haben." Storm lächelte. „Willi Rudolph war bis Kriegsende Mitglied einer kirchlichen Jugendgruppe. Er hat mir mal erzählt, dass es einige Konflikte zwischen der HJ und seiner kirchlichen Gruppe gegeben hat."

Korff hatte sich die Namen in seinem Notizbuch notiert. Er machte Anstalten aufzustehen.

„Ich muss weiter", sagte er. „Ich werde Herrn Höfer noch einen kurzen Besuch abstatten. Vielen Dank für Ihre Hilfe. Sie erlauben, dass ich die Getränke übernehme?"

„Gern." Storm zögerte. „Bislang haben Sie die Fragen gestellt. Vielleicht sind auch Sie bereit mir zu helfen?"

„Aha, es geht jetzt um die angekündigten Synergieeffekte." Korff lächelte. „Was möchten Sie wissen?"

„Sie haben bei der Bergung des Skeletts eine angeblich noch recht gut erhaltene lederne Brieftasche gefunden. Wurde deren Inhalt schon analysiert?"

„So gut war der Zustand der Brieftasche nicht. Der Restaurator ist noch dabei und tut sein Bestes. Wir wissen aber bereits, dass die Brieftasche mehrere Dokumente enthält. Wir hoffen, dass wir sie wieder lesbar machen können. Das kann aber noch ein paar Tage dauern. Ob wir damit dem Täter näher kommen werden, lässt sich noch nicht sagen. Ich melde mich bei Ihnen, wenn wir in der Angelegenheit etwas weiter sind. Wir haben übrigens auch eine DNA-Analyse in Auftrag gegeben. Wir hoffen dadurch die DNA des Toten mit der eines nahen Verwandten abgleichen zu können, um bezüglich seiner Identität größere Sicherheit zu erhalten."

Storm nickte. „Hier in Spenge ist nur wenig los. Die Menschen wollen über den Skelettfund informiert werden, dafür ist das Thema zu interessant. … Glauben Sie, dass sich nach so langer Zeit noch etwas herausfinden lässt?"

„Das ist sicherlich sehr schwierig …" Korff hob vielsagend die Schultern, presste die Lippen aufeinander und neigte dabei leicht den Kopf.

Die beiden Männer verabschiedeten sich mit einem kurzen Händedruck. Während Storm das Eiscafé verließ, winkte Korff der hübschen Serviererin, um die Rechnung zu bezahlen. Danach ließ er sich das Telefonbuch geben.

Vor dem Café schaute Korff auf die Uhr. Es war kurz vor halb zwölf. Es war noch Zeit, Walfried Höfer einen kurzen Besuch abzustatten. Er hatte Höfers Adresse dem Telefonbuch entnommen und dann den im Telefonbuch abgedruckten Stadtplan zu Rate gezogen.

Draußen war es noch schwüler geworden. Korff wischte sich ein paar Gewittertierchen ab, die sich auf seinem Hals niedergelassen hatten. Er öffnete alle Autotüren und ließ erst die erhitzte Luft entweichen, bevor er die Türen wieder schloss und sich in das immer noch warme Auto setzte.

Im Westen zogen sich dunkle Wolken zusammen.

***

„Herr Höfer, haben Sie einen Augenblick Zeit für mich?"

„Worum geht es?" Walfried Höfer, der sich auf seinen Gehstock stützte, taxierte den Mann vor seiner Haustür.

„Mein Name ist Klaus Korff, ich bin Polizist. Ich würde mich mit Ihnen gerne über den Skelettfund an den Tennisplätzen unterhalten."

Höfer blickte ihn verwundert an. „Ich wüsste nicht, was ich Ihnen dazu sagen könnte. Ich bin lange nicht mehr unten am Tennisplatz gewesen."

„Darum geht es auch nicht. Wir glauben, dass es sich bei den gefundenen Überresten um Hartmut Kollenberg handelt. Sie haben Hartmut Kollenberg doch gekannt, nicht wahr?"

Höfer wurde freundlicher: „Ach so. Ja, ich habe Hartmut gekannt, ich habe ihn sogar recht gut gekannt. Kommen Sie herein."

Höfer wandte sich um und humpelte in die Wohnung. Korff schloss die Haustür und folgte ihm. Während sie einen langen Flur durchquerten, sagte Höfer: „Wir setzen uns am besten auf die Terrasse."

Er durchschritt die bereits geöffnete Terrassentür und wies dann auf einen der weißen Gartenstühle, die von einer Markise beschattet wurden. Die beiden Männer setzten sich.

Korff schätzte Höfer auf knapp 80 Jahre. Sein dünnes Haar war weiß und kurz geschnitten, er hatte eine gesunde Gesichtsfarbe, seine Augen blickten wach. Höfer sah Korff erwartungsvoll an.

Korff begann deshalb ohne Umschweife: „Es spricht einiges dafür, dass wir die Überreste von Hartmut Kollenberg gefunden haben, der kurz vor Kriegsende verschwunden ist. Er ist möglicherweise einem Verbrechen zum Opfer gefallen. Die ersten Untersuchungen der Knochen zeigen, dass Alter und Geschlecht auf Hartmut Kollenberg passen würden. Wir haben auch Teile eines Gürtels gefunden, der zur Uniform der Hitlerjugend gehörte." Korff zögerte kurz. „Ich muss gestehen, dass ich nicht viel über die Hitlerjugend weiß", untertrieb er etwas, um sein Gegenüber zum Reden zu veranlassen. „Vielleicht können Sie mir etwas über Hartmut Kollenberg und die Hitlerjugend erzählen?"

Höfer hatte Korff konzentriert angeschaut und ihm dabei die rechte Seite seines Kopfes zugewandt. Vermutlich hörte der Alte schlecht.

„Sicher. Ich habe Hartmut kennen gelernt, unmittelbar nachdem er nach Spenge gekommen ist. Das muss im September oder Oktober des Jahres 1943 gewesen sein. Meine Eltern wohnten damals neben der Familie Kettering in der Nähe des Sportplatzes. Bereits am ersten Abend nach seiner Ankunft kam Walter Kettering mit Hartmut zu uns, um uns miteinander bekannt zu machen. Hartmut war so alt wie ich, Jahrgang 1928. Wir mochten uns auf Anhieb und haben dann auch viel Zeit miteinander verbracht."

„Gingen Sie damals noch zur Schule?"

„Nein. Ich machte bereits eine Lehre in einer Tischlerei. Hartmut hatte in Gelsenkirchen eine Oberschule besucht, aber wohl nur mit mäßigem Erfolg, so dass er, als er nach Spenge kam, ebenfalls eine Lehre anfing."

„Was hat er gemacht?"

„Er begann eine Verwaltungslehre bei der damaligen Amtsverwaltung. Ihm wurde auch bald eine Führungsposition in der Hitlerjugend übertragen."

„Welchen Rang bekleidete Kollenberg in der HJ?"

„Hartmut war Gefolgschaftsführer.“ Auf die Frage, die in Korffs Gesicht geschrieben stand, erklärte Höfer weiter: „In der HJ bestand eine feste Hierarchie. Es galt das Prinzip: Jugend führt Jugend, das heißt, die Mitglieder der Hitlerjugend wurden von Jugendlichen kommandiert. Der HJ-Gefolgschaftsführer war der ranghöchste HJ-Führer in Spenge. Ihm unterstanden alle Mitglieder der HJ. Unter dem Gefolgschaftsführer standen mehrere Scharführer.“

„In welcher Größenordnung muss man sich das vorstellen?“

„Ein Scharführer befehligte etwa 40 Jungen. Die Scharführer wiederum hatten mehrere Kameradschaftsführer unter sich, die etwa zehn Jungen anführten. Jeder wusste zu jedem Zeitpunkt, was er zu tun hatte. Ordnung verleiht Sicherheit.“

Korff unterbrach Höfer erneut: „Wenn ich Sie eben richtig verstanden habe, nahm ein Gefolgschaftsführer einen relativ hohen Rang ein. Wie ist Kollenberg so schnell in diese Position gelangt, zumal er von außerhalb kam?“

„Dahinter steckte Walter Kettering. Er gehörte der Ortsgruppenleitung an und hat Hartmut gefördert. Hartmut war für das Amt des Gefolgschaftsführers aber auch gut geeignet. Er hat mir erzählt, dass sein Vater in Gelsenkirchen ein hohes Tier in der Partei gewesen ist und dass er dort selber auch schon HJ-Führer gewesen war. Als der vorherige Gefolgschaftsführer zur Wehrmacht eingezogen wurde, bot sich Hartmut als Nachfolger an.“

Korff beugte sich nach vorn. „Weshalb ist Kollenberg nach Spenge gekommen?“

„Das Haus seiner Familie wurde bei einem englischen Bombenangriff zerstört, die Familie wurde dabei getötet, auch sein Vater. Hartmut hatte in Bielefeld Verwandte, die wiederum mit der Familie Kettering befreundet oder verwandt waren. Seine Verwandten haben Hartmut dann an die Familie Kettering vermittelt, die ihn adoptieren wollte. Ketterings Sohn Reinhard war bereits in den ersten Kriegswochen in Polen gefallen und die Ketterings hatten nur dieses eine Kind gehabt."

Korff notierte sich die wesentlichen Informationen.

„War Hartmut Kollenberg beliebt?"

Höfer lächelte: „Ich mochte ihn sehr, er war klug und ein guter Kamerad. Wir haben eine Menge Spaß gehabt. Hartmut kam aus Gelsenkirchen. Er kannte also ein wenig mehr von der Welt als wir hier in Spenge. Er hat immer etwas mitleidig auf die Leute in Spenge herab geblickt. Als Gefolgschaftsführer hat Hartmut einige tolle Fahrten mit Übernachtung in Zelten organisiert."

Korff nickte. Dann fragte er: „Gab es Menschen in Spenge, die ihn nicht mochten? Haben Sie Kenntnis von damaligen Streitigkeiten oder Konflikten?"

„Nicht soweit ich mich daran erinnern kann. Wir haben ein paar Mal so genannte Fehden mit HJ-Gruppen aus anderen Orten ausgetragen. Das waren aber mehr sportliche Auseinandersetzungen, die in der Regel in einer großen Keilerei endeten. Hartmut war kräftig und konnte gut austeilen. Er war nicht zimperlich. Aber das kann kein Grund für einen dauerhaften Hass gegen ihn gewesen sein. Nach so einer Schlacht war die Angelegenheit schnell vergessen."

„Können Sie sich an sein Verschwinden erinnern?"

„Ich habe das nicht richtig mitbekommen, wir waren damals zum Schanzen im westlichen Münsterland. Wir haben am Bau des Westfalenwalls mitgearbeitet, durch den die alliierten Panzer aufgehalten werden sollten. Hartmut konnte nicht mit, da er vom Amtsbürgermeister für unabkömmlich, ‚uk' hieß das damals, erklärt worden war, weil man kurz zuvor einen Verwaltungsbeamten zur

Wehrmacht eingezogen hatte. Wir hörten dann während der Schanzarbeiten, dass Hartmut verschwunden war."

„Wie haben Sie sich das Verschwinden Kollenbergs erklärt?"

„Wir waren ratlos. Ich habe damals daran gedacht, dass vielleicht irgendwelche Regimefeinde, vielleicht Kommunisten, etwas gegen Hartmut unternommen haben könnten. Oder dass Hartmut von irgendwem mit einem besonderen Auftrag zurück ins Ruhrgebiet geschickt worden war. Ich wusste genau, dass er nicht desertiert war. Er war kein Verräter, auf Hartmut konnte man sich verlassen."

Korff verzichtete auf eine Erwiderung. Er erhob sich und blickte nach oben. Während des Gespräches war es dunkler geworden. Die Wolkenfront war näher gekommen. Höfer hatte Korffs Blick bemerkt und deutete zum Himmel.

„Da braut sich etwas zusammen."

Korff nickte. Er fragte dann: „Besitzen Sie ein Foto von Hartmut Kollenberg?"

„Ja, sicher. Warten Sie." Höfer stand auf und humpelte in die Wohnung. Er kam rasch zurück. Korff setzte sich wieder. Höfer legte ein gerahmtes Foto auf den Tisch, das zwei lachende Jungen in HJ-Uniform zeigte. Die beiden Jungen hatten sich die Arme freundschaftlich um die Schultern gelegt.

„Das ist Hartmut, und das bin ich." Höfer wies nacheinander auf die beiden Personen. Das Foto hatte offenbar auf einem Schrank oder einer Anrichte gestanden.

„Darf ich mir das Foto für ein paar Tage ausleihen?"

„Sicher, wenn ich es zurückbekomme. Es hängen doch einige Erinnerungen daran." Höfer löste das Foto aus dem Rahmen.

Korff lächelte. „Das verspreche ich Ihnen."

Er nahm das Foto und erhob sich erneut.

„Kennen Sie noch weitere Personen, die mir Auskunft über Hartmut Kollenberg geben können?"

Höfer dachte kurz nach. „Viele leben nicht mehr. Sie sollten mit Günter Offels und Wilhelm Land sprechen, die waren ebenfalls häufig mit Hartmut zusammen, weil sie Scharführer waren. Ich glaube, Wilhelm Land hatte sich damals einen Arm gebrochen, so dass er nicht mit zum Schanzen fahren konnte."

Korff notierte sich die Namen im Stehen und bedankte sich. Höfer stand ebenfalls auf und geleitete Korff zur Tür.

Auf dem Weg zu seinem Auto fielen die ersten, dicken Regentropfen. Korff beschleunigte seine Schritte und erreichte das Fahrzeug gerade noch rechtzeitig, bevor der Himmel alle Schleusen öffnete. Korff startete den Motor, fuhr aber nicht los. Die Klimaanlage sorgte jetzt für die Zufuhr kühlerer Luft. Die Tropfen klatschten immer heftiger gegen die Windschutzscheibe. Von der Außenwelt war nicht mehr viel zu erkennen. Es schien auch deutlich dunkler geworden zu sein. Korff ließ den Scheibenwischer aus und genoss die entfesselte Natur, nur durch eine Glasscheibe getrennt. Im Auto war es immer noch warm, während sich draußen die Luft offensichtlich stark abkühlte. Nach etwa zehn Minuten war der Wolkenbruch beendet. Es wurde wieder heller. Nachdem Korff den Scheibenwischer betätigt hatte und durch die Windschutzscheibe blickte, sah er, dass das Wasser in breiten Strömen die leicht geneigte Straße hinunter schoss und dabei von den Gullys nicht aufgenommen werden konnte. Aus einigen Vorgärten war Erdreich auf die Straße gespült worden, so dass das Wasser eine braune Färbung angenommen hatte.

***

Es war Mittagszeit. Die Straßen dampften noch. Es dauerte nicht lange, bis Korff in einer Nebenstraße, schräg gegenüber der Stadthalle, eine Imbissbude fand. Er setzte sich an einen der wenigen Tische und bestellte bei der leicht schwitzenden Frau hinter der Theke eine Currywurst mit Pommes frites und ein alkoholfreies Bier. Korff aß und trank ohne große Begeisterung. Dazu war es in der Bude einfach zu warm. Dann tupfte er mit der Papierserviette seinen Mund ab. Er beobachtete eine Zeit lang das Treiben vor einem Geschäft auf der anderen Straßenseite, in dem russische Produkte verkauft wurden. Einige Männer standen vor dem Geschäft und unterhielten sich lautstark auf Russisch miteinander.

Korff ging das Gespräch mit Höfer noch einmal durch. Höfer schien die Zeit des „Dritten Reiches" in durchaus guter Erinnerung zu haben. Es war unwahrscheinlich, dass Korff jemand anderen fand, der ihm präzisere Hinweise auf Hartmut Kollenberg geben konnte. Natürlich waren die Eindrücke, die ihm Höfer von Kollenberg vermittelte, gefärbt, aber das konnte man bei der Bewertung der Tatsachen ja berücksichtigen.

„Dürfte ich einmal Ihr Telefonbuch haben?", fragte Korff die Frau hinter der Theke, die sich jetzt eine Zigarette angesteckt hatte und rauchte. Wortlos schob sie ihm ein kleines Telefonbuch hin. Korff nahm es und blätterte darin, dann erkundigte er sich nach der Steinstraße.

Nachdem die Frau ihm den Weg erklärt hatte, setzte sich Korff in sein Auto und fuhr los. Die Steinstraße lag etwas außerhalb des Ortszentrums. Korff steuerte das Auto an der Kirche vorbei, passierte einen Kreisverkehr, eine Tankstelle und einen weiteren Kreisverkehr und bog schließlich in eine Sackgasse ein, die von einer Reihe kleiner Siedlungshäuser geprägt war. Das letzte Haus mit der

Nummer 34, das etwas abgelegen am Ende der Straße lag, wirkte älter als die übrigen Häuser. Korff stieg aus, schlug die Autotür hinter sich zu, öffnete das Tor zum Vorgarten und schritt auf das kleine Haus zu.

Auf sein Klingeln hin öffnete ein alter Mann die Haustür. Er war mittelgroß und besaß ein markantes Gesicht, das durch freundliche Augen und einen buschigen grauen Oberlippenbart geprägt war. Auch sein volles Haupthaar war grau.

„Ja, bitte?" fragte er etwas reserviert.

„Sind Sie Bernhard Kemper?"

Als der Angesprochene nickte, versuchte Korff ein Lächeln und stellte sich vor: „Mein Name ist Korff, Kriminalpolizei. Ich würde mich mit Ihnen gerne über Hartmut Kollenberg unterhalten."

Der alte Mann blieb ungerührt. „Wieso kommen Sie da gerade zu mir?"

„Herr Storm von der Neuen Westfälischen hat mir Ihren Namen genannt. Ich möchte etwas mehr über Kollenberg erfahren. Vermutlich handelt es sich bei dem Skelettfund um seine Überreste. Zumindest lassen einige Gegenstände, die bei dem Skelett gefunden wurden, darauf schließen."

Kemper zögerte, dann sagte er: „Kommen Sie herein!"

Korff wurde in die Küche geführt, wo es nach Bratkartoffeln roch und die Ehefrau Kempers mit dem Abwasch beschäftigt war. Kemper wies seinem Gast einen Platz am Küchentisch zu, der in der Mitte des Raumes stand und von vier Stühlen umgeben war. Korff setzte sich. Die Küche war geräumig, das Mobiliar wirkte allerdings alt. Ein in Brauntönen gehaltener massiver Küchenschrank dominierte den Raum. Unter dem Fenster hatten die Kempers ein Sofa aufgestellt, auf dem der Hausherr vermutlich seinen täglichen Mittagsschlaf hielt. An der gegenüberliegenden Wand neben dem Küchenschrank hing eine braunschwarze Uhr, die aus der unmittelbaren Nachkriegszeit stammte.

„Fast museumsreif“, dachte Korff. So ähnlich hatte auch die Küche seiner Eltern ausgesehen, als er noch ein Kind gewesen war.

„Wie ich schon sagte, würde ich gern etwas mehr über Hartmut Kollenberg erfahren.“

Kemper zögerte. „So viel habe ich mit Hartmut Kollenberg nicht zu tun gehabt. Ich mochte ihn nicht. Er war ein fanatischer Nationalsozialist. Man wird Ihnen sicherlich erzählt haben, dass unsere Familie mit den Nazis nicht viel im Sinn hatte.“

„Ja“, bestätigte Korff, „Ihr Vater war Kommunist?“

„Ja. Er hat im Jahre 1933, unmittelbar nach der ‚Machtergreifung‘, einige Monate im KZ Esterwegen gesessen. Danach hatte er nur noch lockere Kontakte zu seinen Genossen, die ebenfalls größtenteils inhaftiert worden waren. 1941 wurde mein Vater zur Wehrmacht eingezogen und kam dann wenige Monate später als Krüppel zurück.“

Korff nickte. Er konnte sich in Ansätzen vorstellen, was der Nationalsozialismus für Kempers Familie bedeutet hatte.

„Wie haben Sie Kollenberg erlebt und was wissen Sie über sein Verschwinden?“

Es dauerte eine Weile, bis sich Kemper zu einer Antwort durchrang: „Kollenberg war ein übler Bursche. Bei der Ortsgruppenleitung war er beliebt, weil er ein Zuträger und Denunziant war. Sein Amt als Gefolgschaftsführer übte er mit viel Druck aus. Er war sehr kräftig und ließ keine andere Meinung gelten. Am meisten Spaß machten ihm die so genannten Geländespiele, das heißt die paramilitärische Ausbildung, die Vorbereitung der Jugendlichen auf den Krieg: Anschleichen und Nahkampf Mann gegen Mann." Er machte eine kurze Pause. Dann sprach er weiter: „Kollenberg war zur Oberschule gegangen und besaß auch ein gewisses rhetorisches Talent. Aber nicht alle sind ihm auf den Leim gegangen."

„Dann gab es in der Spenger Hitlerjugend eine oppositionelle Gruppe?"

Kemper lächelte milde: „Ich glaube, da haben Sie etwas falsche Vorstellungen von der HJ. Opposition war nicht möglich. Wie im Militär herrschten Befehl und Gehorsam. Die meisten Jungen mochten Hartmut Kollenberg. Nur ein paar von uns, die durch ihre sozialdemokratischen oder kommunistischen Elternhäuser geprägt waren, lehnten ihn ab, natürlich nur im Geheimen."

„Wie kam es dazu, dass Kollenberg so plötzlich verschwand?"

„Das weiß ich nicht. Ich erinnere mich nur daran, dass er uns morgens, als wir zum Schanzen an den Westfalenwall abfuhren, verabschieden wollte. Er sollte selber aber nicht mitfahren. An diesem Morgen erschien er nicht. Als wir beim Schanzen waren, kam ein Gestapo-Beamter und befragte uns nach Kollenberg."

Nun mischte sich erstmals auch Frau Kemper ein, die sich zu den beiden Männern gesellt hatte, nachdem sie mit dem Abwasch fertig geworden war. Korff schätzte die zierliche Frau auf etwa 70 Jahre. Sie hatte ihr dichtes graues Haar zurückgekämmt, so dass es in einem Knoten endete. Die Wangen waren trotz ihres Alters noch glatt und voll.

„Ich weiß noch, dass man damals vermutet hat, Kollenberg sei ins Ruhrgebiet zurückgekehrt."

„Nun, der Skelettfund zeigt aber, dass ihm offenbar in Spenge etwas zugestoßen ist."

Bernhard Kemper meldete sich wieder zu Wort: „Glauben Sie denn, dass Sie heute noch etwas über den Tod Kollenbergs herausbekommen werden?"

Korff zögerte mit der Antwort. Dann entschloss er sich aufrichtig zu sein „Ich weiß es nicht, aber ich fürchte, dass die Chancen auf Erfolg begrenzt sind. Gleichwohl möchte ich so viel wie möglich über die Umstände seines Verschwindens erfahren."

„Ich wünsche Ihnen viel Glück. Am besten wäre es aber, man würde Kollenberg vergessen. Sie können mir glauben, es gibt liebenswertere Menschen als Kollenberg."

Korff stand auf. Bernhard Kemper, der ihn jetzt zur Tür begleitete, war ihm nicht unsympathisch. Korff spürte, dass dieser Mann eine gewisse charismatische Ausstrahlung besaß. Es fiel ihm offenbar leicht, andere Menschen für sich einzunehmen. Die beiden Männer standen noch einen kurzen Augenblick vor dem Haus. Korff blickte nach links und sah, dass unmittelbar neben dem Haus ein Getreidefeld begann.

„Sie wohnen hier recht idyllisch. Ist das Ihr Elternhaus?"

Kemper nickte. „Ja, hier bin ich aufgewachsen. Das Haus war ursprünglich ein allein stehendes Fachwerkhaus, ein so genannter Kotten. Die übrigen Häuser" – er wies die Straße hinunter – „sind erst später dazugekommen. Die Zwischenwände unseres Hauses sind noch immer aus Holz und Lehm. Als meine Frau und ich hier eingezogen sind, haben wir das Haus ein wenig modernisiert und dabei neu verputzen lassen."

Korff nickte. „Tja, an so alten Schätzchen hängt man, auch wenn sie viel Arbeit machen."

Er wandte sich seinem Wagen zu, stieg ein, grüßte noch einmal und fuhr dann los.

***

Als Korff das Krankenzimmer betrat und seinen Kollegen Rolf Grohner sah, erschrak er. Grohner, sonst ein breitschultriger, stattlicher Mann mit leichtem Bauchansatz, lag bleich in seinem Bett und wirkte schwächlich. Er wurde mit Medikamenten versorgt, die aus einer Plastikflasche langsam in einen dünnen, durchsichtigen Schlauch tropften, der in die Vene seines rechten Arms mündete. Auf dem Schränkchen neben dem Bett stand ein kleiner Strauß mit Sonnenblumen. Davor lag eine Schachtel Pralinen.

„Hallo Rolf, ich hatte schon Angst, ich würde dich hier nicht finden, weil du gerade im Raucherzimmer sitzt", versuchte es Korff mit einem Scherz.

Rolf Grohner lächelte matt. „Ich glaube, das Rauchen werd ich mir abgewöhnen müssen."

„Ich hab das auch geschafft, bin dir bloß wie üblich einige Zeit voraus gewesen", flachste Korff.

Grohner lächelte erneut, antwortete aber nicht.

Korff zog einen Stuhl an das Bett Grohners, gab seinem Kollegen die Hand und setzte sich.

„Ich soll dich von allen Kollegen herzlich grüßen. Pol Pot lässt dir ausrichten, dass du dich richtig erholen sollst. Inoffiziell hat er mich aber gebeten, herauszufinden, wie lange du noch fehlen wirst. Er hat mir übrigens deinen Fall mit dem Skelettfund in Spenge übertragen."

„Ich glaube nicht, dass ich mich von Pott vorzeitig ins Büro locken lassen werde. Zumindest das habe ich aus meinem Zusammenbruch gelernt."

„Solltest du auch nicht. Sieh erstmal zu, dass du gesund wirst."

Grohner nickte und sagte: „Ein seltsamer Fall, dieser Skelettfund, nicht wahr? Solche Fälle hat man nicht oft."

„In der Tat. Hast du etwas herausgefunden, was noch nicht in der Akte steht?"

„Kaum. Bei dem Toten handelt es sich vermutlich um einen im Jahre 1944 verschwundenen Hitlerjungen. Jedenfalls meinte das Wilhelm Land, mein Gesprächspartner, ein alter HJ-Führer, an den mich die örtliche Polizeidienststelle verwiesen hat."

„Und? Was sagte Land noch?"

„Ich habe das Gespräch mit Wilhelm Land aufgezeichnet, das Aufnahmegerät liegt in meinem Schreibtisch. Du kannst dir das Gespräch ja einmal anhören. Vielleicht hilft dir auch die Brieftasche weiter, die wir gefunden haben."

„Die Restauratoren sind damit noch nicht ganz fertig."

Korff stellte seinen rechten Fuß auf dem Gestänge ab, das unter dem Bett angebracht war. Das Bett verschob sich daraufhin leicht. Korff ließ seinen Fuß wieder auf den Boden zurückgleiten.

„Wie denkst du über den Fall?"

„Ich weiß nicht. Ich bezweifle, dass wir den Fall aufklären werden. Ich kann mir nicht vorstellen, dass wir irgendwem noch irgendetwas nachweisen können. Dazu ist zuviel Zeit verstrichen. Der Baggerführer hätte ruhig weiterarbeiten sollen."

Korff protestierte nicht, er wollte aber nicht so leicht aufgeben. Dazu war der Fall zu interessant. „Tja, spannend ist die Sache allerdings. Auch wenn wir den Täter vermutlich nicht finden werden, möchte ich schon wissen, was da eigentlich vorgefallen ist."

Grohner kannte Korff gut genug, um zu merken, dass sich sein Freund bereits in den Fall verbissen hatte. Korff würde nicht eher aufgeben, bis er alle noch ermittelbaren Aspekte des Falles erforscht hatte.

***

Es war kurz nach acht. Da Connys Auto bereits in der Einfahrt des Reihenhauses parkte, stellte Korff seinen Wagen an der Straße ab. Als er in den Hausflur trat, sah er, dass Conny im Wohnzimmer auf dem Sofa lag und schlief. Der Fernseher war eingeschaltet. Es lief eine Nachrichtensendung. Korff setzte sich und schaute eine Weile zu. Dann ging er in die Küche, machte sich zwei Brote und holte sich ein Bier aus dem Kühlschrank. Er setzte sich wieder zu Conny ins Wohnzimmer, die inzwischen wach geworden war und etwas desorientiert wirkte.

Korff lächelte: „Hallo Schatz, leidest du an den Spätfolgen deines gestrigen Kinobesuches?"

Conny nickte und lächelte ebenfalls. „Ich bin schließlich keine zwanzig mehr."

„Man würde dich aber bei jeder Ü-30-Party abwimmeln, weil man dich für zu jung hält", versuchte Korff ein etwas unbeholfenes Kompliment.

„Komplimente mit der Brechstange können mich nur wenig entzücken. Du warst schon mal geistreicher." Conny verdrehte demonstrativ die Augen.

„Entschuldige. Ich war eben noch bei Rolf."

„Wie geht es ihm?"

„Er sieht nicht gerade gut aus. Er wird wohl für einige Wochen ausfallen. Ich denke, die Ärzte werden ihn nach dem Krankenhausaufenthalt in eine Reha-Maßnahme schicken. Er hat sich in der letzten Zeit nicht gerade geschont."

„Rolf ist doch etwa so alt wie du, oder?"

Korff schüttelte demonstrativ den Kopf. „Älter. Er ist ein halbes Jahr älter. Er hat im April Geburtstag … Ich fühle mich aber ganz wohl, falls du darauf anspielen solltest. Du trägst deinen Teil dazu bei."

Conny lachte. „Dieses Kompliment war schon besser."

Sie richtete sich auf. „Darf ich?“, fragte sie und zeigte auf die Flasche Bier, die Korff aus der Küche geholt hatte.

„Sicher.“

Sie nahm einen Schluck. „In vierzehn Tagen sitzen wir abends schon in einem kleinen Restaurant in Orange und trinken Rotwein. Manchmal denke ich, du freust dich gar nicht so richtig darauf.“

„So ein Unsinn. Natürlich freue ich mich darauf.“

„Aber du sagst das nie ...“

6. Kapitel

Samstag, 16. Dezember 1944

Nahezu alle Eltern standen am Kleinbahnhof und erwarteten ihre Söhne, die von dem mehr als zweimonatigen Schanzdienst am Westfalenwall zurückkehrten. Es dämmerte bereits, als die Lokomotive einfuhr.

Nachdem die Jungen die beiden Personenwagen verlassen und auf Befehl von Scharführer Günter Offels auf dem Bahnsteig Aufstellung genommen hatten, setzte Ortsgruppenleiter Waskamp zu einer kurzen Rede an, der aber niemand zuhörte. Die Aufmerksamkeit der Jungen galt ihren Eltern und Geschwistern, die sie so lange nicht gesehen hatten. Die Durchhalteparolen Waskamps, die durch eine hektische Gestik unterstrichen werden sollten, wirkten mittlerweile lächerlich. Die Amerikaner hatten inzwischen Aachen erobert und standen damit auf deutschem Gebiet. Bötze bemerkte, dass auch Jungen, die er zuvor als überzeugte Nationalsozialisten kennen gelernt hatte, leicht die Augen verdrehten, als Waskamp erneut den sicheren Endsieg prophezeite. Die Jungen hatten während ihrer Schanzarbeiten mehrfach mit Angehörigen der Organisation Todt gesprochen und dabei nach und nach eine ungeschönte Beurteilung der militärischen Lage erhalten. Sie hatten erfahren, dass die wenigen V2-Raketen wohl nicht in der Lage sein würden, eine Kriegswende herbeizuführen.

Auch unter den Wartenden befand sich kaum noch jemand, der nicht wusste oder zumindest ahnte, dass der Krieg verloren war und dass das Ende nur eine Frage von wenigen Wochen oder Monaten sein würde. Inzwischen hatten sich die Frontmeldungen weiter verschlechtert und die Flüsterpropaganda, die auf dem verbotenen Abhören von ausländischen Rundfunksendern beruhte, tat ein Übriges, um die Glaubwürdigkeit des Regimes zu schwächen. Für die Parteigenossen stellte allerdings die in diesen Tagen erfolgreich begonnene Ardennenoffensive einen kleinen Hoffnungsschimmer dar.

Bernhard Kempers Eltern und sein jüngerer Bruder Friedrich standen ebenfalls in der Menge. Es dauerte eine Zeit lang, bis Bernhard sie entdeckt hatte. Er eilte auf sie zu und umarmte seine Mutter, der die Freudentränen die Wangen hinunterliefen. Auch Friedrich konnte seine Tränen nicht zurückhalten.

„Dünn bist du geworden … und erwachsen."

Bernhards Mutter sagte das mit Erleichterung und Stolz. Auch sein Vater drückte Bernhard an sich.

Friedrich nahm das Gepäck seines Bruders und trug es die Adolf-Hitler-Straße hinunter. Erst unterhalb der Kirche konnten die beiden Brüder ungestört miteinander reden, weil die Eltern Bekannte getroffen hatten und etwas zurückgeblieben waren.

„Bötze, Vater wäre beinahe verhaftet worden, weil man ihn verdächtigt hat, etwas mit dem Verschwinden Hartmuts zu tun zu haben. Glücklicherweise hat man ihn nach dem Verhör wieder freigelassen, weil sich der Amtsbürgermeister für ihn eingesetzt hat. Ich habe dir davon nicht geschrieben, weil ich dich nicht beunruhigen wollte."

Bernhard Kemper schrak zusammen. Er wusste nicht, wie er sich verhalten hätte, wenn sein Vater verhaftet worden wäre.

„Wie? Amtsbürgermeister Kroes hat sich für unseren Vater eingesetzt? Aber der ist doch selber ein Nazi!"

„Er hat es getan. Du kannst es mir glauben."

Bernhard Kemper schüttelte den Kopf. Er konnte sich noch gut an die Feiern zum Heldengedenktag erinnern, an denen auch die Hitlerjugend teilzunehmen hatte. Kroes war stets in seiner SA-Uniform aufgetreten. Schließlich bekleidete er in der SA den Rang eines Scharführers.

„Wird immer noch ermittelt?"

Friedrich zuckte mit den Achseln. „Ich weiß es nicht. In den letzten Wochen hat es keine neuen Befragungen gegeben. Auch in der Hitlerjugend spricht man nur noch selten über Hartmut. Ich habe mich nicht getraut Fragen zu stellen, weil ich mich nicht verdächtig machen wollte."

„Wer ist neuer Gefolgschaftsführer?"

„Wilhelm Land."

„Da wird Günter Offels aber staunen." Bernhard Kemper wusste, dass sich Günter Offels und Wilhelm Land nicht mochten. Es würde in den nächsten Wochen interessante Gruppenabende geben.

***

Dienstag, 14. August 2007

Als Korff morgens kurz nach acht Uhr seinen Schreibtisch ansteuerte, lagen die lang erwarteten Unterlagen da. Am vergangenen Tag hatte er am Hallmann-Fall gearbeitet und auswärtige Termine wahrgenommen.

Korff setzte sich und schlug den Aktendeckel auf. Er fand darin Kopien der restaurierten Überreste aus der ledernen Brieftasche Kollenbergs.

Der Restaurator hatte eine exzellente Arbeit geleistet. Die drei Dokumente waren weitgehend lesbar gemacht worden. Das erste Schriftstück war eine ursprünglich blaue oder möglicherweise auch grüne Dienstkarte der Hitlerjugend, ausgestellt auf Hartmut Kollenberg. Das Lichtbild zeigte einen Jungen mit rechtsgescheitelten kurzen blonden Haaren in der Uniform der Hitlerjugend. Aus der Dienstkarte wurde deutlich, dass Kollenberg im Mai 1928 in Gelsenkirchen geboren und im Jahre 1942 in die HJ aufgenommen worden war. Zuvor hatte er dem Jungvolk angehört.

Korff nahm das Foto, das er von Höfer erhalten hatte, und legte es neben den Ausweis. Es war eindeutig. Beide Fotos zeigten Hartmut Kollenberg.

Das zweite Dokument war ein alliiertes Flugblatt, das vermutlich von britischen Flugzeugen abgeworfen worden war. Die Überschrift des DIN-A5 großen Blattes lautete: „NACH HITLERS STURZ". In dem Flugblatt hieß es unter anderem: „Die Lebensfrage für das deutsche Volk ist heute: Soll der Krieg verlängert oder abgekürzt werden? Hitler will verhindern, daß der Deutsche dies selbst entscheidet. Er kann ihn aber nicht hindern, Fragen zu stellen." Der Verfasser des Flugblattes hatte dann sieben Fragen formuliert, wie etwa: „Kann Hitlerdeutschland mit einem Kompromissfrieden rechnen?, Bedeutet Hitlers Niederlage Deutschlands Zerstörung?, Bedeutet Hitlers Sturz ein ‚Über-Versailles'?", die jeweils im Anschluss aus alliierter Sicht beantwortet wurden. Das Flugblatt endete mit der indirekten Aufforderung zum Widerstand gegen das nationalsozialistische Regime: „Die wahren Feinde Deutschlands sind die Kriegsverlängerer. Deutschland kann morgen Frieden haben, wenn es sich von Hitler und dem Militarismus befreit – einen Frieden in Freiheit und Gerechtigkeit."

Das letzte Blatt war die Kopie eines Zettels mit handschriftlichen Notizen, die vermutlich Kollenberg angefertigt hatte. Dieser Zettel hatte allerdings sehr gelitten und war nicht mehr vollständig erhalten. Korff entzifferte: „F.....latt stamm. von K... Ke.p.., ver...itet fe..dli.... P..pa.....mat...... Brie.k..... b.. ..ssaneck, Kro.. .nfor...rt".

Korff schrieb die entzifferten Buchstaben auf ein leeres

Blatt und versuchte dann sinnvolle Ergänzungen. Es dauerte nicht sehr lange, bis er die ersten logischen Wortkombinationen gefunden hatte. Der erste Satz lautete sehr wahrscheinlich: „Flugblatt stammt von“ Kurt, Karl, Kuno oder sonstwie „Kemper.“ Dann folgte der Satz „verarbeitet“ oder „verbreitet feindliches Propagandamaterial“, dann: „Briefkopf bei“ oder „Briefkasten bei“, danach folgte möglicherweise ein Name, der auf „ssaneck“ endete, schließlich offenbar ein weiterer Name, der mit „Kro“ begann und dann das Wort „informiert“.

Korff überlegte einen kurzen Augenblick. Kurt, Karl oder Kuno Kemper war vermutlich der Vater von Bernhard Kemper, mit den beiden anderen, dazu noch unvollständigen Namen konnte Korff nichts anfangen.

Er griff kurz entschlossen zum Telefon und wählte die Nummer der Redaktion der Neuen Westfälischen.

„Korff, Kriminalpolizei, ich möchte Herrn Storm sprechen.“

Die gelangweilte Frauenstimme antwortete: „Herr Storm ist noch nicht da, er kommt erst gegen halb zehn.“

„Gut. Wissen Sie, ob er heute Vormittag Termine hat?“

„Bitte warten Sie.“ Korff hörte, dass der Hörer abgelegt wurde. Im Hintergrund fand ein kurzer Wortwechsel statt. Dann sagte die Frauenstimme: „Soweit ich weiß, nein.“

„Richten Sie ihm doch bitte aus, dass ich kurz vor zehn bei ihm sein werde.“ Als die Frauenstimme das zugesagt hatte, legte Korff den Hörer auf und erhob sich. Er nahm die Mappe mit den drei Fotokopien und ging zu Pott.

Der Bruder Nr. 1 saß am Schreibtisch und beschäftigte sich mit der Tastatur seines Computers. Der Schreibtisch war wie immer aufgeräumt. Lediglich ein Kaffeebecher und eine schmale Akte zogen den Blick des Besuchers auf sich.

Pott blickte auf.

„Ich fahre noch einmal nach Spenge. Die in der Brieftasche des Toten gefundenen Dokumente sind aufschlussreich. Vielleicht komme ich da doch noch ein bisschen weiter."

Korff berichtete kurz, was er bislang ermittelt hatte. „Ich glaube zwar nicht, dass sich der Fall noch lösen lässt, aber …" Er ließ den Satz unvollendet.

Pott schien gute Laune zu haben. Er grinste. „Grüß mir Spenge, ich hatte da in meiner Jugend mal eine Freundin. Ich bin da immer von Milse aus mit dem Moped hingefahren und hab da auch meine ersten sexuellen Erfahrungen gesammelt." Er grinste breiter.

„Dann warst du damit aber spät dran", dachte Korff, „in Milse warst du wohl nicht so angesagt. Das kann ich gut verstehen." Er grinste ebenfalls.

***

Korff fuhr über Jöllenbeck nach Spenge. Er war in guter Stimmung und summte Papagenos Arie aus der Zauberflöte mit, die in seinem CD-Player lief. Als Korff Lenzinghausen passiert hatte, konnte er auf den Stadtkern Spenges hinunterblicken, der in einer Senke lag. Er sah eine Anzahl von Hausdächern, dazwischen zahlreiche Bäume. Aus dem rot-grünen Gemenge aus Häusern und Bäumen ragte, leicht in sich verdreht, die Spitze des Kirchturms hervor. Korff ließ den Wagen die Anhöhe hinunterrollen, passierte zwei Ampeln und parkte den Wagen wieder auf dem weitgehend freien Rathausparkplatz. Die Sonne schien, es war nicht so drückend wie vor zwei Tagen. Bürgermeister Trautmann grüßte noch immer und wünschte schöne Ferien. Gemächlichen Schrittes legte Korff die kurze Distanz zu den Redaktionsräumen der Neuen Westfälischen zurück.

Er wurde von einer Mitarbeiterin empfangen, musste dann allerdings noch ein paar Minuten warten, bis auch Storm erschien.

„The same procedure as the day before yesterday?“, rief Korff dem Redakteur anstelle einer förmlichen Begrüßung zu. Storm lachte leise, nickte und informierte dann seine Kollegin darüber, wo er in der nächsten halben Stunde zu finden sein würde.

Im Eiscafé bestellten sie bei der hübschen Serviererin wieder zwei Latte macchiato. Korff schob Storm die Mappe mit den Fotokopien hin. Storm vertiefte sich in die Unterlagen, runzelte zwischendurch die Stirn und schien dann angestrengt nachzudenken.

Als die Serviererin die beiden Getränke brachte, hatte Storm die Dokumente bereits gelesen.

„Soweit ich weiß, hieß der Vater von Bernhard Kemper mit Vornamen Karl“, sagte er dann. „Der damalige Amtsdirektor hieß Kroes. Das könnte der zweite Name sein. Wenn es sich bei ‚ssaneck' um einen weiteren Namen handelt, kann ich damit allerdings nichts anfangen.“

Korff war mit der Auskunft zunächst zufrieden. „Danke. Kennen Sie jemanden, der die restlichen Fragen klären kann?“

„Vielleicht Arnold Wellenbrock.“ Als ihn Korff fragend anblickte, erläuterte er: „Das ist unser Ortshistoriker. Der kennt hier jeden Menschen und jeden Stein.“ Storm zog sein Handy aus der Tasche des Jacketts. „Ich rufe Wellenbrock an.“

Wellenbrock war am Apparat. Storm erläuterte ihm kurz das Problem und nannte dabei auch die betreffenden Namen. Dann sagte er „Ist gut!“ und beendete das Gespräch.

Er blickte Korff an. „Wir sollen vorbeikommen. Er kann Ihnen helfen."

***

Arnold Wellenbrock hatte offenbar auf die beiden Männer gewartet und öffnete ihnen die Haustür, noch ehe sie geklingelt hatten. Er führte die Besucher in sein Wohnzimmer, wo alle drei in tiefen Sesseln Platz nahmen. Wellenbrock schien Storm recht gut zu kennen, der seinerseits Korff und Wellenbrock miteinander bekannt machte.

Wellenbrock mochte Mitte siebzig sein. Er wirkte noch sehr vital. Er trug eine hellbraune Cordhose und ein dezent kariertes Hemd. Die Wohnung war akribisch aufgeräumt. Historische Stiche an den Wänden und zahlreiche Bücher zeugten von den Interessen Wellenbrocks.

Der Ortshistoriker erwies sich als guter Gastgeber: „Darf ich Ihnen etwas anbieten? Meine Frau kocht Ihnen gerne einen Kaffee oder einen Tee."

Die beiden Besucher lehnten dankend ab. Korff reichte Wellenbrock die Kopie des offenbar von Kollenberg geschriebenen Zettels.

„Ich bin Ihnen zu Dank verpflichtet, dass Sie Zeit für uns haben. Können Sie uns etwas zu den drei Namen sagen?"

Wellenbrock las den Zettel aufmerksam, dann sagte er: „Die drei Namen kenne ich. Karl Kemper hat in der Nachkriegszeit für die KPD kandidiert, Werner Kroes war von 1931 bis Mitte der 1950er Jahre Amtsbürgermeister und bei ‚ssaneck' muss es sich um Alfred Lassaneck handeln. Der hat viele Jahre lang in der Nähe des heutigen Rathauses eine Kneipe betrieben, die besonders von der Arbeiterschaft besucht wurde."

„Fangen wir mal systematisch an", sagte Korff. „Was wissen Sie über Werner Kroes?"

Wellenbrock holte etwas weiter aus: „Wie Ihnen vielleicht bekannt ist, waren die damaligen Amtsbürgermeister gelernte Kommunalbeamte, die ihr Amt hauptberuflich ausgeübt haben. Bürgermeister Kroes hat in der Endphase der Weimarer Republik sein Amt unparteiisch geführt, was ihm in dieser Zeit wohl einige Konflikte mit der Ortsgruppenleitung der NSDAP eingebracht hat. Nach der ‚Machtergreifung' durch die Nationalsozialisten hat sich Kroes aber mit dem Holzhändler Deichmeyer, der bis zum Beginn des Krieges Ortsgruppenleiter der NSDAP war, arrangiert und ist dann schnell in die Partei aufgenommen worden. Kroes war danach ein hundertprozentiger Nationalsozialist."

„Was ist nach dem Krieg aus Kroes geworden?", wollte Korff wissen.

Der Ortshistoriker lächelte: „Kroes war sehr gewitzt. Er hatte bereits sehr früh die richtige Ahnung, dass der Zusammenbruch der Naziherrschaft kommen würde. Kroes hat sich seit Ende 1944 sehr dezent bei den als Regimegegnern bekannten Leuten rückversichert. Nach Kriegsende haben mehrere französische Kriegsgefangene, die in dem Lager in Bardüttingdorf lebten und in der Landwirtschaft beschäftigt waren, bezeugt, dass sie von Kroes unterstützt worden sind. Daneben haben auch Sozialdemokraten und Mitglieder der bürgerlichen Parteien für Kroes ausgesagt, so dass er nach Abschluss der Entnazifizierung als bloßer Mitläufer eingestuft wurde und im Amt verbleiben konnte. Selbst die Kommunisten haben nichts dagegen gehabt. Werner Kroes ist Mitte der 50er Jahre bei einem Autounfall ums Leben gekommen."

„Jemand, der sich in drei so verschiedenen politischen

Systemen behaupten konnte, ist mir reichlich suspekt", meinte Korff.

Storm pflichtete ihm bei: „Meine Interviewpartner haben übereinstimmend ausgesagt, dass Kroes ein typischer Opportunist gewesen ist. Beamtenseelen wie Kroes haben es unterlassen die Weimarer Republik zu verteidigen. Nach der ‚Machtergreifung' 1933 sind sie ohne Probleme zu den Nazis übergeschwenkt und haben auch dem neuen Regime mit Inbrunst gedient."

Durch dieses harsche Urteil fühlte sich Wellenbrock veranlasst, Kroes' Persönlichkeit noch differenzierter darzustellen: „Wissen Sie, Kroes war eine Frohnatur, eigentlich ein eher unpolitischer Mensch, der aber wusste, dass man sich mit den Mächtigen gut stellen musste, wenn man sein Amt behalten wollte. Er fühlte sich am wohlsten, wenn er abends in der Kneipe nach einer Gemeinderatssitzung mit den reichen Bauern Skat spielen konnte. Dabei wurden die Becher immer hochgehalten. Es gab da einige Vorfälle, die jedoch nie Konsequenzen hatten. Einmal ist Kroes von einer ausgedehnten Zechtour nachts nach Hause gekommen und hat sein Auto, damals eines der wenigen in Spenge, mitten auf der Hauptverkehrsstraße abgestellt. Er hat damit bis zum nächsten Morgen den gesamten Verkehr behindert. So einer war das. Die Polizei hat nichts unternommen. Damals ging das noch."

Korff kam zu der Erkenntnis, dass die lokale Sichtweise den Blick doch ein wenig vernebelte. Er ging auf die letzte Bemerkung Wellenbrocks nicht ein und fragte stattdessen: „Wer hat denn von dem Holzhändler Deichmeyer das Amt des Ortsgruppenleiters übernommen? War das Kettering?"

„Nein, Kettering war sicher ein wichtiger Mann im Hintergrund. Er gehörte der Ortsgruppenleitung an, hat darüber hinaus aber keine hohen Ämter bekleidet, so dass er nach Kriegsende als nicht sonderlich belastet dastand. Deichmeyer wurde nach Kriegsbeginn zur Wehrmacht eingezogen, als kommissarischer Ortsgruppenleiter fungierte danach Waldemar Waskamp, der eine kleine Zigarrenfabrik betrieb."

„Was wissen Sie über Karl Kemper?"

Wellenbrock überlegte kurz. „Kemper ist vermutlich während der Weltwirtschaftskrise mit der KPD in Berührung gekommen. Er war in dieser Zeit einige Monate im Ruhrgebiet. Er ist dann nach der ‚Machtergreifung' zusammen mit ein paar anderen Kommunisten verhaftet worden und war mehrere Monate im KZ. Die Kommunisten sind später entlassen worden, mussten dabei aber eine Verpflichtungserklärung unterschreiben, dass sie über die Zeit ihres Lageraufenthaltes nicht reden würden. Nach dem Krieg hat Kemper mit ein paar anderen Kommunisten die Ortsgruppe der KPD neu gegründet. Er hat bei den ersten Kommunalwahlen kandidiert und ist auch 1946 für kurze Zeit in den Gemeinderat gewählt worden. Kemper ist Anfang der 1970er Jahre gestorben. Er war zuletzt ein Eigenbrödler, gelegentlich schrieb er Leserbriefe in den örtlichen Tageszeitungen, in denen er die Fehler der Kommunalpolitik aus sozialistischer Sicht analysierte und kritisierte."

„Wer war Lassaneck?" Korff arbeitete seine Fragenliste systematisch ab.

„Alfred Lassaneck stammte, wenn ich mich nicht täusche, eigentlich aus dem Ruhrgebiet, er hat – ich glaube, das war schon in den 20er Jahren – eine Frau aus Spenge geheiratet und dann eine Kneipe aufgemacht. Sein Spenger Haus galt in der Weimarer Republik als Arbeiterlokal. Nach der ‚Machtergreifung' stand er lange Zeit unter

Beobachtung der Nationalsozialisten, die wohl vermutet haben, dass in seiner Kneipe Pläne gegen das Regime geschmiedet wurden. Lassaneck hat diese Zeit aber überstanden. Nach dem Ende des Zweiten Weltkriegs war bei Lassaneck jeden Samstag Tanz. Mein älterer Bruder ist in jener Zeit häufig dort gewesen."

„Wissen Sie, was Kollenberg in diesem Zusammenhang mit dem ‚Briefkasten' gemeint haben könnte?"

Wellenbrock überlegte. Er gelangte aber zu keinem Ergebnis. „Hm, das ist mir auch unklar. Einen Briefkasten hat es meines Wissens vor dem Spenger Haus nicht gegeben. Das war damals nicht so wie heute. Briefe mussten zur Post gebracht werden oder wurden dem Postboten mitgegeben … Warten Sie einmal."

Wellenbrock stand auf und kehrte nach kurzer Zeit mit einem Fotoalbum zurück.

„Hier habe ich einige Fotos aus dem alten Spenge." Er blätterte in dem Album und zeigte dann auf ein Foto. „Sehen Sie, das ist das Spenger Haus." Er wies auf die Vorderansicht eines dunklen, zweistöckigen Gebäudes, vor dem sich einige SA-Männer für den Fotografen aufgestellt hatten. „Das Foto ist kurz vor der ‚Machtergreifung' entstanden. Ich habe das Foto von einem alten SA-Mann. Die SA-Leute wollten die Sozialdemokraten und Kommunisten, die sich in dem Lokal aufhielten, provozieren. Schauen Sie, von einem Briefkasten ist hier nichts zu sehen."

Korff und Storm erhoben sich. Korff streckte Wellenbrock seine rechte Hand entgegen. „Vielen Dank für Ihre Hilfe, Herr Wellenbrock."

Wellenbrock führte seine beiden Gäste zur Tür. „Wenn Sie noch weitere Fragen haben … Sie wissen ja, wo ich wohne. Sie können mich jederzeit anrufen."

Korff und Storm schritten durch den gepflegten Vorgarten und setzten sich dann in Korffs Auto. Korff startete den Wagen. Als sie durch die Weidenstraße fuhren, deutete Storm auf ein Ensemble älterer Gebäude.

„Ich habe übrigens am kommenden Donnerstag um zehn Uhr einen Termin im Stadtarchiv. Das befindet sich dort im Torhaus der alten Werburg. Ich will noch einen abschließenden Artikel über den Fall schreiben. Vielleicht finden sich in den Akten ja noch Hinweise auf den Kollenberg-Fall. Wenn Sie wollen, können Sie mitkommen."

„Gerne. Das lässt sich einrichten. Um zehn Uhr am Torhaus. Ich setze Sie jetzt an der Redaktion ab. Ich möchte noch einmal bei Bernhard Kemper vorbeischauen."

„Was versprechen Sie sich davon?"

„Vielleicht hat er mir noch nicht alles über die Aktivitäten seines Vaters erzählt. Wenn man von den restaurierten Dokumenten ausgeht, ist sein Vater der Hauptverdächtige."

***

Bernhard Kemper sah nicht sehr erfreut aus, als er die Tür öffnete und Korff erblickte.

„Darf ich noch einmal stören?", fragte Korff und lächelte den alten Mann an. Als dieser nicht sofort antwortete, ergänzte Korff schnell: „Es dauert nicht lange."

„Ja", antwortete Kemper etwas einsilbig. „Kommen Sie herein."

Korff wurde wieder in die den Charme der 1950er-Jahre verströmenden Küche geführt. Sie setzten sich an den Küchentisch.

„Herr Kemper, wir haben einige Dokumente restaurieren und entziffern können, die Kollenberg in einer Brieftasche mit sich geführt hat." Korff kramte die Kopie des von Kollenberg beschriebenen Zettels hervor. „Unter anderem ist ein Zettel dabei, der auf ein alliiertes Flugblatt verweist. Auf dem Zettel steht: ‚Flugblatt stammt von Karl Kemper, verbreitet feindliches Propagandamaterial. ‚Briefkasten‘ bei Lassaneck, Kroes informiert.‘“

Kemper wartete.

„Kollenberg nennt hier den Namen Ihres Vaters. Wissen Sie etwas über die Angelegenheit?“

Kemper schwieg weiter. „Ja“, meinte er dann zögernd, „ich sagte Ihnen bereits, dass mein Vater ein Regimegegner war. Er hielt auch nach seinem KZ-Aufenthalt noch lockeren Kontakt zu einigen seiner Genossen.“

„Sie meinen damit Mitglieder der KPD?“, unterbrach ihn Korff.

„Ja natürlich. Mein Vater hat mir später einmal erzählt, dass es bei Lassaneck, der war auch Kommunist, einen geheimen Briefkasten gegeben hat, der sich im Hinterhof des Hauses befand. Mit Hilfe dieses Briefkastens haben mein Vater und die anderen Genossen nach ihrer Entlassung aus dem KZ Informationen ausgetauscht. Vermutlich hat mein Vater das Flugblatt irgendwo gefunden und dann dort deponiert, um die anderen Genossen zu informieren. Vielleicht hat Kollenberg ihn dabei beobachtet.“

In diesem Augenblick betrat Frau Kemper die Küche. Sie hatte eingekauft und stellte eine Tasche mit Lebensmitteln neben den Küchentisch. Dann begrüßte sie Korff und fragte: „Möchten Sie einen Kaffee?“ Korff nickte.

Er wandte sich wieder an Kemper. „Wie haben Ihr Vater und seine Genossen reagiert, als sie gemerkt haben, dass sie ausspioniert wurden?“

Kemper schaute Korff misstrauisch an. „Das weiß ich nicht. Ich glaube nicht, dass sie überhaupt etwas gemerkt haben.“

Korff hakte nach: „Kollenberg hat aber – wenn seine Aufzeichnungen stimmen – die Informationen an den Amtsbürgermeister weitergegeben. Der muss doch reagiert haben."

Kemper entgegnete etwas unwirsch: „Wenn seinerzeit etwas herausgekommen wäre, hätte man meinen Vater und die anderen sicherlich wieder inhaftiert. Das ist aber nicht passiert."

Korff überlegte. Die nächsten Worte wählte er sehr sorgfältig. „Könnten Sie sich vorstellen, dass Ihr Vater und seine Genossen versucht haben, Schlimmeres für sich und ihre Familien zu verhindern?"

Frau Kemper hatte, während der Kaffee durchlief, die Unterhaltung aufmerksam verfolgt. Jetzt schaltete sie sich ein. Sichtlich erregt fragte sie: „Wollen Sie damit sagen, dass mein Schwiegervater einen Mord begangen hat?" Auch Bernhard Kempers Miene verfinsterte sich.

Korff versuchte die beiden zu beschwichtigen: „Ich spiele lediglich alle Möglichkeiten durch, um den Fall zu lösen. Das gehört sozusagen zum kriminalistischen Einmaleins."

Immer noch außer sich erklärte Frau Kemper: „Mein Schwiegervater war schwer kriegsbeschädigt. Er war gegen die Nazis und er war gegen den Krieg. Dennoch musste er die Uniform der Wehrmacht anziehen. Er wäre körperlich gar nicht mehr in der Lage gewesen, eine solche Tat zu begehen. Sie kannten ihn nicht. Bevor der einen Menschen umgebracht hätte, wäre er lieber wieder ins KZ gegangen."

Da Korff auf eine Entgegnung verzichtete, ruhte das Gespräch eine Weile. Das Ticken der altmodischen Küchenuhr beherrschte den Raum. Das Geräusch der Kaffeemaschine zeigte dann an, dass der Kaffee fertig war. Frau Kemper stand auf und füllte den Kaffee in drei altmodische weiße, mit einem Goldrand versehene Porzellantassen. Sie blickte Korff nicht gerade freundlich an, als sie ihm die Kaffeetasse überreichte.

„Möchten Sie Milch oder Zucker?“

„Nur etwas Milch.“

Frau Kemper reichte ihm die Tasse, Korff nahm vorsichtig einen ersten Schluck.

„Haben Sie eine andere Theorie, um den Mord an Kollenberg zu erklären?“, fragte er schließlich.

Das Ehepaar schwieg. Das Gespräch kam nicht mehr in Gang.

Korff trank den Kaffee aus, verabschiedete sich und fuhr zurück nach Bielefeld. Er aß in der Cafeteria der Universität zwei Brötchen, besorgte sich in der Bibliothek noch ein Buch über die Hitlerjugend als Abendlektüre und fuhr anschließend zu seiner Dienststelle.

***

Nach kurzem Suchen hatte Korff das Aufnahmegerät in Grohners Schreibtisch gefunden. Er verschaffte sich zunächst einen Überblick über die gespeicherten Dateien, dann fand er das Gespräch, das Grohner am 3. August mit Wilhelm Land geführt hatte. Bevor er damit begann das Gespräch abzuhören, holte er sich einen Becher Kaffee aus dem Automaten.

„Herr Land, bevor ich Sie jetzt befrage ...“ Das war Grohners Stimme. „Können Sie eingangs ein paar Angaben zur Ihrer Person machen?“

„Ich heiße Wilhelm Land, geboren am 13. Mai 1928 in Spenge. Ich bin Rentner, habe aber bis zu meinem 65. Lebensjahr als kaufmännischer Angestellter bei einer Firma gearbeitet, die Küchenmöbel herstellt.“

Land sprach langsam, seine Stimme klang etwas brüchig.

„Herr Land, wie Sie vielleicht wissen, ist an den Tennisplätzen ein menschliches Skelett gefunden worden, das vermutlich aus der Zeit des ‚Dritten Reiches' stammt, da unmittelbar neben den Knochenüberresten auch ein Koppelschloss gefunden wurde, das zur Bekleidung oder Ausrüstung der Hitlerjugend gehörte."

„Ich habe Ihrem Beamten schon gesagt, dass das die Knochen von Hartmut Kollenberg sein müssen. Er war im Herbst 1944 plötzlich verschwunden. Wir haben uns damals alle gefragt, wo er geblieben ist."

„Wer war Hartmut Kollenberg?"

„Hartmut war unser Gefolgschaftsführer."

„Bei welcher Gelegenheit haben Sie Kollenberg kennen gelernt?"

„Er erschien eines Tages, das muss Ende des Jahres 1943 gewesen sein, bei einem unserer Gruppenabende. Er war gerade nach Spenge gezogen und wohnte bei dem alten Kettering, der war Mitglied der Ortsgruppenleitung. Die Ketterings waren seine Pflegefamilie."

„Was hat Kollenberg in Spenge gemacht?"

„Er stammte aus Gelsenkirchen. Seine Familie ist bei einem Bombenangriff ums Leben gekommen. Ich glaube, er hat mal davon gesprochen, dass außer ihm nur sein jüngster Bruder überlebt hat. Er hat darunter sehr gelitten."

„Wie sind Sie mit Kollenberg zurechtgekommen?"

„Na ja, er war sehr forsch, ein Hundertprozentiger eben. Nicht alle in der HJ waren so, aber er hat viele von uns beeindruckt. Kollenberg hat sich sofort überall eingemischt, wusste immer alles besser und wurde schließlich, als der alte Gefolgschaftsführer zur Wehrmacht eingezogen wurde, unser neuer Gefolgschaftsführer."

„Wie standen Sie persönlich zu Kollenberg?"

„Er war unser Gefolgschaftsführer. Als solchen habe ich ihn natürlich akzeptiert. Ich mochte ihn aber nicht so sehr. Er war mir zu großspurig, zu großkotzig. Er machte alles schlecht, was wir in Spenge hatten, er verglich das immer mit Sachen aus seiner Heimatstadt Gelsenkirchen."

„Was wissen Sie über Kollenbergs Verschwinden?"

„Nicht viel. Er war plötzlich verschwunden, als unsere Gefolgschaft zu Schanzarbeiten zum Westfalenwall, so hieß das damals, an die holländische Grenze fahren musste. Ich selber konnte nicht mit, weil ich mir kurz zuvor bei einer unserer Fehden den Arm gebrochen hatte. Hartmut durfte auch nicht mit, weil er dienstlich unabkömmlich war. Er machte damals eine Lehre bei der Amtsverwaltung."

„Wann haben Sie ihn zum letzten Mal gesehen?"

„Das muss ein oder zwei Tage vor der Abfahrt zum Westfalenwall gewesen sein. Ich war damals HJ-Führer und gehörte zum Führerkorps. Wir Führer haben uns regelmäßig getroffen."

„Gab es da irgendwelche Anzeichen dafür, dass Kollenberg verschwinden würde?"

Land ließ sich mit seiner Antwort Zeit. Dann sagte er: „So genau kann ich mich an dieses letzte Treffen nicht mehr erinnern, genauer gesagt, ich kann mich gar nicht mehr daran erinnern. Das ist ja auch mehr als 60 Jahre her."

„Was wurde denn seinerzeit über Kollenbergs Verschwinden erzählt?"

„Da gab es viele Spekulationen. Genaueres wusste niemand. Die Gerüchte reichten von einem Geheimauftrag, den er im Auftrag der HJ-Führung zu erledigen hatte, bis hin zu einer kommunistischen Verschwörung, deren Opfer er geworden sei."

„Hat die Polizei damals ermittelt?"

„Ja natürlich, die in Spenge gebliebenen Hitlerjungen hatten damals Besuch von einem Gestapo-Beamten, der uns ausgeforscht hat. Wir konnten aber nichts sagen, weil wir nichts wussten."

Es trat eine kurze Pause ein. Dann sagte Land: „Wenn die HJ-Führung Kollenberg damals tatsächlich einen Geheimauftrag erteilt hätte, so wären doch sicherlich seine Pflegeeltern nicht völlig uninformiert gewesen. Und das waren sie – bis zu ihrem Tode. Ich habe in den 50er Jahren gelegentlich mit dem alten Kettering gesprochen. Er hat nie an einen Geheimauftrag geglaubt. Dass die Gestapo Ermittlungen angestellt hat, spricht ja auch dagegen."

„Daraus ergibt sich aber die Frage, wer Kollenberg umgebracht und die Leiche vergraben hat. Haben Sie eine Vermutung?"

„Nein. Im Jahre 1944 wurde auch vermutet, dass Kommunisten für sein Verschwinden verantwortlich sein könnten. Damals sind auch einige Mitglieder der KPD von der Gestapo verhört worden. Ihre Schuld konnte aber nicht bewiesen werden."

„Andere Verdächtige gab es nicht? Hatte Kollenberg Feinde?"

„Ich weiß zumindest von keinen Feinden, die einem 17-jährigen Jungen nach dem Leben hätten trachten können."

Damit endete das Gespräch. Korff schaltete das Aufnahmegerät aus und legte es zurück in den Schreibtisch. Er blieb noch einen Augenblick sitzen und machte sich ein paar Notizen. Schließlich erhob er sich und warf seinen leeren Kaffeebecher in den Papierkorb.

7. Kapitel

Samstag, 31. März 1945

Kurz nach Weihnachten waren Bernhard Kemper und andere Hitlerjungen in den Spenger Volkssturm einberufen worden. Dem auf Befehl der NSDAP-Kreisleitung bereits im November gebildeten Volkssturm gehörten vor allem Ältere und Kriegsbeschädigte an, die für den Fronteinsatz nicht mehr zu gebrauchen waren. Die Ausbildung der Volkssturmmänner fand im Gelände in der Umgebung Spenges statt. Als Bataillonsführer des Volkssturms fungierte der Möbelfabrikant Fahrenhorst, der als Feldwebel im Jahre 1939 den Überfall auf Polen mitgemacht hatte und damit – nach Meinung der Kreisleitung – hinreichende militärische Kenntnisse besaß.

Zur Bewaffnung des Volkssturms gehörten ein paar Pistolen, Gewehre und Panzerfäuste, die bei der Verteidigung des Ortes vor den heranrückenden alliierten Panzertruppen Verwendung finden sollten. Aufgabe des Volkssturms war es, beim Vordringen der alliierten Truppen Brücken zu sprengen sowie Panzersperren zu errichten und die Panzer mit den Panzerfäusten zu bekämpfen. Entlang der Warmenau und an den Ausfallstraßen nach Bielefeld und Werther wurden Wachposten aufgestellt, die die errichteten Panzersperren bewachen und die Lage sondieren sollten.

„Was wir hier machen, ist ein Witz“, meinte Fritz Wiemann, der neben Bernhard Kemper in einem trocknen Straßengraben hockte und sich mit dem Rücken an die Böschung lehnte. Die beiden fröstelten. Die Sonnenstrahlen hatten noch nicht genug Wärme. Wiemann, von Beruf Landwirt, stammte von einem kleinen Bauernhof in Südspenge. Er war im Jahre 1942 in Russland verwundet worden und hatte seinen linken Unterarm verloren. Die

Volkssturmmänner hatten sich an der Warmenau, einem kleinen Flüsschen, das die Grenze nach Niedersachsen bildete, versammelt, um eine Geländeübung zu absolvieren.

„Was, glaubst du, wird passieren, nachdem wir die erste Panzerfaust gegen einen amerikanischen Panzer abgefeuert haben?“ Wiemann blickte den Hitlerjungen durchdringend an.

Bernhard hob die Schultern. Er konnte sich diese Situation nicht vorstellen. Er konnte sich überhaupt nicht vorstellen, eine Panzerfaust gegen einen Panzer zu richten.

Wiemann sprach leise. „Die machen uns fertig, so schnell kannst du gar nicht gucken. Die kommen nicht mit zehn oder zwanzig Panzern, das werden hunderte sein. Über unsere Panzersperren werden die nur lachen.“ Bernhard schwieg. „Hast du einmal in einem Panzer gesessen?“ Bernhard schüttelte den Kopf. „Ich schon. Durch unsere Straßensperren werden die Amerikaner nur wenige Minuten aufgehalten. Die werden das aber als feindliche Handlung verstehen und ihre Geschütze auf Spenge richten.“

Bernhard nickte. Sein kriegserfahrener Gesprächspartner klang absolut glaubwürdig.

„Was sollen wir denn tun?“

„Wir sollten uns hier vom Acker machen, aber schnell. Alle sollten das tun. Ich setze auf Fahrenhorst, das ist kein Nazi. Ich hoffe, dass er einen kühlen Kopf bewahrt.“

Wiemann hatte geflüstert. Er glaubte, dass er Bötze vertrauen konnte. Er kannte Bernhards Vater und wusste, wie dieser zum Regime stand. Bei einigen anderen Hitlerjungen war er sich nicht so sicher. Diese Jungen glaubten immer noch, dass Deutschland den Krieg gewinnen würde und hätten Wiemann ohne lange zu überlegen als Wehrkraftzersetzer angezeigt. Was dann mit ihm geschehen würde, war klar. Vor ein paar Tagen war eine Anordnung der NSDAP-Kreisleitung bekannt geworden, dass die Posten des Volkssturms darauf untersucht werden sollten, ob sie weiße Tücher in den Taschen hätten. Wer mit einem weißen Tuch angetroffen würde, sollte sofort standrechtlich erschossen werden. Fahrenhorst hatte aber bislang auf derartige Kontrollen verzichtet.

In diesem Augenblick lief ein Hitlerjunge die Straße entlang. „Sammeln!", rief er, „Befehl des Bataillonsführers."

Wiemann und Bernhard schlossen sich den anderen Männern an, die ebenfalls aus ihren Stellungen kamen. Auf einer an der Warmenau gelegenen Wiese hatten sich bereits einige Volkssturmmänner versammelt und sprachen miteinander, weitere kamen hinzu.

Bataillonsführer Fahrenhorst, ein großer, kräftiger Mann, gebot Ruhe. „Männer", sagte er, „ich komme soeben von der Ortsgruppenleitung. Es ist damit zu rechnen, dass die feindlichen Panzerverbände in absehbarer Zeit Spenge erreichen werden. Unsere Wehrmacht befindet sich auf dem Rückzug und wird am Weserbogen eine neue Kampflinie aufbauen. Ich habe den Ortsgruppenleiter davon überzeugen können, dass es sinnlos ist Spenge durch Panzersperren zu verteidigen. Für einen Kampf sind wir weder hinreichend ausgebildet noch bewaffnet." Unter den Männern erhob sich zustimmendes Gemurmel, lediglich bei einigen wenigen Hitlerjungen waren Ansätze von Protest zu vernehmen.

Der Bataillonsführer fuhr fort: „Ortsgruppenleiter Waskamp hat Leibschmerzen gekriegt und sich ins Bett gelegt. Die Ortsgruppenleitung ist damit nicht mehr handlungsfähig. Wir machen jetzt den Laden dicht. Wir bauen die Panzersperren wieder ab und ihr könnt anschließend nach Hause gehen."

Die Volkssturmmänner nickten. Bernhard Kemper

blickte in zufriedene Gesichter. Die Männer standen noch einen Augenblick beisammen und besprachen das soeben Gehörte. Etwas abseits hatten sich einige Hitlerjungen mit enttäuschten Mienen zusammengeschart und blickten den Bataillonsführer wütend an. Drei ältere Männer sprachen daraufhin die Hitlerjungen an und versuchten sie offenbar von der Richtigkeit der Anordnung zu überzeugen, schienen dabei aber auf wenig Einsicht zu treffen.

Wiemann winkte Bernhard zu sich. Er wirkte erleichtert.

„Wenn nichts Unvorhergesehenes passiert, ist der Krieg für uns zu Ende. Wir wollen nur hoffen, dass die Burschen da drüben keine Kurzschlussreaktion begehen. Die wissen gar nicht, was sie damit anrichten können." Er wies auf die unzufriedenen Hitlerjungen.

Bernhard kannte die Jungen. „Die werden wieder vernünftig", meinte er, „spätestens, wenn sie mit ihren Eltern gesprochen haben. Ihre Eltern werden sich auch freuen, dass die Sache vorbei ist."

***

Donnerstag, 16. August 2007

Das beeindruckende Gebäude des Werburger Torhauses, gebaut im Stil der Weserrenaissance, stammte aus dem ausgehenden 16. Jahrhundert und beherbergte das Stadtarchiv.

„Herr Storm?"

Der Mann im grauen Kittel stand in der geöffneten Tür aus Pappelholz, die den Eingang zum Torhaus bildete. Sein Blick wanderte zwischen den beiden Männern, die vor der Tür gewartet hatten. Wolfgang Storm nickte und zog damit die Aufmerksamkeit des Mannes auf sich.

„Wir sind verabredet. Ich habe noch Hauptkommissar Korff mitgebracht. Er ist mit der Untersuchung des Skelettfundes am Tennisplatz beauftragt."

Der hochgewachsene Mann hatte ein braun gebranntes, etwas faltiges Gesicht, in dem die eng nebeneinander stehenden dunklen Augen dominierten. Sein volles Haar trug er an den Seiten sehr kurz geschnitten. Er lächelte.

„Schön, dass sich mal wieder jemand ins Archiv verirrt. Das kommt leider nur drei- bis viermal im Monat vor. Ich habe Ihnen schon einige Akten herausgelegt."

Der Archivar, den Storm auf gut sechzig Jahre schätzte, ließ seine Gäste in den ebenerdigen großen Raum. Er verschloss die Eingangstür und wandte sich zur Treppe, die in die erste Etage führte. Hier war das Stadtarchiv untergebracht. Die Aufmerksamkeit der beiden Besucher wurde allerdings zunächst auf eine fast meterhohe Holzplastik gelenkt, die auf einem Podest neben der Treppe stand und einen sitzenden, gesichtslosen Mann zeigte, der auf seinem rechten Unterschenkel und Fuß ruhte. Das linke Bein hatte er, im Knie gebeugt, vor den Körper gestellt; seine Arme hielten den linken Unterschenkel umschlungen. Er schien in Gedanken versunken.

Korff blieb kurz stehen und betrachtete die Figur. Ein Schild, das an der einen Seite des Podests angebracht war, verriet ihm den Titel der Plastik: „Tiefer Gedanke".

„Beeindruckend, nicht wahr?", fragte der Archivar. „Der Künstler hat die Plastik aus einem einzigen Stück Wurzelholz gefertigt."

Die beiden Besucher nickten.

Der große Archivraum in der ersten Etage war neu eingerichtet. Leseraum und Aktendepot waren integriert, so dass die Regale mit den Aktenkartons in unmittelbarer Nähe der wenigen Lesetische standen. Der große Raum wirkte dadurch etwas beengt, nur wenige Benutzer konnten gleichzeitig arbeiten. Mehr Lesetische waren bei der geringen Frequentierung des kleinen Stadtarchivs aber wohl auch nicht notwendig.

Die Männer setzten sich.

„Zuerst die Formalitäten." Der Archivar reichte Korff und Storm zwei Benutzeranträge, in welche die beiden ihre Personalien und den Zweck ihres Besuches einzutragen hatten. Während die beiden Besucher die Formulare ausfüllten, erläuterte der Archivar: „Unsere Aktenüberlieferung reicht vom Anfang des 19. Jahrhunderts bis in die 1970er Jahre. Die aktuellen Akten befinden sich noch in der laufenden Verwaltung, kommen später aber auch hier in das Archiv. Neben den Verwaltungsakten enthält das Archiv auch mehrere private Nachlässe. Vor kurzem habe ich den Nachlass eines früheren Amtsbürgermeisters erhalten, den ich gerade erschließe und verzeichne."

Korff horchte auf. „Handelt es sich um den Nachlass von Bürgermeister Kroes?"

Der Archivar blickte ihn überrascht an. „Ja, in der Tat. Seine Tochter ist vor einigen Monaten verstorben und deren Sohn hat uns die privaten Aufzeichnungen seines Großvaters, inklusive einiger dienstlicher Akten und zahlreicher Fotos, überlassen."

Er wies dabei auf einige verstaubte Aktenordner, Mappen und mit Schnüren verschlossene Schuhkartons, die zum Teil auf, zum Teil neben seinem Schreibtisch lagen. „Die Sachen haben wahrscheinlich viele Jahre auf einem Dachboden geschlummert."

Der Archivar nahm die ausgefüllten Benutzeranträge, prüfte sie kurz und legte Storm dann einige Akten auf den Tisch. Korff setzte sich neben Storm. Die beiden sahen sich die Akten an. Es handelte sich um relativ schmale Konvolute von Dokumenten zur Hitlerjugend, zur NSDAP und zum Kriegsgeschehen. Die Schriftstücke waren mehrheitlich maschinenschriftlich, teilweise aber auch handschriftlich verfasst worden.

Storm blätterte die wenigen Schriftstücke durch, nebenbei fragte er den Archivar, der sich inzwischen an die weitere Verzeichnung des Kroes-Nachlasses gemacht hatte: „Von ihrer Sprechweise her kommen Sie von außerhalb. Was hat Sie denn in das langweilig-beschauliche Spenge verschlagen?"

Der Archivar lachte. „Sie haben Recht. Ich wohne erst seit ein paar Jahren hier. Ich habe ursprünglich als Archivar in Duisburg gearbeitet. Als meine Frau lungenkrank wurde, sind wir in den Schwarzwald gezogen. Nach dem Tod meiner Frau bin ich durch Kontakte zu Freunden, die hier in der Gegend leben, nach Spenge gekommen. Ich habe noch zwei Jahre lang eine ABM-Stelle im Archiv gehabt und arbeite hier nun zwei Tage in der Woche ehrenamtlich weiter."

Er machte eine kleine Pause und fuhr fort: „Sie wissen, die Stadt hat wenig Geld für Kulturarbeit und da war der Bürgermeister dankbar, dass ich, nachdem ich das Rentenalter erreicht hatte, ohne Bezahlung weiterarbeiten wollte."

Storm nickte bestätigend. Nachdem er langsam weitergeblättert hatte, stellte er fest: „Na, sehr ergiebig sind Ihre Akten nicht. Ich wollte eigentlich einen Hintergrundartikel mit etwas Zeitkolorit zum Kollenberg-Fall schreiben, jetzt, wo die Kripo die Ermittlungen abgeschlossen hat."

„Ach so, die Ermittlungen sollen eingestellt werden?

Korff nickte. „Wir kommen nicht weiter. Der oder die Täter dürften inzwischen auch verstorben sein. Ich hatte gehofft, eventuell hier im Archiv noch eine Spur zu finden."

Storm hatte während der Unterhaltung weiter in den Akten geblättert. Plötzlich pfiff er leise durch die Zähne: „Ah, schauen Sie, hier ist eine Liste der Hitlerjugendführer aus dem Jahre 1944, die die Ortsgruppenleitung der NSDAP an den Bürgermeister geschickt hat. Kollenberg ist hier als Gefolgschaftsführer genannt, Walfried Höfer, Günter Offels, Wilhelm Land und Hans Frenkel als Scharführer, dann folgen noch einige Kameradschaftsführer ... Und hier eine Mitteilung der Kreisleitung über den bevorstehenden Arbeitseinsatz der Hitlerjungen am Westfalenwall im November 1944."

Der Archivar stand auf, stellte sich hinter Storm und Korff und guckte interessiert in die Akte. Storm machte sich einige Notizen.

Mehr fand sich aber nicht. Dann hatte Storm die dünnen Akten durchgesehen. Enttäuscht murmelte er: „Ich hatte gehofft, dass ich hier die alten Polizeiakten mit den damaligen Ermittlungen zum Mordfall Kollenberg finden würde."

„Darüber gibt es hier im Archiv nichts. Wo die Polizeiakten geblieben sind, habe ich bislang noch nicht herausfinden können. Auch im Staatsarchiv in Detmold liegen die Akten nicht. Vielleicht sind sie in den letzten Kriegstagen vernichtet worden. Vermutlich sind in diesen Tagen viele Akten verbrannt worden sind, um sie den Besatzern nicht in die Hände fallen zu lassen."

Storm richtete sich auf. „Besteht schon die Möglichkeit, den Kroes-Nachlass einzusehen?"

Der Archivar schüttelte bedauernd den Kopf. „Nein, erst muss der Nachlass vollständig verzeichnet worden sein, bevor er Benutzern zur Verfügung gestellt werden kann. Ich habe aber bislang noch nichts gefunden, was für Sie von Interesse sein könnte."

Korff erhob sich, Storm schloss sich ihm an. Er sagte ohne großen Enthusiasmus: „Nun gut, dann werde ich mich in die Redaktion begeben und meinen Artikel über den Kollenberg-Fall schreiben. Viel Neues habe ich aber nicht erfahren."

An den Archivar gewandt fragte Storm: „Darf ich noch ein oder zwei Fotos von den aufgeschlagenen Akten machen, zur Bebilderung meines Artikels?"

Der Archivar nickte. Storm zog eine kleine digitale Kamera aus seinem Jackett und schoss einige Fotos.

Als sie die Treppe hinabstiegen, meinte der Archivar: „Dieser Mord an einem Jugendlichen war wahrlich keine Heldentat. Und die Täter sind bis zu ihrem Tode unbehelligt geblieben."

Storm pflichtete ihm bei: „Ja, sicherlich. Kollenberg scheint aber zumindest ideologisch so indoktriniert gewesen zu sein, dass er voller Hass gegen Andersdenkende war. Er war aber noch jung und war im Nationalsozialismus groß geworden, so dass man ihm sicherlich mildernde Umstände zubilligen muss."

„Was meinen Sie damit?"

„Na ja, Kollenberg hat vermutlich mehrere Leute bespitzelt und eventuell sogar ans Messer geliefert. Bei dem Mord könnte es sich um eine Selbstschutzmaßnahme von Kommunisten gehandelt haben. Möglicherweise haben die Leute entdeckt, dass sie bespitzelt worden sind und haben Kollenberg dann ausgeschaltet, um sich vor weiterer Verfolgung zu retten."

Die drei Männer waren während ihrer Unterhaltung die Treppe hinuntergegangen und standen in der vom Archivar bereits geöffneten Tür. Korff betrachtete noch einmal die Holzplastik.

„Was werden Sie schreiben?"

Storm überlegte kurz. „Na ja, ich werde noch einmal die Situation in den letzten Kriegsmonaten beschreiben, dabei zwei oder drei Zeitzeugen aus früheren Interviews zu Wort kommen lassen und schließlich über die Einstellung der Ermittlungen berichten. In Spenge herrscht dann wieder die normale Langeweile."

8. Kapitel

Freitag, 6. April 1945

Am 3. April war der Zweite Weltkrieg in weiten Teilen Ostwestfalens zu Ende. Tags zuvor hatten Teile der 5. US-Panzerdivision den Pass zwischen Werther und Halle ohne Gegenwehr genommen und über Werther und Jöllenbeck das Gebiet des Landkreises Herford erreicht. Die Truppen der deutschen Wehrmacht hatten sich bereits abgesetzt, als die amerikanischen Panzerverbände vom Westen her in das Gebiet des Landkreises eindrangen. Die amerikanischen Panzer waren zunächst an Spenge vorbeigefahren, um so schnell wie möglich die im Osten gelegene Weserlinie zu erreichen. Jeder Versuch der deutschen Wehrmacht, eine neue Verteidigungslinie aufzubauen, sollte verhindert werden. Als drei Tage später, am 6. April, mehrere Jeeps der Amerikaner am Amtshaus vorfuhren, standen Bernhard Kemper und sein Bruder Friedrich auf der gegenüberliegenden Straßenseite auf dem Bürgersteig. Sie sahen, wie ein amerikanischer Offizier aus seinem Jeep kletterte und in Begleitung von zwei mit Maschinenpistolen bewaffneten GIs das Verwaltungsgebäude betrat. Nach etwa einer Viertelstunde kamen sie wieder heraus, begleitet von Amtsbürgermeister Kroes, der sich von den Amerikanern verabschiedete, nachdem er dem Offizier zuvor offiziell die Leitung des Amtes Spenge übergeben hatte.

Kroes blieb zunächst im Amt – nur vorübergehend, wie die Bevölkerung glaubte. Ortsgruppenleiter Waskamp und weitere Mitglieder der Ortsgruppenleitung wurden von GIs von zu Hause abgeholt und in ein Internierungslager gebracht. Zur Aufrechterhaltung von Sicherheit und Ordnung verhängten die Amerikaner zunächst Ausgangssperren. Möglichem Widerstand sollte durch die Einschränkung der Bewegungsfreiheit für die Bevölkerung die Grundlagen entzogen werden.

Für Bernhard und Friedrich Kemper war die Zeit der Angst vorüber. Bernhard Kemper dachte kurzzeitig daran, den Amerikanern von dem Unglücksfall zu berichten, verwarf diesen Gedanken allerdings wieder. Dann kamen die Engländer und lösten die Amerikaner als Besatzungsmacht ab, und als schließlich niemand mehr über Hartmut Kollenberg sprach, ließ auch Bernhard die Angelegenheit auf sich beruhen.

Die Abstände, in denen die beiden Brüder über das schicksalhafte Ereignis sprachen, wurden immer länger und schließlich wurde auch die Erinnerung an den gewaltsamen Tod Hartmut Kollenbergs immer schwächer.

***

Freitag, 17. August 2007

Pott kam herein. Er schien guter Laune zu sein. „Ich habe deinen Schlussbericht gelesen“, sagte er zu Korff. „Ich bin einverstanden. Wenn auch die Staatsanwaltschaft ihr Plazet gibt, können wir den Fall abschließen. Mehr werden wir wohl kaum herausbekommen können.“

Korff nickte. Er legte die Hallmann-Akte beiseite, in der er gerade geblättert hatte.

„Ein seltsamer Fall. Die Ermittlungen waren dennoch sehr interessant. Man erfährt so manches über die Menschen in einer Kleinstadt. Man bekommt auch so einiges über die ‚große‘ Geschichte mit.“

Pott trat ans Fenster und schaute in den Innenhof hinunter, auf dem zwei uniformierte Polizeibeamte standen und sich gestenreich unterhielten. Dann wandte er sich um und blickte Korff an.

„Deine Schlussfolgerungen sind logisch. Ich denke auch, dass ein paar Kommunisten den Hitlerjungen beim Schnüffeln entdeckt haben. Um sich selbst zu schützen, werden sie ihn getötet haben. Dieser Kollenberg scheint ja wirklich kein angenehmer Zeitgenosse gewesen zu sein."

Korff nickte. „Na ja, er war 16 Jahre alt. Der oder die Täter leben mit an Sicherheit grenzender Wahrscheinlichkeit heute nicht mehr und da Sippenhaft allgemein geächtet ist ..." Er brach den Satz ab, weil er an Kemper dachte. „Wir sollten bei der Pressekonferenz etwas sensibel sein und keine Namen nennen. Die Kinder der von uns Verdächtigten leben teilweise noch in Spenge. Ihnen dürfte die ganze Angelegenheit sehr unangenehm sein."

„Sicher, zumal es keine schlüssigen Beweise dafür gibt, dass ihre Väter gemordet haben. Ich mach das schon."

Pott ließ seinen Blick über das BVB-Plakat streifen und wandte sich zur Tür. Korff bedeutete ihm durch eine kurze Handbewegung zu bleiben.

„Im Hallmann-Fall sehe ich inzwischen auch klar. Wir müssen unser Hauptaugenmerk auf den Schwager des Ermordeten richten. Ich bin mir ziemlich sicher, dass uns ein erneutes Verhör seiner Freundin entscheidend weiterbringen wird. Ob sein Alibi dann noch Bestand hat, möchte ich bezweifeln."

Pott lächelte. „Gut. Knöpf sie dir noch einmal vor." Er deutete mit dem Kopf auf das BVB-Plakat: „Gegen wen geht's am Samstag?"

Korff dachte: „Pott ein Fußballfan? Der will sich doch bloß anbiedern." Laut sagte er: „Wir spielen gegen Schalke. Ich darf dich darauf aufmerksam machen, dass ich an diesem Wochenende dienstfrei habe."

TEIL 2

1. Kapitel

Montag, 20. August 2007

Kriminalrat Paul-Heinrich Pott stürmte in Korffs Büro und machte ihm Zeichen äußerster Dringlichkeit. Korff, der gerade ein Telefongespräch führte, bemerkte sofort, dass Pott ein wichtiges Anliegen haben musste. Er beendete das Gespräch so rasch es ihm möglich war.

Während Korff den Hörer auflegte, informierte ihn Pott bereits: „Ich hab schon versucht, dich telefonisch zu erreichen. Du musst sofort nach Spenge fahren. Da ist ein Mord passiert, möglicherweise im Zusammenhang mit dem Kollenberg-Fall."

Korff erhob sich. Er guckte ungläubig. „Um wen handelt es sich?"

„Um Bernhard Kemper. Den hast du doch im Rahmen des Kollenberg-Falles befragt. Kemper ist in seinem Haus erschossen worden. Die Spurensicherung ist schon unterwegs."

„Ich auch."

Korff griff nach seinem Jackett, eilte zur Tür und hastete die Treppe hinunter. Sein Auto stand auf dem Hof. Er fuhr die Voltmannstraße hinunter und bog links nach Theesen ab. In Jöllenbeck erwischte er eine grüne Ampelphase, so dass er wenige Minuten später bereits das Ortseingangsschild von Lenzinghausen sehen konnte. Bald darauf war er in Spenge. Er fuhr an dem Rathaus, der Kirche und der Tankstelle vorbei, passierte den zweiten Kreisverkehr und bog in die Steinstraße ein. Vor dem etwas abgelegenen Haus Kempers stand das Fahrzeug der Spurensicherung. Korff grüßte den draußen stehenden uniformierten Kollegen und betrat das Haus, wo er zunächst den Tatort in näheren Augenschein nahm. Bernhard Kemper lag in der

Küche, er hatte vermutlich auf einem Stuhl gesessen und war von vorn in die Brust geschossen worden. Daraufhin war er wohl seitlich vom Stuhl gerutscht und hatte im Fallen den Stuhl mit sich gerissen, der dadurch ebenfalls auf dem Boden lag. Kempers Augen blickten starr. Sein Hemd war blutig, auf dem Boden hatte sich eine große Blutlache gebildet, die schon angetrocknet war.

Der Fotograf hatte seine Arbeit bereits erledigt. Korff sah, dass der Notarzt, der neben dem Toten stand, die Leiche schon untersucht hatte.

„Gibt es schon erste Ergebnisse?"

Der Arzt blickte gequält. Die Mundwinkel in seinem hageren Gesicht zuckten leicht. Der Notarzt wusste, dass die ermittelnden Beamten so schnell wie möglich handfeste Informationen benötigten, um die Ermittlungen zielgerichtet aufnehmen zu können. Es widerstrebte ihm aber, ohne präzise Untersuchung nur unzureichend gesicherte Ergebnisse zu verkünden. Seine Antwort fiel deshalb knapp aus.

„Ich bin ziemlich sicher, dass der Mann deutlich länger als 24 Stunden tot ist. Der Schuss hat das Herz getroffen und zum sofortigen Tod geführt. Genaueres wird Ihnen Ihr Gerichtsmediziner sagen können."

Korff nickte und warf dann einen kurzen Blick in die Räume des unteren Stockwerks. Alles war ordentlich aufgeräumt, keine herausgerissenen Schubladen oder geöffneten Schranktüren. Der Täter schien in der Wohnung nichts gesucht oder entwendet zu haben. Der Mord war ganz offensichtlich nicht die unbeabsichtigte Folge eines Einbruchdiebstahls gewesen.

Korff wandte sich an die Ehefrau des Ermordeten, die im Wohnzimmer saß und leise weinte. Eine Polizeibeamtin stand etwas hilflos neben ihr. Paula Kemper hockte zusammengesunken in einem der altmodischen Sessel. Neben dem Sessel stand eine schwarze Handtasche. Paula Kemper trug einen leichten grauen Mantel, den sie nach ihrer Rückkehr ins Haus offenbar noch nicht abgelegt hatte. Ihre verweinten Augen blickten Korf nicht an, als er sie ansprach.

„Sie haben Ihren Mann gefunden?", stellte Korff fest.

Paula Kemper nickte, antwortete aber nicht. Erst nach einer längeren Zeitspanne wandte sie sich Korff zu.

„Ich habe ihn vorhin in der Küche gefunden, vor gut einer Stunde. Ich hatte mich schon gewundert, dass er mir die Tür nicht aufmachte. Er wusste doch, wann ich heimkommen würde."

Erst jetzt schien sie Korff richtig wahrzunehmen. „Ich war zwei Tage bei meiner Tochter zu Besuch, sie wohnt in Gütersloh. Ich bin heute Mittag zurückgekehrt und sah ihn da in der Küche liegen. Zuerst dachte ich, er sei gestürzt, dann aber habe ich das Blut gesehen ..." Sie brach ab.

Korff nickte. „Ihr Mann scheint schon länger tot zu sein, vermutlich ist er bereits gestern oder vorgestern erschossen worden."

Paula Kemper schwieg.

„Gab es irgendwelche Anzeichen für diese Tat? Hatte Ihr Mann Feinde? Ist er zuvor bedroht worden?" Das waren die üblichen Ermittlungsfragen. Die Frau schien mit diesen Fragen aber nur wenig anfangen zu können.

„Nein, nein, wir leben seit mehr als 50 Jahren ganz friedlich hier."

„Es scheint ja nichts gestohlen worden zu sein, das heißt, ein Einbruchdiebstahl, bei dem Ihr Mann den Dieb überrascht haben könnte, liegt offenbar nicht vor. Daraus kann man nur folgern, dass Ihr Mann gezielt erschossen worden ist. Haben Sie in den Tagen vor Ihrer Abfahrt Auffälligkeiten bemerkt?"

Paula Kemper schüttelte den Kopf. „Wer kann etwas gegen meinen Mann haben, dass er ihn erschießt? Ich kann mir das nicht vorstellen."

„Wie lange kennen Sie Ihren Mann schon?"

„Wir sind seit 55 Jahren verheiratet, ich kenne Bernhard aber schon seit der Schulzeit."

„Dann stammen Sie auch aus Spenge?"

„Ja."

Korff spürte, dass eine weitere Befragung der ganz offensichtlich unter Schock stehenden Frau zu keinen greifbaren Ergebnissen führen würde.

„Frau Kemper, haben Sie jemanden, der sich um Sie kümmern kann?"

„Meine Tochter …, vielleicht kann sie für ein paar Tage kommen, bis zur Beerdigung …"

„Das wäre sicherlich gut. Ich komme morgen wieder, dann können wir uns weiter unterhalten."

2. Kapitel

Dienstag, 21. August 2007

Pott saß hinter seinem Schreibtisch und wies auf einen Besucherstuhl.

„Setz dich! Wie siehst du überhaupt aus?"

Korff setzte sich vorsichtig auf den Stuhl. Ihm schmerzten die Gelenke vom Training am vergangenen Abend. Viel schlimmer war aber das Veilchen, das sein rechtes Auge zierte, nachdem er bei einem Kopfballversuch mit der Faust des gegnerischen Torwarts Bekanntschaft gemacht hatte.

„Kleine Meinungsverschiedenheit mit Conny."

Pott guckte etwas ungläubig, erklärte dann aber, ohne auf Korffs Erklärung einzugehen: „Wir bilden eine MK. Jörg Zeinitz unterstützt dich ab sofort im Kemper-Fall. Helma Gebhard kommt aus Herford dazu. Sie ist bereits unterwegs. Mein Gefühl sagt mir, dass das kein simpler Mordfall ist, da scheint etwas mehr dahinter zu stecken."

Korff hob seinen rechten Fuß vom Boden und bewegte den Unterschenkel leicht auf und ab. Das Kniegelenk schmerzte leicht. „Arthrose", dachte er, „das ist der Beginn einer Arthrose." Er riss sich zusammen: „Ich weiß nicht ..., wenn es Verbindungen zu dem Skelettfund gibt, so erschließen sich diese Zusammenhänge für mich noch nicht. Wir müssen zunächst die Arbeit der Spurensicherung und den Obduktionsbericht abwarten. Ein Raubmord oder Einbruchdiebstahl liegt aber wohl nicht vor. Wir können zunächst nur die Nachbarn befragen, ob sie am vermutlichen Tat-Tag irgendwelche Beobachtungen gemacht haben."

Pott nickte bestätigend. „Deshalb sollen Jörg Zeinitz und Helma Gebhard mit dir zusammenarbeiten."

Er holte aus seiner Schreibtischschublade einige Akten hervor und schob sie in seine Aktentasche. „Ich muss jetzt wegen einer anderen Sache zur Staatsanwaltschaft. Halte mich bitte auf dem Laufenden."

Korff stand auf, um den Raum zu verlassen, doch dann zögerte er. „Paul, ich möchte mit dir noch über meinen Urlaub sprechen. Du weißt, dass Freitag mein letzter Arbeitstag ist …"

„Daraus wird wohl nichts. Es ist nicht auszuschließen, dass es Zusammenhänge zwischen dem Skelettfund und dem Mord gibt. Was meinst du, wird die Presse schreiben, wenn ich ihr mitteilen muss, dass die Ermittlungen in einem Mordfall erst dann fortgesetzt werden können, wenn der mit dem Fall beauftragte Kommissar aus dem Urlaub zurück ist?" Potts Antwort klang etwas gereizt. Er hatte wohl schon geahnt, dass Korff dieses Thema anschneiden würde.

Korff spürte, dass massiver Ärger auf ihn zukam. Er konnte Pott verstehen, wusste aber, dass eine Verschiebung des Urlaubs bei Conny auf nur wenig Gegenliebe stoßen würde.

„Das kannst du nicht machen. Ich habe schon im letzten Jahr auf gemeinsame Urlaubstage mit Conny verzichten müssen. Ich hatte deshalb ziemlichen Ärger mit ihr. Ich mache Jörg Zeinitz mit dem Fall vertraut, er kann die weiteren Ermittlungen durchführen."

Pott schnaufte leicht. „Zeinitz ist zweifellos ein guter Mann, aber er hat noch zu wenig Erfahrung. Er hat noch nie einen Fall dieser Komplexität allein bearbeitet. Dieser Fall ist nicht ohne. Du musst dich mit dem Gedanken vertraut machen, dass du erst in Urlaub fahren kannst, wenn der Fall abgeschlossen ist."

Korff versuchte seinen Unmut über Potts Entscheidung

zu bekämpfen, zumal er Pott verstehen konnte. Insgeheim musste er sich sogar eingestehen, dass er großes Interesse an dem Fall hatte. Er wusste aber, dass durch diese abermalige Verschiebung des Urlaubs heftige Auseinandersetzungen mit Conny vorprogrammiert waren.

Korff schob den Gedanken beiseite. Er war mit der personellen Zusammenstellung der Arbeitsgruppe zufrieden. Jörg Zeinitz war ein junger, überaus begabter Kriminalbeamter, dem viele eine große Karriere vorhersagten. Korff kannte auch Helma Gebhard. Er hatte vor einem Jahr schon einmal mit ihr zusammengearbeitet. Helma war etwa vierzig Jahre alt und genoss den Ruf einer routinierten und peniblen Kriminalistin.

***

Eine Stunde später hatten Korff, Jörg Zeinitz und Helma Gebhard ihre erste Besprechung. Korff gab seinen beiden Kollegen einen genauen Sachstandsbericht. Er ging dabei auch kurz auf den Skelettfund ein und erzählte, dass er Kemper in diesem Zusammenhang befragt hatte.

Dabei legte er den beiden die Tatortfotos der Spurensicherung vor. Die ersten Fotos zeigten den auf dem Boden liegenden erschossenen Kemper. Weitere Aufnahmen waren von dem mit Blut bespritzten Küchenschrank und von der Küchenspüle gemacht worden, auf der ein Teller mit Essensresten stand; daneben lag ein Messer.

Helma Gebhard deutete auf das Foto, das die Küchenspüle zeigte: „Der Ermordete scheint gerade gegessen zu haben. Er ist offenbar nicht zum Aufspülen gekommen, weil er Besuch erhielt.“

„Sieht so aus.“ Jörg Zeinitz nickte und reichte das Bild an Korff zurück. Ein weiteres Foto zeigte den Küchentisch.

Auch dieses Foto entlockte Helma Gebhard einen Kommentar: „Offenbar kannten sich Kemper und sein Gast nicht. Auf dem Tisch stehen keine Tassen oder Schnapsgläser."

Zeinitz ergänzte: „Vermutlich scheint die Unterhaltung, wenn denn überhaupt eine stattgefunden hat, auch nicht lange gedauert zu haben …"

Korff unterbrach ihn: „Die Spurensicherung hat aber festgestellt, dass Kemper im Sitzen erschossen worden ist. Der Täter stand dabei oder ist vorher aufgestanden."

Helma Gebhard fragte: „Wie steht's mit Fingerabdrücken?"

„Noch unklar. Unsere Leute haben eine Vielzahl von Fingerabdrücken gefunden, vielleicht auch welche vom Täter. Sie müssen aber zunächst noch die Fingerabdrücke ausschließen, die von den Familienangehörigen stammen."

Korff gab die nächste Information: „Noch ein überaus wichtiger Aspekt: Wir kennen auch schon die Tatwaffe. Es handelt sich vermutlich um eine Walther PPK, 7,65 mm. Wir haben die Geschosshülse gefunden. Die Munition wurde in den 1940er Jahren produziert. Genauere Untersuchungen stehen aber noch aus."

Zeinitz pfiff leise durch die Zähne. „Wenn ich mich nicht täusche, war das auch die Dienstpistole der SS, oder? Gibt es vielleicht doch eine Verbindung zum Skelettfund aus dem Jahre 1944?"

„Dieses Indiz spricht offensichtlich dafür. Wir müssen jedenfalls in alle Richtungen ermitteln." Korff machte eine kurze Pause. „Ich schlage vor, dass wir gleich gemeinsam nach Spenge fahren. Ich werde mich mit Frau Kemper unterhalten, und ihr beiden befragt die Nachbarn nach Auffälligkeiten in der letzten Zeit. Vielleicht ergeben sich so erste Anhaltspunkte."

Helma Gebhard und Jörg Zeinitz nickten.

***

Korff hatte kaum geklingelt, da öffnete Paula Kemper auch schon die Tür. Sie war offenbar im Begriff gewesen, eine Besucherin hinaus zu geleiten.

„Frau Pastorin Frank, Kommissar Korff", stellte Paula Kemper die beiden nach einer kurzen Pause, die sie benötigte, um ihre Überraschung zu überwinden, einander vor.

Korff nickte der Pastorin, einer großen blonden Frau mittleren Alters, zu. Die Pastorin grüßte ebenfalls. Korff wartete im Hausflur, bis Paula Kemper die Pastorin zur Vorgartenpforte begleitet hatte. Dort unterhielten sich die beiden Frauen noch kurz, dann kam Paula Kemper zum Haus zurück. In diesem Augenblick trat auch eine jüngere Frau, vermutlich ihre Tochter, aus einem Zimmer in den Hausflur. Wie ihre Mutter trug auch sie schwarze Trauerkleidung.

„Korff. Ich bin Kriminalbeamter", stellte sich Korff vor.

Paula Kemper schloss die Wohnungstür. „Das ist Mona Gettner, meine Tochter", sagte sie, an Korff gewandt.

Korff folgte den beiden Frauen in das Wohnzimmer. Er sah, dass auf dem Wohnzimmertisch ein Schreibblock lag, auf dem Korff einige Namen lesen konnte. Offenbar hatten die beiden Frauen, bevor die Pastorin gekommen war, eine Liste mit Namen für die Adressaten der Totenbriefe angefertigt.

„Nehmen Sie doch Platz." Mona Gettner musterte Korff genau. Sie sah ihrer Mutter sehr ähnlich, besonders in der Nasen- und Kinnpartie. Sie trug ihre Haare kurz.

Korff wandte sich der alten Frau zu: „Wie geht es Ihnen, Frau Kemper?"

„Ich habe heute Nacht kein Auge zugetan. Meine Tochter ist schon heute Morgen ganz früh gekommen und hilft mir. Ich werde langsam ruhiger."

„Frau Kemper, ich habe Ihnen bereits gestern Abend einige Fragen gestellt. Sie wissen, dass wir den Mörder Ihres Mannes fassen wollen. Vielleicht können Sie uns dabei helfen."

Paula Kemper nickte. Ihre glanzlosen Augen waren gerötet.

„Kennen Sie jemanden, mit dem Ihr Mann Streit hatte?"

Es dauerte eine Weile, bis Frau Kemper antwortete.

„Nein. Ich habe schon die ganze Nacht darüber nachgedacht. Ich kann mir nicht vorstellen, dass irgendjemand meinen Mann so gehasst hat, dass er ihn umbringen wollte."

„War Ihr Mann politisch noch aktiv? Gab es da vielleicht irgendwelche Konflikte?"

„Nein, ganz sicher nicht. Er hat sich in den letzten Jahren nur noch wenig engagiert. Er ist ja … war ja auch schon 78 Jahre alt. Er hat immer gesagt, dass jetzt die Jüngeren aktiv werden müssen."

Korff nickte. „Und in den Jahren davor? Hat es da Auseinandersetzungen gegeben?"

„Mein Mann und ich, wir waren beide in der KPD*, bis 1956. In der Zeit hat es in Spenge schon mal kleinere politische Auseinandersetzungen mit den Bürgerlichen gegeben. Nach dem KPD-Verbot im Jahre 1956 haben wir uns zunächst aus der Politik zurückgezogen. Auch die Entwicklung in der DDR hat uns nicht gepasst. Wir konnten die DDR nicht als Vorbild für einen sozialistischen Staat sehen, wie das die DKP später verbreitet hat. Wir hatten Verwandte drüben in Meißen, die haben uns ein realistisches Bild von den Verhältnissen in der DDR gegeben."

„Und – hat es keine Konflikte mit den übrigen Genossen gegeben, als Sie und Ihr Mann sich zurückgezogen haben?“

„Zunächst gab es Streit, sogar mit guten Freunden, weil sie unseren Schritt nicht verstanden haben. Das hat sich aber bald normalisiert. Danach sind immer mehr abgesprungen. Es gibt hier schon lange keine Ortsgruppe der DKP mehr.“

„Mein Vater hat bis vor ein paar Jahren noch in der Friedensinitiative mitgearbeitet, aber auch das war eigentlich konfliktfrei. Wir haben jedes Jahr an der Aktion Blumen für Stukenbrock teilgenommen und sind vor mehr als zehn Jahren einmal mit der Friedensinitiative nach Auschwitz gefahren.“ Kempers Tochter hatte sich eingeschaltet. „Wenn Sie darüber mehr erfahren möchten, sollten Sie sich mit Helmut Dannhauer unterhalten, mit dem ist ... war mein Vater eng befreundet, der war auch zusammen mit ihm in der Friedensinitiative und ist über diese Dinge sicherlich genauso gut informiert wie meine Mutter. Helmut wohnt in Hücker-Aschen.“

„Danke. Das werde ich tun.“ Korff notierte sich Namen und Anschrift und wandte sich dann wieder an Paula Kemper.

„Wie sieht es in der Familie und in der Verwandtschaft aus? Gibt es ein Testament? Wer beerbt Ihren Mann?“

„Wir haben nur eine Tochter.“ Paula Kemper nickte ihrer Tochter zu. Der Ansatz eines Lächelns wurde sichtbar. „Sie wird meinen Mann und mich beerben. Da gibt es keinen Streit und wird nie welchen geben.“

„Hm. Die Tatumstände sprechen dafür, dass der Mord kein Eigentumsdelikt als Hintergrund hat. Oder haben Sie festgestellt, dass doch etwas gestohlen worden ist?“

Korff sah die beiden Frauen aufmerksam an. Als beide

den Kopf schüttelten, fuhr er fort: „Demzufolge muss es sich um eine Beziehungstat handeln. Sie sagen nun, dass es aus Ihrer Sicht dafür keinen Anhaltspunkt gibt ...“

Kempers Tochter mischte sich erneut ein.

„Ich kann das nur bestätigen. Mein Vater hatte keine Feinde.“

Korff merkte, dass er hier nicht weiter kam. Er stand auf. „Falls Ihnen doch noch etwas einfallen sollte, rufen Sie mich bitte an.“

Auch die beiden Frauen erhoben sich.

„Können Sie mir sagen, wann ich meinen Mann ...? Wir müssen uns ja um die Beerdigung kümmern.“ Paula Kemper begann zu weinen.

Korff fühlte sich unwohl. Eindringlich und freundlich sagte er: „Wir müssen Ihren Mann noch abschließend untersuchen. Ich hoffe, dass die Ärzte bald damit fertig sind. Sobald ich Näheres erfahre, informiere ich Sie.“

***

Korff rief Zeinitz mit dem Handy an und teilte ihm mit, dass er sich entschlossen hatte, weiter nach Hücker-Aschen zu fahren, um mit Helmut Dannhauer zu sprechen. Er schlug vor, dass sich die Arbeitsgruppe um dreizehn Uhr in dem am Blücherplatz gelegenen Gasthaus zur Ziege treffen sollte, um zu essen und die Ergebnisse ihrer bisherigen Recherchen zu besprechen. Zeinitz war einverstanden und versprach Helma Gebhard zu verständigen.

Helmut Dannhauer wohnte in Sichtweite des Hücker Moores. Korff kannte das Hücker Moor, einen kleinen, zwischen Hücker-Aschen und Ahle gelegenen See, von einer Ruderpartie, die er hier vor etwa einem Jahr mit Conny unternommen hatte. Korff traf Dannhauer auf der

Straße vor seinem Haus. Dannhauer unterhielt sich mit seinem Nachbarn, einem rotgesichtigen großen Mann, der seine Redebeiträge gestenreich unterstützte.

„Sie waren also Bernhard Kempers bester Freund?", fragte Korff, nachdem er sich vorgestellt und Helmut Dannhauer ihn hereingebeten hatte. Die beiden Männer saßen im Wintergarten des pensionierten Lehrers und tranken Mineralwasser mit Holundersaft.

Dannhauer nickte. „Ja, ich denke schon. Mona, Bernhards Tochter, hat mich heute Morgen angerufen und mir gesagt, dass Bernhard ermordet worden ist."

„Seit wann kennen Sie Bernhard Kemper?"

Dannhauer besann sich kurz, dann sagte er: „Wir haben uns vor mehr als 30 Jahren kennen gelernt, als wir gemeinsam gegen den Bau eines Regionalflughafens demonstriert haben, der im Süden Spenges gebaut werden sollte. Der ständige Fluglärm hätte die Lebensqualität in Spenge deutlich verschlechtert und das nur, weil einige Industrielle aus Bielefeld damals einen schnell erreichbaren Flugplatz für ihre Privatflugzeuge haben wollten."

Korff konnte sich vage an die Auseinandersetzungen erinnern. Er war in Dortmund geboren, aber in Bielefeld aufgewachsen. Als Jugendlicher hatte er damals dem Flughafenprojekt keine große Bedeutung beigemessen. Der Bau des Flughafens war aufgrund der Proteste nicht weiter vorangetrieben worden.

„Wie ist es zu Ihrer Freundschaft gekommen?"

Dannhauer lächelte, als ob er sich die Bilder von damals wieder vor Augen führte. „Wir haben seinerzeit beide in dem Aktionskomitee gegen den Flugplatzbau mitgearbeitet und dabei entdeckt, dass wir uns mochten. Seitdem spielen wir regelmäßig Schach miteinander, treffen uns zu gemeinsamen Spaziergängen und besuchen die Heimspiele des TuS Spenge. Früher, als wir noch etwas fitter waren, haben wir auch mehrtägige Fahrradtouren unternommen."

Dannhauer sprach im Präsens, so als habe er den Tod Kempers noch nicht vollständig realisiert.

„Sie haben Bernhard Kemper gut gekannt. Was war er für ein Mensch?"

Dannhauer setzte das Glas ab, aus dem er gerade getrunken hatte. „Er war sehr klug und wusste ungeheuer viel, obwohl er – ich sage das in Anführungszeichen – ‚nur' einfacher Schlosser war. Beim Schachspielen hatte ich selten eine Chance gegen ihn, höchstens, wenn er mal nicht so ganz konzentriert war."

Korff nickte.

„Bernhard war ein sehr politischer Mensch, er war ideenreich und konnte sehr schnell politische Zusammenhänge analysieren. Er konnte strategisch denken, was vielen Kommunalpolitikern heute abgeht."

„Welcher politischen Richtung hat er sich selbst zugeordnet? Er war doch in den 50er Jahren Kommunist."

„Mit den Kommunisten hatte er gebrochen, schon früh. Er hielt sie für genauso totalitär wie die Nationalsozialisten, die er aber als schlimmere Bedrohung ansah. Deshalb war er ein militanter Antifaschist. Er hoffte sehr auf die Bürgerbewegungen. Er hat in den 80er und 90er Jahren auch lange Zeit in der Friedensbewegung mitgearbeitet. Er galt da im Kreis Herford als Spiritus Rector der Bewegung."

Korff hatte Dannhauer aufmerksam zugehört. Vielleicht ergaben sich aus diesen Hinweisen erste Ermittlungsansätze.

„Hatte Bernhard Kemper persönliche Feinde, etwa im Lager der Neonazis?"

„Das weiß ich nicht. Bernhard hat darüber nicht gesprochen. Ich glaube aber, dass er mir davon berichtet hätte, wenn er Drohungen aus dem rechten Lager erhalten hätte."

„Es gab aber Konflikte mit rechten Gruppierungen?"

„Zuletzt nicht mehr, da hatte sich Bernhard zurückgezogen, das Alter – Sie verstehen? In den 90er Jahren hat er noch einige Gegendemonstrationen gegen die Rechten organisiert."

Korff nahm sich vor, in dieser Angelegenheit weiterzuermitteln.

„Wie war das Verhältnis Kempers zu seiner Frau?"

„Gut, ausgesprochen gut. Bernhard und Paula waren ein altes Ehepaar, sie haben sich schon in der Schule kennen gelernt. Ich glaube, dass sie sich sehr gemocht haben."

„War Kempers Frau auch politisch engagiert?"

„Weniger. Sie hat sich bereits vor einigen Jahren stark der Kirche zugewandt."

Korff blickte erstaunt auf: „Wie kam Bernhard Kemper damit zurecht?"

„Bernhard stand der Kirche distanziert gegenüber. Er hat aber akzeptiert, dass seine Frau regelmäßig zum Gottesdienst ging und auch an weiteren kirchlichen Veranstaltungen teilnahm. Bernhard pflegte durchaus Kontakt zu einzelnen Pfarrern. In der Friedensbewegung haben auch Pfarrer mitgearbeitet."

Korff trank sein Glas leer und erhob sich.

„Vielen Dank, Herr Dannhauer. Sie haben mir sehr geholfen. Falls sich weitere Fragen ergeben sollten, komme ich noch einmal zu Ihnen."

Auch Dannhauer war aufgestanden und begleitete Korff zur Haustür. Ohne jeden Pathos sagte er: „Tun Sie das … und finden Sie den Mörder. Bernhard war ein feiner Kerl."

***

Der Gasthof zur Ziege war ein gemütlich eingerichtetes gutbürgerliches Restaurant. Das Thekenrondell beherrschte den Gastraum, darum herum waren die Tische gruppiert. Helma Gebhard und Jörg Zeinitz hatten sich bereits einen Ecktisch gesichert, der die Möglichkeit einer ungestörten Unterhaltung bot. Im Schankraum herrschte wenig Betrieb, nur zwei weitere Tische waren besetzt.

Auf dem Tisch seiner beiden Mitarbeiter lagen bereits die Speisekarten. Korff grüßte kurz und setzte sich.

„Wir haben schon ausgesucht."

„Macht nichts, ich hatte ein längeres Gespräch mit Kempers bestem Freund." Korff studierte die Speisekarte und entschied sich dann für ein Cordon bleu mit Salzkartoffeln.

Ein großer, etwas beleibter Kellner in weinrotem Oberhemd und schwarzer Schürze erschien, und die Beamten gaben ihre Bestellung auf.

Nachdem sie etwas getrunken hatten, berichteten Korff, Jörg Zeinitz und Helma Gebhard kurz über ihre bisherigen Ermittlungen. Nennenswerte Spuren hatten sich noch nicht ergeben.

Helma Gebhard machte den Anfang: „Kemper galt als unauffälliger Nachbar, der immer hilfsbereit war. An den nachbarschaftlichen Feiern hat er aber nur in begrenztem Umfang teilgenommen, er hat dabei so gut wie keinen Alkohol getrunken. Seine Frau hingegen wird als deutlich kommunikativer beschrieben. Gäste haben die Kempers zuletzt eher selten gehabt. Früher war das anders. Wenn heutzutage Leute zu Besuch kommen, sind das vor allem Familienangehörige, das heißt ihre Tochter, Mann und Enkelkinder oder auch Kempers Bruder und dessen Frau, die in Bielefeld wohnen. Daneben erhielt Kemper häufig Besuch von seinem Freund, mit dem du" – sie blickte dabei Korff an – „offenbar vorhin gesprochen hast."

Jörg Zeinitz hatte von den von ihm befragten Nachbarn ähnliche Informationen erhalten. Keiner der Nachbarn hatte in den letzten Wochen oder am Tat-Abend Ungewöhnliches bemerkt. „Kemper besuchte regelmäßig die Heimspiele des TuS Spenge, das scheinen seine einzigen außerhäusigen Aktivitäten gewesen zu sein. Er wurde dazu immer von seinem Freund Dannhauer abgeholt. Kemper hat in der Nachkriegszeit selber Feldhandball in der Spenger Mannschaft gespielt."

Korff berichtete ausführlich über die Gespräche mit der Ehefrau und der Tochter Kempers sowie über das Gespräch mit Helmut Dannhauer.

„Also gibt es noch keine Anhaltspunkte für ein mögliches Motiv, geschweige denn Hinweise auf einen möglichen Täter?" Helma Gebhard fasste die bisherigen Ermittlungsergebnisse als Frage zusammen.

Korff wiegte den Kopf. „Das würde ich nicht sagen. Wir sollten uns zunächst mit den politischen Aktivitäten Kempers beschäftigen. Dannhauer sprach davon, dass Kemper bis vor ein paar Jahren Demonstrationen gegen Neonazis organisiert hat. Vielleicht liegt hier der Schlüssel zu dem Mordfall."

„Du denkst an einen Racheakt aus dem rechten Lager?" Helma Gebhard schüttelte den Kopf. „Das erscheint mir, so viele Jahre nach Ende der eigentlichen Aktivitäten, nicht ganz logisch."

Auch Zeinitz war skeptisch. „Nach allem, was ich weiß, ist die rechte Szene im Kreis Herford nicht sonderlich gut organisiert. Ich halte es auch für eher unwahrscheinlich, dass Kemper Opfer von Neonazis geworden ist."

Korff zuckte mit den Schultern. „Recherchieren müssen wir dennoch in dieser Richtung. Wir haben zurzeit keine anderen Anhaltspunkte. Leider."

Der große Kellner brachte das Essen. Das weitere Gespräch entfernte sich von dem Fall, beschäftigte sich zunächst mit Pott und neigte sich dann privaten Dingen zu.

***

Als Korff nach Hause kam, saß Conny in der Küche, trank eine Tasse Kaffee und las in der Tageszeitung. Sie blickte Korff an, als er in die Küche trat.

„Magst du einen Kaffee?"

„Gern."

Er holte sich eine Tasse aus dem Küchenschrank und setzte sich. Conny schenkte ihm Kaffee ein.

Korff nahm einen Schluck und sagte mit einem etwas gequälten Gesichtsausdruck: „Ich weiß nicht, wie ich es dir sagen soll, aber wir werden vermutlich am Samstag nicht losfahren können."

Connys Gesicht verfinsterte sich übergangslos. „Sag das noch einmal." Korff sah, dass sie ihre Hände zu Fäusten ballte.

„Versteh das bitte. Ich bin mitten in den Ermittlungen im Fall Kemper und ich fürchte, dass ich den Fall in dieser Woche nicht mehr abschließen werde. Der Mörder läuft immer noch frei herum. Wir können keine Auszeit nehmen und die Ermittlungen zwei Wochen lang ruhen lassen."

Conny antwortete nicht. Wortlos verließ sie die Küche und setzte sich ins Wohnzimmer. Mit der Fernbedienung schaltete sie den Fernseher an.

Korff folgte ihr.

„Conny, ich finde das auch nicht gut, aber das ist nun mal mein Job. Ich habe Pott gegenüber nur schlechte Argumente. Wir sind zurzeit ohnehin schwach besetzt und dann ist Rolf noch ausgefallen … Wir müssen den Mörder jetzt fassen."

Conny antwortete immer noch nicht. Sie schaltete vom Ersten ins Zweite Programm, wo eine Nachrichtensendung lief.

Korff machte einen zweiten Versuch. „Conny, du willst doch nicht etwa wegen dieser Urlaubsangelegenheit unsere Beziehung in Frage stellen. Das ist doch kindisch."

Conny blickte Korff wütend an. „Für mich ist das keine bloße ‚Urlaubsangelegenheit'. Ich erkenne an dieser ‚Urlaubsangelegenheit' lediglich, wie wichtig oder soll ich besser sagen: unwichtig ich dir bin. Offenbar rangiere ich nur an dritter Stelle. Zuerst deine Arbeit, dann Borussia Dortmund und dann ich. Oder kommt da vorher noch etwas anderes, das mir im Augenblick entfallen ist?"

„Conny, das ist doch Unsinn. Du weißt, dass ich nur mit dir zusammenleben möchte. Aber ich bin gerne Polizist und verdiene damit mein Geld. Dass ich keine Arbeitszeiten wie ein Kommunalbeamter oder Lehrer habe, war doch von Anfang an klar."

„Ich kann nur in den beiden nächsten Wochen Urlaub bekommen. Wir haben das in unserer Abteilung mühsam aufeinander abgestimmt. Vorher waren die Kollegen mit Kindern dran, nach meinem Urlaub folgen zwei andere Kollegen, die auch schon fest gebucht haben. Wenn wir jetzt nicht fahren können, dann können wir in diesem Jahr überhaupt nicht mehr fahren. So einfach ist der Sachverhalt."

Korff versuchte Conny noch einmal umzustimmen. „Dann können wir vielleicht im Winter …"

Conny ließ ihn nicht ausreden. „Ich möchte jetzt Urlaub machen, verstehst du, jetzt, und nicht erst im Winter. Wenn du nicht mitkommst, fahre ich allein."

3. Kapitel

Mittwoch, 22. August 2007

Korff hatte die Mitglieder seines Teams um halb zehn zu einer weiteren Besprechung versammelt. Er war bereits seit sieben Uhr in seinem Büro und hatte über die tags zuvor geführten Gespräche Aktenvermerke angefertigt. Conny hatte ihn am Morgen keines Blickes gewürdigt.

Korff, Helma Gebhard und Zeinitz hatten am Nachmittag noch weitere Nachbarn Kempers befragt. Aber auch aus diesen Gesprächen hatten sich keine neuen Anhaltspunkte ergeben. Nachdem die beiden Kollegen eingetroffen waren, schob Korff eine schmale Mappe auf den Tisch. „Hier ist der Obduktionsbericht. Ich habe ihn vorhin erhalten. Ihr solltet ihn gleich auch mal lesen. In Kürze: Bernhard Kemper ist mit sehr großer Wahrscheinlichkeit am Abend des 17. August erschossen worden. Dr. Germer legt den Tod auf den Zeitraum zwischen zwanzig und vierundzwanzig Uhr fest. Er kommt zu dem Ergebnis nach Untersuchung des Mageninhaltes und weiterer Indikatoren. Der Schuss war unmittelbar tödlich.“ Korff schätzte Dr. Germer, der etwas unzugänglich wirkte, aber als äußerst akribischer Gerichtsmediziner galt.

Helma Gebhard nahm die Mappe, schlug sie auf und begann zu lesen.

Korff resümierte: „Ein fast achtzigjähriger Mann wird erschossen. Dieser Mann ist seit etwa fünf Jahren nicht mehr politisch aktiv und lebt sehr unauffällig. Aus der Wohnung des Ermordeten wird nichts entwendet. Der Mord wird mit einer Waffe verübt, die zur Ausrüstung von SS-Männern gehörte. Wer kann sich darauf einen Reim machen? Ich nicht!“

Helma Gebhardt blickte auf: „Ein ehemaliger SS-Mann

wird den Mord wohl kaum verübt haben. Selbst wenn wir annehmen, dass ein solcher Mann im Jahre 1945 erst zwanzig Jahre alt gewesen ist, so müsste er heute gut achtzig Jahre alt sein."

Zeinitz nickte bestätigend. „Ich habe noch keinen achtzigjährigen Mörder kennen gelernt. Ich denke eher, dass sich jemand eine Walther PPK besorgt hat, vielleicht ein Waffennarr oder ein Bewunderer der Zeit des ‚Dritten Reiches'."

„Und was soll sein Motiv gewesen sein?"

Zeinitz schwieg.

Helma Gebhard hatte den Obduktionsbericht zur Seite gelegt und ergriff erneut das Wort: „Wie sieht es mit einem familiären Hintergrund der Tat aus? Brauchte der Schwiegersohn Geld? Hatte er sich mit seinem Schwiegervater entzweit?"

Korff schüttelte den Kopf. „Dafür spricht nichts. Mutter und Tochter machten einen sehr harmonischen Eindruck."

Helma Gebhard ließ nicht locker. „Das mag ja sein. Aber vielleicht funktioniert die Ehe der Tochter nicht so gut, der Schwiegersohn braucht Geld und bringt seinen Schwiegervater um, in der Hoffnung, bald etwas zu erben, während seine Schwiegermutter zu Besuch da ist? Von Gütersloh bis Spenge ist es nicht weit."

„Gut", lenkte Korff ein, „wir müssen auch diese Möglichkeit in Erwägung ziehen. Helma, am besten versuchst du selbst herauszufinden, ob der Schwiegersohn ein Alibi hat."

Die Kriminalbeamtin nickte.

Das weitere Gespräch drehte sich im Kreise. Korff merkte, dass es Zeit wurde die Besprechung zu beenden.

„Übrigens, ich habe hier noch etwas." Korff kramte

in seinen Unterlagen und zog schließlich ein Fax hervor: „Gestern Abend hat die Polizeidienststelle in Spenge einen anonymen telefonischen Hinweis erhalten, möglicherweise als Reaktion unserer gestrigen Befragungen. Jemand hat am Montagabend in der fraglichen Zeit in der Steinstraße ein Auto mit der Nummer HF HO 487 gesehen."

„Ja, und?" Zeinitz blickte wenig interessiert.

„Dieses Auto gehört keinem Anlieger und soll in den letzten Wochen häufiger abends in der Nähe von Kempers Haus gestanden haben."

Zeinitz wurde hellhörig. „Das kann wichtig sein. Ich kümmere mich um das Autokennzeichen und gehe der Sache nach."

„Gut." Korff glaubte zwar nicht daran, dass sie die Autospur zum Täter führen würde, aber man durfte den anonymen Hinweis nicht ignorieren.

„Helma, du kümmerst dich um Kempers Schwiegersohn und ermittelst, mit wem Kemper in den beiden letzten Wochen telefoniert hat. Ich unterhalte mich einmal mit Ekki Bellmann über die rechtsextreme Szene in Spenge und Umgebung."

Als Helma Gebhard und Jörg Zeinitz den Raum verlassen hatten, stand auch Korff auf. Er ging zum Kaffeeautomaten und holte sich einen Becher Kaffee. Dann griff er zum Telefon.

***

Jörg Zeinitz ließ sich vom Herforder Straßenverkehrsamt den Namen des KFZ-Halters mit dem Kennzeichen HF HO 487 geben. Das Auto gehörte dem Schreinermeister Julius Weshollek, der in Dreyen, einer Nachbargemeinde Spenges, wohnte.

Als Zeinitz Dreyen erreichte, fand er ein landwirtschaftlich geprägtes Dorf ohne eigentlichen Kern vor. Das Haus Wesholleks lag in einer Nebenstraße und war für einen Ortsunkundigen nicht auf Anhieb auszumachen. Zeinitz musste sich deshalb durchfragen. Das Anwesen, das in der Mittagssonne lag, schien früher landwirtschaftlich genutzt worden zu sein. An das große Wohnhaus angebaut war ein lang gestrecktes flaches Werkstattgebäude und etwas abseits stand eine zum Teil offene alte Scheune, in der Holz lagerte. Neben der Scheune parkte ein Mercedes-Kombi mit der Nummer HF HO 487.

Zeinitz durchfuhr das Eingangstor und stellte sein Auto auf einem gepflasterten Streifen neben der Auffahrt zur Werkstatt ab. Dann ging er zum Wohnhaus. Auf sein Klingeln öffnete eine etwas füllige dunkelhaarige Frau mittleren Alters. Sie lächelte. Neben ihr tauchte ein Hund auf, offenbar ein Mischling, der Zeinitz neugierig anblickte.

„Ja bitte?"

„Mein Name ist Zeinitz, Kriminalpolizei. Wir führen eine Routineuntersuchung im Zusammenhang mit dem Mordfall Kemper in Spenge durch. Sie haben vielleicht darüber in der Zeitung gelesen?"

„Ja, habe ich. Wie kann ich Ihnen helfen?" Die Frau blieb freundlich und unbefangen.

„Ist Ihr Mann zu sprechen?"

„Nein, der ist zurzeit auf einer Baustelle."

„Sein Auto", Zeinitz wies auf den geparkten Mercedes-Kombi, „wurde am letzten Montagabend um einundzwanzig Uhr, also zur Tatzeit, in der Steinstraße gesehen."

Die Frau wirkte einen Augenblick irritiert, ihre Gesichtszüge erhellten sich aber sofort wieder.

„Da muss sich Ihr Zeuge getäuscht haben. Mein Mann trainiert jeden Montag von halb neun bis zehn in Spenge in der alten Sporthalle. Er ist Mitglied der so genannten Asthmariege.“

Zeinitz ließ sich seine Enttäuschung nicht anmerken und lächelte.

„Gut. Das wird sich bestätigen lassen. Wo kann ich Ihren Mann jetzt finden?“

„Er ist in Spenge auf einer Baustelle in der Blumenstraße. Die machen da heute das Dach.“

„Danke. Ich versuche ihn dort zu erreichen. Entschuldigen Sie bitte die Störung.“

Zeinitz wandte sich seinem Auto zu. Die Frau und der Hund blickten ihm nach.

***

Vor dem Rohbau in der Blumenstraße stand ein Lastwagen, auf dem mehrere lange Holzbalken lagen. Zeinitz parkte seinen Wagen hinter dem Lastwagen und stieg aus.

„Da können Sie aber nicht stehen bleiben.“ Ein kräftiger braun gebrannter Mann mittleren Alters kam auf ihn zu. Er hatte ein verschwitztes, schmales Gesicht, das ein Dreitagebart zierte. Sein mittellanges blondes Haar trug er unter einer Kappe mit der leicht geschwungenen Aufschrift „Holz? Weshollek!“. Der Mann wirkte auf den ersten Blick sympathisch.

„Sind Sie Julius Weshollek?“

„Der bin ich. Sie müssen Ihren Wagen dort wegfahren. Wir wollen gleich weitere Balken abladen.“

„Kriminalpolizei“, unterbrach ihn Zeinitz. „Ich muss Ihnen ein paar Fragen stellen.“

Weshollek schien unbeeindruckt. „Weshalb muss das jetzt sein? Ist Gefahr im Verzuge?“

Zeinitz nahm den Handwerksmeister beiseite.

„Ihr Auto wurde am Montagabend in der Steinstraße gesehen. Sie wissen, dass Bernhard Kemper an diesem Abend ermordet wurde. Wir überprüfen routinemäßig alle Hinweise in dieser Angelegenheit."

Weshollek zog eine etwas zerknitterte Packung Zigaretten aus seiner Cordweste. Er nahm eine, strich sie glatt und steckte sie sich dann mit einem Sturmfeuerzeug an. Er tat einen tiefen, genussvollen Zug.

„Ich war am Montagabend beim Training in der alten Spenger Sporthalle."

„Kann das jemand bestätigen?"

„Ja, … natürlich. Martin Hahne zum Beispiel. Er ist der Leiter unserer Asthmariege. … So heißt unsere Sportgruppe", fügte Weshollek nach kurzem Zögern erläuternd hinzu. „Martin wohnt in Spenge, Sie finden seine Nummer im Telefonbuch."

„Gut, ich werde das überprüfen … Kannten Sie Bernhard Kemper?"

„Ich habe sein Foto in der Zeitung gesehen. Er ist mir zuvor ein paar Mal in der Sporthalle als Zuschauer bei Handballspielen begegnet. Das heißt, ich weiß, wie er aussah. Aber kennen? Nein, ich habe nie mit ihm gesprochen."

Weshollek wandte sich wieder dem Haus zu. „War's das?"

Zeinitz nickte. „Vorerst ja."

***

„Ja, Hahne." Martin Hahne meldete sich sofort.

„Herr Hahne, mein Name ist Zeinitz, Kriminalpolizei. Entschuldigen Sie, dass ich Sie störe, ich habe im Zusammenhang mit dem Kemper-Mord eine Routinefrage. Julius Weshollek ist doch Mitglied Ihrer Sportgruppe?"

„Ja."

„Hat Weshollek am letzten Montag am Training teilgenommen?"

„Hm, das ist eine etwas heikle Frage …"

Zeinitz war ein wenig perplex, dann sagte er mit Nachdruck: „Das ist keine heikle, sondern eine ganz simple Frage!"

„Das scheint nur auf den ersten Blick so. Das sollten wir nicht am Telefon besprechen. Vielleicht können wir uns irgendwo treffen?"

„Ich bin zurzeit in Spenge. Ich kann gerne bei Ihnen vorbeikommen."

„Das ist nicht so günstig. Vielleicht können wir uns im Alten Wirt treffen? Das ist eine Kneipe an der Straße nach Enger, die hat auch Mittagsbetrieb. Da können wir uns ungestört unterhalten."

Zeinitz war einverstanden. „Gut. In 15 Minuten?"

„In Ordnung. Ich bringe noch einen Sportfreund mit. Er ist gerade bei mir."

Zeinitz fand die Gaststätte Zum Alten Wirt sofort. Der etwa fünfzigjährige Inhaber der Kneipe stand hinter der Theke und knobelte mit zwei Gästen. Zeinitz sah sich suchend um. In diesem Augenblick betraten zwei ältere Männer das Lokal und blieben zögernd im Eingangsbereich stehen. Der Größere der beiden wandte sich an Zeinitz und fragte halblaut: „Sind Sie Herr Zeinitz?"

Zeinitz bejahte.

„Ich bin Martin Hahne. Ich habe die Kneipe als Treffpunkt vorgeschlagen, weil vorhin meine Frau mit im Raum war. Die Angelegenheit ist ein wenig delikat und sollte unter uns Männern bleiben."

Der Kleinere der beiden Männer hatte bereits an einem abgelegenen Tisch Platz genommen. Die Wände im

Hintergrund der Kneipe waren mit amerikanischen Filmgrößen bemalt. Der Polizeibeamte erkannte Humphrey Bogart, Clark Gable, Marilyn Monroe und James Dean. Zeinitz und Martin Hahne setzten sich ebenfalls. Der braun gebrannte Mann, den Zeinitz auf etwa 60 Jahre schätzte, deutete auf seinen Begleiter, der unter den Portraits von Stan Laurel und Oliver Hardy saß: „Das ist Konrad Budde, auch ein Mitglied der Asthmariege."

Budde nickte Zeinitz zu und fragte: „Können wir Ihren Ausweis sehen?"

Zeinitz zückte seinen Ausweis und reichte ihn den beiden, die ihn sich genau ansahen und dann etwas gequält lächelten.

Der Wirt kam und nahm die Bestellung entgegen. Budde und Hahne, die den Wirt gut zu kennen schienen und sich kurz mit ihm unterhielten, bestellten Bier, Zeinitz entschied sich für eine Cola.

Martin Hahne sah Budde an und wandte sich dann an Zeinitz: „Sie werden sich sicherlich über unser Verhalten gewundert haben. Julius Weshollek hatte mich auf Ihren Anruf vorbereitet. Die Sache ist nicht so unkompliziert, wie sie scheint. Julius ist Mitglied unserer Sportgruppe, in der letzten Zeit aber nur formell."

„Was heißt das?"

„Das heißt, dass er abends meistens kurz vorbeischaut, wenn wir trainieren."

„Was heißt das denn nun schon wieder?"

Hahne zögerte kurz. „Na ja, er nimmt nicht wirklich am Training teil. Er hält sein Handtuch und sein Trikot kurz unter den Wasserkran und dann geht er wieder."

Zeinitz konnte sein Erstaunen nur schlecht verbergen. „Weshalb macht er das?"

„Können Sie sich das nicht denken?" Konrad Budde

mischte sich ein. „Was wir Ihnen jetzt erzählen, muss unter uns bleiben. Julius' Frau darf das unter keinen Umständen erfahren."

Zeinitz ahnte, was jetzt kam. „Das hängt davon ab, was Sie mir sagen. Sie können aber sicher sein, dass ich mit meinem Wissen in Spenge nicht hausieren gehe."

Martin Hahne sprach wieder. „Also, Julius bekommt von uns für montags immer ein Alibi. Früher hat er bei uns mittrainiert. Dann hat er eine Frau kennen gelernt. Seitdem ist er montags abends immer bei seiner Freundin, die wohnt in der Steinstraße und heißt Renate Hagemann. Wenn er dann nach Hause kommt, sieht seine Frau, dass er beim Training war und tüchtig geschwitzt hat."

„Obwohl er seinen Schweiß eigentlich woanders vergossen hat." Konrad Budde grinste.

Martin Hahne ergänzte: „Dafür bringt Julius gelegentlich montags eine Kiste Bier vorbei, die wir dann in der Umkleidekabine auf sein Wohl leeren. Das haben wir auch letzten Montag so gehandhabt. So simpel und so schwierig zugleich ist das."

Zeinitz musste lachen. „So läuft das also in einer Kleinstadt ab. Keine Sorge, wenn sich Ihre Aussage bewahrheitet, wird das in Spenge nicht die Runde machen. Herr Weshollek wird weiterhin als treuer Ehemann gelten."

Der Wirt brachte die Getränke. Martin Hahne hob das Glas und blickte die beiden anderen Männer an. „Prost!"

Zeinitz erwiderte leise, so dass nur Hahne und Budde es hören konnten: „Auf Julius Weshollek, den ehrenwerten Gatten!"

„Auf Julius!" Hahne und Budde lachten.

***

Korff wählte die Nummer von Eckart Bellmann vom KK 31, das zum Staatsschutz gehörte und für Ermittlungen rechtsextremer Gewalttaten zuständig war. „Ekki, hast du einen Augenblick Zeit? Ich würde gern kurz vorbeischauen."

Bellmann schien sich zu freuen. „Gibt's 'ne neue Geschichte aus Kambodscha? Dafür habe ich immer Zeit!"

Bellmann und Pott waren vor einem halben Jahr aneinander geraten und seitdem erzählte Bellmann im vertrauten Kreise, dass er ein Dossier erstelle, um es gegen Pott zu verwenden. Das war natürlich nicht ernst gemeint, sorgte aber im Kollegenkreis für viel Heiterkeit, zumal Bellmann seinen Zuhörern immer wieder einzelne, kunstvoll formulierte Aktennotizen aus dem Dossier vorlas, die er selbst oder Kollegen geschrieben hatten. Bislang hatte Pott noch nicht erfahren, dass er Ursache für so viel Erheiterung unter den Kollegen geworden war. Wer sich gut mit Bellmann stellen wollte, brachte ihm mittlerweile eine selbst verfasste Aktennotiz für das Dossier mit.

Korff lachte leise. „Nein, es geht um einen Fall, den ich gerade bearbeite. Vielleicht kannst du mir mit Informationen aus dem rechtsradikalen Lager dienen."

„Wenn du willst, kannst du gleich vorbeikommen."

Korff nahm sein Jackett und machte sich auf den Weg. Der Staatsschutz residierte am Bielefelder Kesselbrink. Knapp 15 Minuten später klopfte Korff an Bellmanns Bürotür und trat ein.

„Möchtest du auch einen Kaffee?"

Eckart Bellmann stand an der Kaffeemaschine und goss sich gerade eine Tasse ein. Er war ein imponierender Mann, groß, breitschultrig und mit einem markanten Gesicht. Er trug sein ergrautes Haar etwas länger, so dass es seinen Kopf wie eine Löwenmähne umschloss.

„Gern, mit etwas Milch."

Die beiden Männer setzten sich. Nach einem ersten Schluck fragte Bellmann: „Und … hast du etwas für mein Dossier?"

Korff grinste. „Zurzeit nicht, ich habe aber erfahren, dass unser Freund in jungen Jahren eine sexuelle Affäre in Spenge hatte. Offenbar spielte ein Moped dabei eine Rolle. Ich halte Augen und Ohren offen, um mehr über diese Angelegenheit zu erfahren."

Bellmann lachte. „Gut. Um was geht es?"

Korff berichtete kurz von dem Mord an Bernhard Kemper und darüber, dass sich Kemper möglicherweise vor Jahren den Hass aus dem rechten Lager zugezogen hatte, weil er neonazistische Demonstrationen durch die Organisation von Gegendemonstrationen verhindert hatte.

„Hältst du es für möglich, dass die Rechten erst heute Rache üben?"

„Das kann ich mir kaum vorstellen. Neonazis reagieren meistens sofort. Nur wenige von denen bewahren einen kühlen Kopf und denken strategisch. Kemper stellte für sie doch keine Gefahr mehr dar."

„Wie ist die rechte Szene denn zurzeit organisiert?"

Bellmann nahm einen Schluck Kaffee und stellte die Tasse dann wieder ab. „Nach unseren Erkenntnissen gibt es im Kreis Herford einen relativ harten Kern von etwa 30 bis 40 Personen. Um diesen Kern herum organisieren sich Leute, die ideologisch aber nicht so zuverlässig sind. Die kommen und gehen, wie es ihnen beliebt. Richtige Strategen oder planende Köpfe finden sich im Kreis Herford kaum."

„Gibt es in der Stadt Spenge eine rechte Szene?"

Bellmann zuckte mit den Schultern. „Das kann ich dir so aus dem Stand nicht sagen. Ich werde das aber für dich herausfinden. Wir haben in der Szene einige V-Leute. Gib mir zwei bis drei Tage Zeit, dann bekommst du genauere Informationen."

Korff nickte. „Gut, es geht mir vor allem darum herauszufinden, ob eventuell Rechte vor Ort davon erfahren haben, dass ein ehemaliges Mitglied der Hitlerjugend von einem Kommunisten ermordet worden ist."

„Hm, ob ich dir mit so speziellen Informationen dienen kann, weiß ich noch nicht. Lass uns mal abwarten."

Korff erhob sich. „Gut, vielen Dank für den Kaffee. Du meldest dich bei mir?"

„Ist versprochen."

***

Am späten Nachmittag trafen sich die drei Kriminalbeamten erneut in Korffs Büro. Ihnen war klar, dass noch immer kein Durchbruch in den Ermittlungen gelungen war.

Korff deutete mit dem Daumen nach links, wo sich Potts Büro befand: „Pol Pot macht Druck. Ihm gehen die Ermittlungen zu schleppend voran. Er hat aber auch keine eigenen Ideen, durch die die Ermittlungen vorangetrieben werden könnten." Er sah seine beiden Mitarbeiter auffordernd an.

Jörg Zeinitz berichtete zunächst über die Befragung von der Freundin Wesholleks, mit der er sich wenige Stunden zuvor unterhalten hatte.

„Renate Hagemann, die Freundin von Weshollek, übrigens eine sehr nette und überaus attraktive Frau, hat bestätigt, dass Weshollek am Montagabend bei ihr gewesen ist, wie an den vorhergehenden Montagabenden auch. Die beiden kennen sich seit etwa einem halben Jahr und verbringen seitdem die Montagabende miteinander."

Korff nickte. „Das war zu erwarten. Ich habe nicht daran geglaubt, dass Weshollek der Täter ist."

„Die Hagemann wohnt erst seit etwas mehr als einem halben Jahr in Spenge. Sie wollte von mir wissen, von wem der Hinweis auf Wesholleks Auto stammt. Sie glaubt, dass ein ganz bestimmter wohlmeinender Nachbar, der genau wusste, dass Weshollek mit dem Mord nichts zu tun hatte, ihren Geliebten denunziert hat, weil ihm die Montagsbesuche Wesholleks ein Dorn im Auge sind."

Korff lächelte. „Futterneid?"

„Kann schon sein. Frau Hagemann ist, wie gesagt, eine Sünde wert. Vielleicht ist es aber auch nur ein etwas sauertöpfischer Moralapostel."

Helma Gebhard meldete sich zu Wort. „Ich habe ermittelt, mit wem Kemper in den letzten beiden Wochen Telefongespräche geführt hat. Die Kempers haben nur selten telefoniert, sie sind auch nicht häufig angerufen worden. Insgesamt handelt es sich um weniger als 20 Gespräche. Darunter befanden sich nur fünf verschiedene Teilnehmer. Ich habe die Nummern bereits mit Frau Kemper abgeglichen. Eine Nummer gehört ihrer Tochter, eine dem Bruder ihres Mannes, eine Helmut Dannhauer und eine der örtlichen Pfarrerin. Bei der letzten Nummer handelt es sich um ein Call-Center, das Lotterielose verkaufen wollte. Ich habe das überprüft."

„Wie weit bist du mit dem Schwiegersohn Kempers?"

„Die Ehe der Tochter scheint intakt zu sein. Ihr Mann kommt mit seinen Schwiegereltern gut aus. Die Familie befindet sich nicht in finanziellen Schwierigkeiten, da der Schwiegersohn ein überdurchschnittliches Einkommen hat. Ich denke, dass wir diesen Verdacht ad acta legen können. Am Tat-Wochenende befand sich der Schwiegersohn außerdem auf einem Seminar in Ulm. Deshalb war seine

Schwiegermutter auch zu Besuch bei seiner Frau. Die Bestätigung über die Anwesenheit des Schwiegersohnes in Ulm steht zwar noch aus, wird aber in den nächsten Stunden eintreffen."

Korff nickte, dann berichtete er über sein Gespräch mit Bellmann. „Eckart Bellmann glaubt nicht an einen rechtsradikalen Racheakt. Wenn dennoch ein in rechten Kreisen geplanter Mordanschlag gegen Kemper ausgeführt worden ist, so wird er mir darüber in den nächsten Tagen berichten. Er setzt jedenfalls seine V-Leute darauf an."

Helma Gebhard erkundigte sich: „Was ist mit dem Laborbericht? Haben wir verwertbare Fingerabdrücke gefunden?"

„Ach so, ja. Nach dem Abgleich mit den Familienangehörigen sind frische Fingerabdrücke von einer Person übrig geblieben. Dabei könnte es sich um den Täter handeln. Wir haben die Abdrücke allerdings nicht in unserer Datei."

Es war zum Verzweifeln. Korff fühlte, dass sie auf der Stelle traten. Nirgends fand sich ein Ansatzpunkt, der wirklich Erfolg versprach. Auch Helma Gebhard und Jörg Zeinitz blickten unzufrieden. Irgendwo musste ein Motiv zu finden sein, irgendwie musste das Puzzle zusammenpassen. Korff wusste aus Erfahrung, dass es so gut wie keine Morde ohne Motiv gab. Der Mord an Bernhard Kemper machte da sicherlich keine Ausnahme. Alle Umstände deuteten darauf hin, dass hinter dem Mord an Bernhard Kemper eine klare Absicht stand. Aber welche?

Korff merkte, dass sich seine Gedanken im Kreise bewegten.

„Ich denke, wir machen für heute Schluss. Vielleicht kommt uns ja über Nacht noch eine Eingebung."

Helma Gebhard und Jörg Zeinitz murmelten Zustimmung. Korff erhob sich, die anderen folgten seinem Beispiel.

***

Korff traf Rolf Grohner auf dem Krankenhausflur. Er trug einen Trainingsanzug und schien bereits eine Zeit lang auf und ab gegangen zu sein. Grohner sah schon viel besser aus. Sein Gesicht hatte wieder Farbe.

Er lächelte, als er Korff erkannte: „Schön, dass du vorbeischaust, es ist nicht gerade abwechslungsreich hier. Ich bin gerade aus dem Zimmer geflüchtet. Mein Zimmernachbar hat Besuch von seiner Frau. Bei solcher Gelegenheit merkt man erst, was man an seiner eigenen Frau hat … Manchmal sehne ich mich bereits danach, Pol Pots dummes Gesicht zu sehen."

„Warte ruhig noch etwas damit. Das würde sicherlich einen sofortigen Rückfall provozieren!"

Die beiden Männer lachten.

„Komm, lass uns in die Cafeteria gehen. Ich gebe einen aus."

„Hat dich dein Herzanfall geläutert? Willst du ein besserer und großzügigerer Mensch werden?"

Grohner nickte. Die beiden Männer stiegen die Treppe hinunter. In der im Erdgeschoss gelegenen Cafeteria waren noch zahlreiche Plätze frei.

„Was möchtest du?"

„Einen Milchkaffee."

Grohner ging los und kam kurze Zeit später mit einem Tablett zurück. Als er sich gesetzt und die Getränke verteilt hatte, fragte Korff: „Hast du von dem Mord in Spenge gehört?"

Grohner nickte.

„Vielleicht gibt es Zusammenhänge mit dem Fall Kollenberg. Ich habe aber noch keinen Ansatzpunkt. Habe ich beim Kollenberg-Fall etwas übersehen? Siehst du Verbindungen zwischen den beiden Fällen?"

Grohner schüttelte den Kopf. „Ich kenne den aktuellen Stand im Mordfall Kemper nicht. Ich habe seinerzeit mit Kemper nicht gesprochen."

Korff fasste die wesentlichen Erkenntnisse kurz zusammen.

„Es kann sich natürlich um ein völlig eigenständiges Verbrechen handeln, aber das glaube ich nicht, das wäre ein zu großer Zufall."

Korff nickte. „Aber wo ist das Verbindungsglied? Wer hat solch eine starke Verbindung zu Kollenberg, dass er sich an dem Sohn des vermeintlichen Mörders rächen will – wenn es sich überhaupt um einen Racheakt handelt!"

„Das kann nur jemand sein, der Kollenberg sehr nahe gestanden hat – persönlich oder ideologisch."

„Da fällt mir nur Höfer ein. Aber Höfer ist gehbehindert und körperlich wohl kaum in der Lage gewesen, die Tat zu begehen. Wenn der sein Haus verlässt, dann wohl nur mit einem Rollator."

Korff nahm einen Schluck von seinem Kaffee, auch Grohner nippte an seinem Früchtetee.

„Vielleicht gibt es noch andere HJ-Führer oder -Mitglieder, von denen wir noch nichts wissen und die körperlich fitter sind?"

Korff erinnerte sich. „Ich habe im Spenger Archiv eine Liste mit den HJ-Führern gesehen. Ich werde sie besorgen und einmal überprüfen. Vielleicht stoßen wir ja noch auf jemanden, den wir bislang noch nicht auf der Rechnung hatten."

„Du solltest auch einmal recherchieren, wer überhaupt

wissen konnte, dass Kempers Vater möglicherweise mit für den Tod Kollenbergs verantwortlich zu machen ist. Kempers Name hat doch nicht in der Zeitung gestanden, oder?"

„Nein, natürlich nicht!"

Grohner nickte, dann wechselte er das Thema: „Deine Borussia macht dir diese Saison ja auch noch nicht die ganz große Freunde, oder?"

„Na ja, für einen Tabellenletzten kann es nur noch weiter nach oben gehen. Warte mal ab, am Samstag kommt Cottbus, da wird gepunktet."

Zum Abschied sagte Korff: „Wenn es deinen Genesungsprozess nicht behindert, würde ich mich freuen, wenn du dir gelegentlich aus der Distanz ein paar Gedanken machen könntest. Vielleicht kommt dir ja eine Idee, die uns weiterbringt."

Grohner nickte.

Als sie ihre Tassen geleert hatten, stand Korff auf. Am Ausgang der Cafeteria verabschiedete er sich.

„Wie geht es weiter mit dir?"

„In ein paar Tagen werde ich entlassen, ich muss dann aber noch zu einer Reha. Falls Pott dich gefragt haben sollte, er kann so etwa in sechs bis acht Wochen wieder mit mir rechnen."

4. Kapitel

Donnerstag, 23. August 2007

Die Trauergemeinde hatte sich in der kleinen Friedhofskapelle versammelt. Der Ermordete lag in einem schlichten Fichtensarg, flankiert von zwei Kerzenständern. Vor dem Sarg waren drei mit Blumen geschmückte Kränze aufgestellt worden. Durch ein kunstvoll gestaltetes Fenster, das den stigmatisierten Jesus zeigte, fiel Licht in den Raum.

Die Friedhofskapelle war voll besetzt. Korff schätzte die Zahl der Trauergäste auf mehr als 150 Personen. Er und Helma Gebhard saßen in der letzten Reihe und wollten der Beerdigung beiwohnen. Die beiden Kriminalbeamten versprachen sich von der Teilnahme an der Beerdigungsfeier weitere Aufschlüsse über die Verwandtschaft und den Bekanntenkreis des Ermordeten.

Neben den beiden Kriminalbeamten hatten es sich zwei ältere Frauen, die offenbar nicht mit dem Verstorbenen verwandt oder befreundet waren, bequem gemacht. Wie Korff ihren Gesprächen entnehmen konnte, gehörten die beiden wohl zu jenen Frauen, die aus Neugierde oder Langeweile an Beerdigungen teilnahmen. Solche Frauen traf man in nahezu jeder ländlichen Gemeinde an. Auf der anderen Seite des Mittelganges saß Wolfgang Storm von der Neuen Westfälischen. Er nickte Korff zu.

In der ersten Reihe links vom Mittelgang hatten die Witwe, ihre Tochter und deren Ehemann sowie zwei Enkelkinder im Alter von etwa 15 Jahren Platz genommen. Rechts vom Mittelgang saß ein älteres Ehepaar, offenbar der Bruder des Ermordeten und dessen Ehefrau. Der Mann sah dem Ermordeten sehr ähnlich. Er saß leicht nach vorne gebeugt und starrte in sein Gesangbuch. Seine Frau sah um wenigstens zehn Jahre jünger aus. In der zweiten Bankreihe erkannte Korff Helmut Dannhauer. In den weiteren Bänken hatten vermutlich entferntere Verwandte, Nachbarn und Bekannte der Familie Platz genommen.

In der Kapelle war es still. Die Ruhe veranlasste Korff über seine eigene Situation nachzudenken. Als er am vergangenen Abend nach Hause gekommen war, war Conny noch unterwegs gewesen und erst spät heimgekehrt. Sie war ohne Gespräch ins Bett gegangen. Auch am heutigen Morgen hatte sie auf Korffs Gesprächsversuche nur sehr einsilbig geantwortet.

***

Pastorin Frank betrat den Raum. Sie blieb vor dem Sarg stehen und verneigte sich vor dem Kreuz, das an der Wand hinter dem Sarg angebracht war. Dann wandte sie sich an die Trauergemeinde: „Gnade sei mit euch und Friede von Gott, unserm Vater, und dem Herrn Jesus Christus. Amen."

Nach einer kurzen Pause fuhr sie fort: „Wir sind hier zusammengekommen, um Abschied zu nehmen von Bernhard Kemper. Sein Tod bringt Ihnen, der Familie, den Angehörigen und Bekannten Trauer und Schmerz."

Klaus Korff folgte der Liturgie nur unaufmerksam. Er war mit dem Fall beschäftigt. Er bewegte beim Lied „So nimm denn meine Hände" nur die Lippen und betete den Psalm 23, obwohl er ihn auswendig kannte, nur stellenweise mit.

An das Kyrie schloss sich die Schriftlesung an, danach folgte ein weiteres Lied. Daraufhin richtete die Pastorin ihr Wort an die Trauergemeinde. Die Unfassbarkeit des gewaltsamen Todes Kempers beherrschte die Trauerrede, in der die Pastorin ein differenziertes Bild von dem Ermordeten zeichnete. Sie kennzeichnete den Verstorbenen als guten Ehemann und fürsorglichen Vater. Die Pastorin ging auch auf Kempers politische Aktivitäten ein. Sie lobte Kempers großes Engagement für andere Menschen, charakterisierte ihn als wahren Humanisten, als wirklichen Christen, der das Gebot der Nächstenliebe auf seine Fahnen geschrieben hatte. Auch Kempers distanzierte Haltung zur Kirche wurde thematisiert. Korff horchte auf, als die Pastorin davon sprach, dass sich Kemper in den letzten Jahren der Kirche gegenüber offener gezeigt habe. An einer anderen Stelle sagte sie: „Jeder von uns ist mit Schuld beladen. Das gilt auch für Bernhard Kemper. Wer aber aufrichtig bereut, dem wird Gott vergeben."

Nach der Predigt sang die Gemeinde das Lied „Befiehl du deine Wege". Daran schloss sich ein Gebet an, schließlich folgte der Segen.

Als sechs ältere Männer in schwarzer Kleidung und weißen Handschuhen den Sarg aus der Friedhofskapelle heraustrugen, stand die Gemeinde auf und folgte dem Sarg bis zum Grab. Die Glocken der nahe gelegenen Kirche läuteten.

Korff und Helma Gebhard folgten als letzte. Korff hielt seine Kollegin zurück: „Ich muss gleich noch mit der Pastorin sprechen. Ich gehe deshalb mit zum Grab, du fotografierst inzwischen unauffällig die Trauergäste."

Helma Gebhard nickte und wandte sich nach links, um die Gruppe der Trauernden nicht aus den Augen zu verlieren.

Als Korff am Grab angelangt war, sagte die Pastorin gerade: „Nachdem Gott, der Herr über Leben und Tod, Bernhard Kemper aus diesem Leben abgerufen hat, legen wir seinen Leib in Gottes Acker." Dabei warf sie dreimal mit einer kleinen Schaufel Erde auf den bereits in die Grube hinuntergelassenen Sarg und sprach dazu: „Erde zu

Erde, Asche zu Asche, Staub zum Staube. Wir geben ihn in Gottes Hand."

Korff blickte sich um. Weiter links von ihm, hinter einer Taxushecke verborgen, stand Helma Gebhard und bemühte sich unauffällig Fotos von den Trauergästen zu machen. In einiger Entfernung vom Grab, nahe dem Kriegerdenkmal, das an die Gefallenen des deutsch-französischen Krieges 1870/71 erinnerte, sah Korff einen Mann, der die Zeremonie am Grab beobachtete. Korff gab Helma Gebhard ein Zeichen und deutete auf den Mann. Helma verstand und richtete den Fotoapparat auf den Beobachter.

Die am Grab versammelte Trauergemeinde betete gerade das Vaterunser.

***

Korff fing die Pastorin auf dem Weg zur Friedhofskapelle ab, wo sie sich vermutlich umziehen wollte. Er sprach sie an.

„Mein Name ist Korff. Ich bin Kriminalbeamter und mit den Ermittlungen im Fall Kemper beauftragt."

Die Pastorin nickte: „Ich weiß, wir haben uns schon kurz bei Frau Kemper gesehen. Kann ich Ihnen helfen?"

„Ja, vielleicht. Sie haben eben die Predigt gehalten und dabei ist mir eine Formulierung aufgefallen. Sie haben Bezug nehmend auf den Ermordeten sinngemäß gesagt, dass auch er Schuld auf sich geladen habe. Ich fand diese Worte im Rahmen eines Beerdigungsgottesdienstes für einen Ermordeten etwas ungewöhnlich. Was wollten Sie damit ausdrücken?"

Die Pastorin zögerte. „Darüber kann ich mit Ihnen nicht sprechen. Diese Aussage bezieht sich auf das Trauergespräch, das ich mit Frau Kemper geführt habe."

„Was hat Ihnen Frau Kemper gesagt?“

„Der Inhalt des Trauergespräches zwischen Frau Kemper und mir ist absolut vertraulich, ähnlich wie eine Beichte in der katholischen Kirche. Ich darf Ihnen keine Auskunft geben, selbst in einem Fall wie diesem nicht. Wenn Sie wissen wollen, was wir besprochen haben, wenden Sie sich bitte an Frau Kemper.“

Korff nickte.

„Wie steht Frau Kemper zur Kirche? Können Sie mir darüber Auskunft geben?“

„Natürlich kann ich das. Frau Kemper ist seit vielen Jahren ein treues Glied der Gemeinde. Sie besucht den Gottesdienst regelmäßig und nimmt auch an den Veranstaltungen der Frauenhilfe teil.“

„Ich wundere mich. Frau Kemper war doch früher – wie auch ihr Mann – Mitglied der KPD. Für die Kommunisten ist Religion doch Opium des Volkes, oder?“

Die Pastorin lächelte. „Ja, Frau Kemper hat aber, wie sie mir erzählt hat, den Weg zu Gott gefunden. Sie hat nie ein Geheimnis daraus gemacht, dass sie durch die offenbar wundersame Genesung ihrer Tochter, die als junges Mädchen fast an einer Lungenentzündung gestorben wäre, eine wirkliche Christin geworden ist.“

„Wie stand ihr Mann zur Kirche?“

„Eher reserviert. Er hat das Engagement seiner Frau aber toleriert. Gelegentlich hat er sie sogar begleitet. Das ist in der letzten Zeit sogar häufiger passiert.“

„Haben Sie sich bei diesen Gelegenheiten mit ihm unterhalten?“

„Ja, manchmal hat es sogar tiefer gehende Gespräche gegeben. Dabei ging es meistens um Schuld und Sühne. Bernhard Kemper war ein durchaus anregender Gesprächspartner.“

„Ja, das habe ich auch gehört … Ich danke Ihnen für die Auskunft."

Korff sah, dass die Trauergäste auf den in unmittelbarer Nähe des Friedhofs gelegenen Gasthof zugingen. Die Pastorin bemerkte seinen Blick.

„Es soll noch Kaffee und Platenkuchen geben. Ich muss mich ein wenig beeilen. Von mir wird erwartet, dass ich dort noch einige Worte sage. Haben Sie auch eine Einladung erhalten?"

Korff schüttelte den Kopf.

***

Korff hatte gerade wieder sein Büro betreten, da klingelte das Telefon. Eckart Bellmann war dran.

„Hast du einen Augenblick Zeit? Kannst du kurz vorbeikommen?"

„Ja, sicher. Bis gleich!"

Zwanzig Minuten später betrat Korff Bellmanns Büro.

„Ich glaube, ich kann dir weiterhelfen", eröffnete Bellmann das Gespräch, nachdem sich Korff gesetzt hatte. „Ich habe unsere Quellen angezapft. Es gibt tatsächlich einen Neonazi von Bedeutung in Spenge. Er heißt Joachim Kettering."

Korff überlegte einen Augenblick. „Der Name Kettering ist mir aus meinen Ermittlungen geläufig. Allerdings handelte es sich da um einen älteren Mann, der mittlerweile verstorben sein dürfte und in der Zeit des ‚Dritten Reiches' der Spenger NSDAP-Ortsgruppenleitung angehört hat."

„Bei meinem Kettering handelt es sich um einen gut fünfzigjährigen Mann, durchaus vermögend, der auch über den Kreis Herford hinaus seine Fäden zieht. Er besitzt vermutlich sogar Kontakte zur Führungsspitze der NPD auf Bundesebene."

„Es scheint sich dann ja wohl um einen Verwandten des alten Kettering zu handeln."

Bellmann nickte. „Möglicherweise. Joachim Kettering hat sich vor ein paar Tagen in seinen so genannten Kameradenkreisen darüber ausgelassen, dass ein Rächer unterwegs sei, der es den Mördern Kollenbergs heimzahlen werde."

Korff ließ die Atemluft durch seine gespitzten Lippen entweichen, so dass ein leiser Pfiff entstand.

„Das ist ja interessant. Vielleicht handelt es sich ja doch um einen rechten Fememord."

„Nach allem, was ich über Kettering erfahren habe, passt ein Mord nicht zu seiner Person. Du kannst relativ sicher sein, dass er sich in so niedere Gefilde nicht begeben würde."

„Gut. Kann aber auch sein, dass er nur den Auftrag erteilt hat, mit Kemper abzurechnen."

Bellmann beugte sich vor. „Das wäre schon eher möglich. Ich bitte dich aber, meine Hinweise zunächst vertraulich zu behandeln, um meinen Informanten zu schützen. Wir schöpfen Kettering ab. Wenn du etwas gegen ihn unternimmst, musst du uns vorher verständigen."

Korff stand auf. „Das verspreche ich. Erstmal vielen Dank für deine Informationen. Wenn ich auf sie zurückgreifen muss, werde ich dich vorher benachrichtigen." Er wandte sich zur Tür.

Zurück im eigenen Büro wählte Korff die Nummer der Spenger Lokalredaktion der Neuen Westfälischen. Er wurde mit Storm verbunden, der ihn freundlich begrüßte.

„Herr Storm, Sie haben seinerzeit ein paar Fotos von Akten gemacht, die wir im Spenger Archiv durchgesehen haben. Ist eventuell auch die Liste der HJ-Führer dabei, die Sie in einer der Akten entdeckt haben?"

„Ja, und relativ gut lesbar. Ich habe sie vorgestern noch auf meinem Rechner gesehen."

„Können Sie mir einen Ausdruck dieser Liste zufaxen?"

„Ja sicher, wird sofort gemacht. Sie denken an mich? Sie wissen doch: ‚Manus manum lavat'."

***

Wenige Minuten später war die Liste da. Sie war in der Tat gut lesbar und umfasste insgesamt acht Namen. Als sich das Team wenig später zu einer Besprechung traf, hielt Korff zwei Kopien der Liste in der Hand.

„Wir sollten diese Personen überprüfen."

Als Korff die fragenden Blicke seiner beiden Mitarbeiter bemerkte, erklärte er: „Das ist eine Liste mit den Namen der HJ-Führer aus dem Jahre 1944. Wenn Walfried Höfer als Täter ausfällt, weil er körperlich dazu nicht mehr in der Lage ist, so kommt vielleicht ein anderer HJ-Führer in Frage. Wir sollten zunächst einmal den Gesundheitszustand dieser Männer überprüfen – und wer von ihnen überhaupt noch lebt. Rolf Grohner hatte die Idee."

„Gut." Helma Gebhard nahm die beiden Listen und gab eine an Jörg Zeinitz weiter. „Wir arbeiten die Liste morgen gemeinsam ab. Gibt es in Spenge ein Altersheim?"

Ihre beiden Kollegen lachten.

Korff wurde wieder ernst. „Wir sollten den Fall zudem von einer anderen Seite aus betrachten. Rolf Grohner hat mich darauf gebracht. Wir sollten uns fragen, woher der Täter die Information bekommen hat, dass Kempers Vater möglicherweise mit für den Tod Kollenbergs verantwortlich zu machen ist. Das ist nie öffentlich gesagt worden.

Mir fällt eigentlich nur Storm ein. Möglicherweise hat auch Wellenbrock nach unserem Gespräch eins und eins zusammengezählt und ist dabei auf Kempers Vater gekommen."

„Hm, das ist vielleicht eine brauchbare Spur. Wir sollten die beiden fragen, mit wem sie über die Möglichkeit gesprochen haben, dass Kemper der Täter ist." Jörg Zeinitz war von der Überlegung Korffs angetan. „Du solltest aber selbst mit Storm und Wellenbrock sprechen, du kennst sie ja."

5. Kapitel

Freitag, 24. August 2007

„Kennen Sie den Mann?“ Korff deutete auf die von Helma Gebhard gemachte Fotografie, die den unbekannten Beobachter der Beisetzung von Bernhard Kemper zeigte. Korff hatte die Aufnahme vergrößern lassen. Das Gesicht eines etwa fünfzig Jahre alten, kräftigen Mannes mit breitem Gesicht und schütterem Haarwuchs war deutlich zu erkennen.

Korff und Storm saßen in dem Eiscafé, nachdem Korff in der Redaktion angerufen und um ein Treffen mit Storm gebeten hatte.

Storm zögerte nur kurz. „Das ist ohne Zweifel Joachim Kettering.“

„Hat der etwas mit dem alten Kettering, der seinerzeit der NSDAP-Ortsgruppenleitung angehörte, zu tun?“

Korff ahnte die Antwort.

„Ja, ich glaube Joachim Kettering ist sein Neffe.“

„Kennen Sie Kettering?“

„Eher flüchtig. Man trifft ihn gelegentlich in einer der örtlichen Kneipen, wo er im Kreise einiger Gleichgesinnter lautstark Stammtischparolen absondert. Kettering ist ohne Zweifel ein Neonazi, der sicherlich auch überörtliche Verbindungen hat. Hier in Spenge verkauft er sich aber als Populist mit konservativer Gesinnung. Er tritt für höhere Strafen bei Gewaltverbrechen ein, besonders für die sofortige Ausweisung von straffällig gewordenen Ausländern. Ich habe einmal erlebt, dass er forderte, mit den Mitgliedern einer rumänischen Schieberbande, über die in der Lokalpresse berichtet worden war, ‚kurzen Prozess‘ zu machen.“

Korff war mehrfach Zeuge ähnlicher Diskussionen gewesen. Forderungen nach ‚kurzem Prozess‘ fanden auch bei gut situierten Bürgern, die eine der beiden großen Volksparteien wählten, Anklang. Es war durchaus interessant zu beobachten, wie sich ansonsten friedliche und harmlose Bürger ohne Vorwarnung in militante Infragesteller des Rechtssystems verwandelten.

„Hat Kettering in Spenge Einfluss?“

Storm schüttelte den Kopf. „Nein, eigentlich nicht, mal abgesehen von seinen Zechkumpanen, die ähnliche Meinungen vertreten. Kettering pflegt immer einige Zuhörer um sich zu scharen. Er ist ein guter Rhetoriker, hat immer ein paar Sprüche drauf und kann seine Zuhörer gut unterhalten. Hinzu kommt, dass Kettering bei den Treffen im Gasthaus durchaus spendabel ist. Er kann sich das ja auch leisten.“

„Was macht Kettering beruflich?“

„Er hat in jungen Jahren die Firma seines Onkels geerbt, die er dann weiter ausgebaut und vor einigen Jahren wohl mit beträchtlichem Gewinn verkauft hat. Seitdem lebt er – soweit ich weiß – als Privatier, der sich seinen Hobbys widmen kann, unter anderem der Jagd und der Politik.“

„Es gibt da noch einen anderen Punkt, über den ich mit Ihnen reden muss. Sie wussten, dass ich Bernhard Kempers Vater verdächtigt habe, an der Tötung Kollenbergs beteiligt gewesen zu sein. Haben Sie diese Information an andere Personen weitergegeben?“

Nach kurzem Zögern meinte Storm: „Wir haben uns natürlich während einer Redaktionskonferenz über den Fall unterhalten. Es könnte sein, dass ich in diesem Zusammenhang auch den Namen Kemper erwähnt habe.“

„Ich brauche eine Liste mit den Namen aller Personen, gegenüber denen Sie den Namen Karl Kemper als möglichen Mörder Kollenbergs erwähnt haben.“

„Wenn Sie damit andeuten wollen, dass eine Kollegin oder ein Kollege etwas mit dem Mord an Bernhard Kemper zu tun haben könnte, dann …"

Korff unterbrach ihn etwas ungeduldig: „Ich verdächtige niemanden aus Ihrer Redaktion. Es gehört einfach zum kriminalistischen Handwerkszeug danach zu fragen, wer etwas davon gewusst haben könnte, dass Karl Kemper möglicherweise für den Tod Kollenbergs verantwortlich war. Vielleicht haben Ihre Kolleginnen und Kollegen weitere Gespräche mit Außenstehenden geführt und dadurch ist die Information an den Täter gelangt. Wenn es uns gelingt, diese Wege nachzuvollziehen, kommen wir vielleicht einen großen Schritt weiter."

„Gut, ich kümmere mich darum. Ich werde meine Kollegen befragen und eine Liste aller ihrer Gesprächspartner anfertigen."

Korff winkte der Serviererin. Zu Storm gewandt sagte er: „Wird Zeit, dass ich mich mit Herrn Kettering unterhalte."

***

Ketterings Haus lag in einer kleinen Stichstraße, die ganz offenkundig zu den besseren Wohnlagen in Spenge zählte. Die Häuser und die dazugehörigen Grundstücke waren groß und repräsentativ. Die Garagenzufahrt, auf der ein großer BMW-Geländewagen stand, war durch ein metallenes Tor gesichert. Auch der Fußweg zum Haus war durch ein kleines Tor versperrt. An einem der Pfosten war eine Klingel angebracht. Nachdem Korff auf den Klingelknopf gedrückt hatte, hörte er kurze Zeit später eine Männerstimme, die sich nach seinem Begehren erkundigte.

Korff beugte sich nach vorn und sprach in das am Torpfosten angebrachte Mikrofon: „Korff, Kriminalpolizei. Herr Kettering, ich habe ein paar Fragen an Sie.“

Kettering antwortete nicht, stattdessen ertönte ein Summen und Korff konnte das Tor zum Grundstück aufdrücken. Er schob das Tor hinter sich wieder zu und ging den Plattenweg bis zum Haus, wo Joachim Kettering bereits in der offenen Haustür stand. Er trug eine braune Leinenhose und ein halbärmeliges grünes Oberhemd. Neben ihm blickte ein Rauhaardackel neugierig aus der Tür.

„Korff, Kripo Bielefeld“, stellte sich Korff vor.

Kettering bat ihn mit einer übertrieben freundlichen Geste ins Haus und fragte dabei ironisch: „Sie möchten mir bestimmt ein paar ganz wichtige Fragen stellen?“ Korff ließ sich nicht provozieren. Er nickte knapp und betrat den Eingangsbereich, der in einen hallenähnlichen Raum überging.

Über einer Sitzgruppe hing ein großformatiges Gemälde, das einen Luftkampf aus der Zeit des Ersten Weltkrieges zeigte. Ein rotes Dreidecker-Flugzeug, versehen mit den deutschen Hoheitszeichen, verfolgte ein anderes Flugzeug und nahm es unter Feuer. Korff vermutete, dass es sich dabei um das Jagdflugzeug des Roten Barons Manfred von Richthofen handelte. Auf einer Anrichte stand eine Bismarck-Büste. Ein Wandschrank barg historische Waffen, unter anderem Gewehre und Schaudegen. Auf dem Schrank lag ein Stahlhelm aus dem Zweiten Weltkrieg.

Kettering führte Korff zu einer Sitzecke, die um einen offenen Kamin gruppiert war, und setzte sich dann. Auch Korff nahm Platz.

„Herr Kettering, wo waren Sie am Abend des 17. August?“

Kettering grinste und zögerte einen Augenblick, so als müsse er nachdenken.

„Ja, jetzt weiß ich’s wieder. An diesem Tag wurde Bernhard Kemper erschossen. Er starb damit am gleichen Tag wie Rudolf Heß, der vor zwanzig Jahren in alliierter Gefangenschaft auf ungeklärte Art und Weise zu Tode gekommen ist."

Kettering machte eine kunstvolle Pause und sah Korff an, vom dem er offenbar Protest erwartete. Als sich Korff nicht rührte, fuhr er fort: „Am 17. August war ich bei einer politischen Veranstaltung in Jena, dafür gibt es eine Menge Zeugen. Ich bin erst am 18. August wieder von Jena aus zurückgefahren. Auch dafür gibt es Zeugen. Ich habe vom Tod Kempers erfahren, als ich wieder in Spenge war. Noch Fragen?"

Korff wusste, dass die rechtsextremistische Szene jeweils am 17. August Gedenkmärsche zu Ehren des Hitler-Stellvertreters Heß durchführte, um an dessen Tod zu erinnern.

„Können Sie mir Namen und Adressen einiger Ihrer Zeugen nennen? Ich möchte Ihre Angaben gerne überprüfen."

Kettering lächelte maliziös. „Tun Sie das. Wir Staatsbürger bezahlen sorgfältige Polizeiarbeit sehr gern. Ich bin sicher, dass auch die Mitarbeiter des Verfassungsschutzes einige sehr schöne Fotos von mir in Jena angefertigt haben."

Er nannte Korff vier Namen von Personen und deren Wohnort. Korff notierte sich die Angaben. Dann wechselte er das Thema. „Sie haben die Beisetzung Kempers aus der Entfernung beobachtet?"

Korff hielt Kettering ein Hochglanzfoto hin, das Kettering auf dem Spenger Friedhof zeigte. Kettering nahm das Foto und betrachtete es ausgiebig. Dann gab er es Korff zurück, der es sorgfältig in einem Umschlag verpackte.

„Da haben Sie mich aber gut getroffen. Ist es in unserem so genannten Rechtsstaat mittlerweile verboten, an einer Beerdigung teilzunehmen?“ Kettering sah Korff provozierend an.

„Natürlich nicht, die Art und Weise ist aber vielleicht etwas ungewöhnlich.“

„Ja, vielleicht. Wissen Sie, ich habe Kemper nicht besonders gemocht, ich wollte einfach dabei sein, als der Sarg in die Grube gelassen wurde. Ich sage es Ihnen ganz offen, ich war darüber nicht traurig, ganz im Gegenteil. Im Übrigen bin ich Ihnen über meine Gefühle keine Rechenschaft schuldig.“

Korff blieb ruhig. „Da haben Sie Recht. Was hatten Sie gegen Kemper?“

„Kemper war ein übler Intrigant und Nestbeschmutzer, der die nationale Bewegung mit allen Mitteln bekämpft hat. Mein Onkel hat mir erzählt, dass schon Kempers Vater Kommunist gewesen ist. Auf solche Leute kann unsere Gesellschaft verzichten.“

„Das ist Ihre Meinung. Ich habe einige Menschen kennen gelernt, die von Kemper eine sehr hohe Meinung haben.“

Kettering schnaufte. „Das kann ich mir gut vorstellen. Da haben Sie die Richtigen befragt, vermutlich alles Leute aus dem linken Lager.“

„Kann schon sein.“ Korff erhob sich. „Vielleicht sehen wir uns bald wieder. Ich würde mich freuen, wenn ich Sie dann einmal in Bielefeld auf dem Präsidium begrüßen dürfte.“

Kettering war ebenfalls aufgestanden. „Ach, wissen Sie, bei Einladungen bin ich sehr wählerisch.“ Er wies in den Raum. „Ich glaube nicht, dass mir das Polizeipräsidium das gewohnte Ambiente bieten kann.“

Korff blickte seinen Gesprächspartner lächelnd an. „Ihren erlesenen Geschmack in allen Ehren, Herr Kettering, aber es gibt Zeiten und Situationen, da kann man sich seine Gastgeber nicht aussuchen."

***

Am Nachmittag fand eine weitere Lagebesprechung statt. Korff hatte zuvor bei Arnold Wellenbrock angerufen, der ganz sicher war, dass er noch mit niemandem über eine mögliche Täterschaft Karl Kempers gesprochen hatte. („Ich habe unser Gespräch seinerzeit als vertraulich aufgefasst. In solch einem Fall würde ich niemals Informationen nach außen geben.")

Korff berichtete seinen beiden Kollegen zunächst über das Gespräch mit Kettering: „Ein aalglatter Typ. So stellt man sich einen intelligenten Neofaschisten vor. Ich habe von ihm aber hoffentlich ein paar brauchbare Fingerabdrücke mitgebracht." Korff wies auf das Foto, das Kettering auf dem Friedhof zeigte. „Ich hab's ihm hingehalten und er hat es angefasst. Wir lassen seine Fingerabdrücke mit jenen vergleichen, die wir in Kempers Wohnung gefunden haben."

Helma Gebhard lachte. „Ganz schön trickreich. Wäre toll, wenn wir damit den Täter hätten."

„Kettering behauptet allerdings, er sei am Abend des 17. August in Jena gewesen."

Auf die fragenden Blicke seiner beiden Kollegen erklärte Korff: „Ich habe im Internet recherchiert, dass am 17. August in Jena eine Gedenkveranstaltung zum 20. Todestag von Rudolf Heß stattgefunden hat, an der etwa 400 Rechtsextreme teilgenommen haben. Der NPD-Vorsitzende Udo Voigt hat in seiner Rede gefordert Rudolf Heß für den Friedensnobelpreis vorzuschlagen."

Zeinitz und Helma Gebhard blickten zunächst ungläubig, dann lachten sie lauthals.

„Beruhigt euch, soweit ich weiß, ermittelt die Staatsanwaltschaft bereits." Korff machte eine kurze Pause. „Kettering will im Auerstedter Hof übernachtet haben. Außerdem hat er einige Personen benannt, vermutlich alle aus dem rechten Lager, die seine Anwesenheit in Jena bezeugen können. Jörg, vielleicht kannst du das überprüfen?"

Korff schob Zeinitz ein Blatt mit den nötigen Angaben zu.

Zeinitz nickte. „Wird aber ein bisschen dauern. Ich werde gleich den Kontakt zu den Kollegen in Jena aufnehmen."

„Wie weit seid ihr mit der Überprüfung der HJ-Führer?"

„Fehlanzeige. Von den acht Personen leben nur noch vier. Höfer scheint noch der Fitteste von ihnen zu sein."

***

Korff starrte auf den Zettel, den er auf dem Küchentisch gefunden hatte: „Falls du mich suchen solltest, ich befinde mich seit heute Nachmittag auf dem Weg nach Südfrankreich. Ich wünsche dir viel Erfolg bei deiner Arbeit. Ich brauche den Urlaub jetzt. Conny." Es fehlte das Herzchen, mit dem Conny ihre üblichen, an Korff gerichteten Zettelchen zu verzieren pflegte.

Korff schüttelte ungläubig den Kopf, griff zum Telefon und wählte Connys Handynummer. Eine Verbindung kam nicht zustande, vermutlich hatte Conny ihr Handy abgeschaltet. Korff fluchte, er verfluchte Conny, er verfluchte Pott und er verfluchte sich selbst, weil er Pott nicht mehr Widerstand entgegengesetzt hatte, als ihm dieser den

Urlaub verweigert hatte. Er musste sich eingestehen, dass er bloß formalen Widerstand geleistet hatte, weil ihn der Fall doch sehr interessierte.

War das das Ende ihrer Beziehung? Gingen Conny und er jetzt getrennte Wege? Doch nicht wegen eines läppischen Urlaubs! Korff konnte das nicht glauben. Wenn er den Fall noch abschloss, während Conny in Südfrankreich war, würde er ihr nachreisen und sie überraschen.

Korff setzte sich. Er liebte Conny. Ihm war aber auch bewusst, dass er sich in den letzten Wochen und Monaten viel zu wenig um Conny bemüht hatte. Der kräftezehrende Alltag hatte vorübergehend die Oberhand gewonnen. Nach seiner Scheidung und einigen wenig erinnernswerten Affären hatte er bei Conny stets das Gefühl gehabt die Richtige gefunden zu haben. Sie hatten sich gut verstanden, hatten häufig gelacht und viel gemeinsam unternommen. Obwohl … mit den gemeinsamen Unternehmungen war es zuletzt nicht mehr weit her gewesen. Die vielen Überstunden und Extraschichten hatten dazu geführt, dass sie ihre Freizeit zumeist abgespannt zu Hause vor dem Fernseher verbracht hatten. Auch Conny war in der letzten Zeit beruflich stark eingespannt gewesen.

6. Kapitel

Sonntag, 26. August 2007

Nachdem er die durch die wenigen Laternen nur schwach ausgeleuchtete Straße hinabgeblickt hatte, trat der Mann wieder in den Schatten des Busches zurück, der vor dem Gebäude der Bielefelder Fachhochschule stand. Er lächelte zufrieden. Die leicht nach vorn gebeugte Gestalt, die da langsam von der Stapenhorststraße die Lampingstraße hinaufging, war unverkennbar Friedrich Kemper. Der kleine Hund, der Kemper begleitete, zog an der Teleskopleine, verharrte dann wieder, um an einer Straßenlaterne zu schnüffeln. Der nächtliche Spaziergänger wartete geduldig, bis der Hund seine Duftmarke hinterlassen hatte. Dann setzte Kemper den Weg fort. Herr und Hund näherten sich nun dem Eingangsbereich des Fachhochschulgebäudes. Der Wartende spähte erneut. Außer Kemper war niemand auf der Straße zu sehen.

Als Kemper im Begriff war, den im Halbdunkel stehenden Mann zu passieren, trat dieser vollends hinter dem großen Tannenbusch hervor und hob die Pistole.

Halblaut sagte er: „Ich könnte dich jetzt töten, Kemper!"

Der Angesprochene erstarrte kurz, der kleine Hund blieb stehen und knurrte leise.

Der Mann im Halbschatten winkte ungeduldig und drohend mit der Waffe. Friedrich Kemper trat zögernd vom Bürgersteig auf den Rasen.

„Los, da hinter den Busch!"

Kemper folgte dem Befehl. Er kannte den Mann nicht, der ihn da dirigierte. Dann standen die beiden Männer hinter dem großen Busch, der ihnen Sichtschutz von der Straße bot.

„Jetzt wirst du bezahlen, Kemper!"

Friedrich Kemper hatte sich gefangen. Ihm wurden die Zusammenhänge klar. „Haben Sie meinen Bruder umgebracht?"

„Ja, ich habe ihn für einen Mord zur Rechenschaft gezogen, an dem du auch beteiligt warst."

„Das war kein Mord, das war ein Unglücksfall ..." Kemper suchte nach Worten. „Hartmut Kollenberg ist unglücklich gestürzt, wir wollten nur ..." Dann stieß er hervor: „Mann, das ist sechzig Jahre her!"

Kempers Stimme war laut geworden. Der unbekannte Mann legte den linken Zeigefinger auf seinen Mund und bedeutete Kemper damit, dass er leiser sprechen sollte.

„Nenn es, wie du willst. Für mich war es ein Mord. Ich halte mich nur an den Grundsatz des Alten Testaments: ‚Auge um Auge, Zahn um Zahn'. Auch nach deutschem Recht verjährt Mord nicht. Jetzt wirst du bezahlen."

Der Mann hob die Waffe. In diesem Augenblick schoss der kleine Hund knurrend auf den Mann mit der Pistole zu und sprang ihn an. Der Mann schlug mit der Pistole nach dem Hund, traf ihn aber nicht voll, so dass der Hund nur ein wenig zur Seite geschleudert wurde. Der Schlag hielt den Hund aber nicht davon ab, erneut anzugreifen – im Gegenteil: Er wurde noch angriffslustiger. Dieses Mal verbiss er sich im rechten Bein des Mannes, der vor Schmerz aufstöhnte.

„Verfluchter Köter."

Er versuchte den Hund abzuschütteln, indem er mit voller Kraft mit dem rechten Bein gegen den Stamm eines Baumes trat, der neben dem Busch stand. Der Hund jaulte erbärmlich, als sein Rücken gegen den Baumstamm prallte, und ließ von dem Bein ab. Der Mann sah, dass Kemper die Gelegenheit zur Flucht genutzt hatte und im

Begriff war, die Lampingstraße hinunterzulaufen. Er war bereits gut zehn Meter entfernt. Der Mann hob die Pistole, zielte kurz und schoss. Der Schuss, der in der nächtlichen Stunde einen beträchtlichen Lärm verursachte, traf Kemper in den Rücken. Kemper tat noch zwei ungelenke Schritte, dann blieb er stehen und brach zusammen.

Der Mann wollte zu seinem Opfer gehen, um sich von dem Erfolg seines Schusses zu überzeugen. Dann zögerte er aber, da er aus dem oberen Teil der Straße aufgeregte Stimmen hörte.

„Das war ein Schuss!"

„Unsinn, da hat jemand einen Feuerwerkskörper gezündet."

Vier junge Männer waren von der Wertherstraße aus in die Lampingstraße eingebogen. Der Hund wimmerte nur noch leise, dann war er still. Er schien sich durch den Tritt die Wirbelsäule gebrochen zu haben. Der Pistolenschütze spürte plötzlich den Schmerz in seinem rechten Bein.

Die vier jungen Männer kamen näher. Sie sahen Kemper, der bäuchlings auf der Straße lag, und beschleunigten ihre Schritte, ohne nach links zu gucken, wo sich der Pistolenschütze hinter dem Busch verborgen hielt. Als die vier Männer ihn passiert und nur noch Augen für den anscheinend leblos am Boden liegenden Kemper hatten, schlich der Schütze vorsichtig an der Frontseite der Fachhochschule Richtung Wertherstraße entlang und achtete darauf, die vor dem Gebäude geparkten Autos als Sichtschutz zwischen sich und die vier Männer zu bringen. Zwischendurch verharrte er. Niemand schien ihn wahrzunehmen. Er sah, dass zwei der jungen Männer vor Kemper knieten und ihn untersuchten. Sie sprachen aufgeregt miteinander. Ein weiterer schien zu telefonieren. In einem Haus auf der gegenüberliegenden Straßenseite ging

Licht an, das dann aber sofort wieder gelöscht wurde. Der Mann war sich sicher, dass die Bewohner nun im Dunkeln standen und die Szenerie auf der Straße beobachteten.

Kurz bevor er die Wertherstraße erreicht hatte, überquerte er in einem Bereich, der von den Straßenlaternen nur schwach ausgeleuchtet wurde, rasch die Lampingstraße und betrat den Zuweg zum Bürgerpark. Er ließ das Café rechts liegen und lief nach links über den Rasen zum Teich hinunter. Als er auf Höhe des Teiches war, hörte er eine Polizeisirene, die sich der Lampingstraße näherte. Er eilte an dem Elchstandbild vorbei und verließ den Park, indem er die Treppe zur Kantstraße hinaufstieg. Hier blieb er eine Weile stehen und wartete darauf, dass sich sein Atem beruhigte. Dann ging er schnellen Schrittes weiter bis zur Humboldtstraße und bog nach links ab. Bevor er die Stapenhorststraße überquerte, blieb er stehen und sondierte die Lage. Die Straße war leer. Er wechselte rasch auf die andere Straßenseite und bog dann in die Siegfriedstraße ein, wo er an der Bürgerwache sein Auto abgestellt hatte. Er setzte sich in das Auto. Nachdem er eine Weile verschnauft hatte, fuhr er in gemächlichem Tempo Richtung Jöllenbecker Straße.

***

Der Tatort war erleuchtet. Die Leute von der Spurensicherung hatten mehrere Scheinwerfer aufgestellt, um das Gelände vor der Fachhochschule präzise auszuleuchten. Die Lampingstraße war nach oben zur Wertherstraße und nach unten zur Stapenhorststraße mit Flatterband abgesperrt. Mehrere Männer in weißen Overalls, darunter auch Hermann Dreyer, knieten in der Nähe des Tatortes auf dem Boden und suchten nach verwertbaren Spuren.

„Schon was gefunden?"

Korff war am Abend mit einigen Sportkameraden auf ein Bier in der Altstadt gewesen. Etwas aus dem Ruder gelaufen war der Abend, als er einen alten Freund traf, mit dem er einige Jahre lang Handball bei TuSpo 1890 gespielt hatte. Er wollte sich – nicht mehr ganz nüchtern – zu vorgerückter Stunde gerade mit einem Taxi nach Hause bringen lassen, als er von Zeinitz, der in dieser Nacht MK-Bereitschaftsdienst hatte, auf dem Handy angerufen worden war. Korff hatte daraufhin das Taxi umdirigiert.

Zeinitz fasste die bisherigen Erkenntnisse zusammen: „Wie ich dir schon mitgeteilt habe, handelt es sich bei dem Opfer um Friedrich Kemper, den Bruder Bernhard Kempers. Er ist hier auf der Lampingstraße angeschossen worden und befindet sich nach Aussage des Notarztes in akuter Lebensgefahr. Er ist jetzt im Klinikum Mitte."

Korff hatte sein Taschentuch umständlich aus der Hosentasche gekramt und schnäuzte hinein, dann knurrte er: „Die Sache wird immer verworrener!"

„Nachdem feststand, dass es sich um Kemper handelte, habe ich dich angerufen. Das ist unser Fall. Wenn der heutige Mordversuch nichts mit dem Mord in Spenge zu tun hat, quittiere ich meinen Dienst."

Korff enthielt sich jeglichen Kommentars. „Erklär mir mal den Tatort", forderte er.

Zeinitz wies auf den erleuchteten Rasen links vom Eingang der Fachhochschule, wo ein breites Tannengebüsch und ein Amberbaum vor einer Reihe von Rhododendronsträuchern standen.

„Der Täter muss dort auf Kemper gewartet haben. Als Kemper die Lampingstraße hoch- oder herunterkam, hat er ihn offenbar zunächst bedroht und dann, als Kemper flüchten wollte, in den Rücken geschossen."

„Was ist das?" Korff zeigte auf den toten Hund, der auf dem Rasen lag.

„Ein toter Hund."

„Das sehe ich!" Korffs Stimme klang leicht gereizt.

„Das ist ein Jack Russel Terrier, den wir am Tatort gefunden haben. Der Hund gehörte vermutlich Kemper. Der Hund hat wohl den Täter angegriffen und ist dabei getötet worden. Auch der Täter hat offenbar eine Verletzung davongetragen, wir haben neben dem Hund einen blutigen Stofffetzen gefunden, der von der Hose des Täters stammen könnte."

Korff schnaufte: „Vielleicht haben wir jetzt endlich eine verwertbare Spur."

Er deutete auf die vier jungen Männer, die auf dem gegenüberliegenden Bürgersteig standen und warteten.

„Gibt es Zeugen?"

„Die vier dort. Sie kamen von oben von der Wertherstraße und haben einen Schuss gehört. Sie sind dann die Lampingstraße hinuntergegangen und haben Kemper gefunden. Einer von ihnen hat sofort die Polizei verständigt."

„Haben die Männer den Täter gesehen?"

„Nach der ersten Befragung … leider nein!"

Korff war enttäuscht. „Irgendeine Idee, wohin der Täter verschwunden ist?"

Zeinitz schüttelte den Kopf. „Vielleicht durch den Bürgerpark. Ich habe bereits die Hundestaffel angefordert, um den Fluchtweg des Täters zu ermitteln."

„Gut. Lass uns jetzt die Anlieger befragen. Mehr können wir heute Nacht nicht tun. Ansonsten müssen wir die Ergebnisse der Spurensicherung und der Hundestaffel abwarten."

***

Inzwischen war in den Wohnhäusern an der Lampingstraße Leben eingekehrt. Die bereits Schlafenden waren durch die Sirene des Krankenwagens geweckt worden. Einige Bewohner hatten ihre Fenster geöffnet und blickten auf die Straße, andere standen vor ihren Häusern, beobachteten die Arbeit der Polizisten und unterhielten sich dabei.

Korff und Zeinitz sprachen zunächst die auf der Straße stehenden Anwohner an und befragten sie nach möglichen Beobachtungen. Bei einem älteren Mann, der vor dem vorletzten Haus Richtung Wertherstraße stand und sich mit seinem Nachbarn unterhielt, hatte Korff Glück. Der Mann gehörte zu jenen Menschen, die, von ihrer Neugier getrieben, ihre Umwelt sehr aufmerksam beobachteten.

„Ja, ich habe einen Mann gesehen, der sich hinter den Autos dort drüben" – er wies auf die vor der Fachhochschule geparkten PKW – „versteckt gehalten hat und dann langsam die Lampingstraße hoch geschlichen ist. Das kam mir sehr seltsam vor, deshalb habe ich ihn weiter beobachtet. Ich hatte noch im Bett gelesen, als ich den Schuss hörte. Ich habe das Licht gelöscht und konnte den Mann gut beobachten. Etwas oberhalb unseres Hauses ist er über die Straße gelaufen und im Bürgerpark verschwunden."

„Können Sie den Mann näher beschreiben? War es ein junger Mann oder war er schon älter? Wie groß war er?"

Der Befragte zögerte. „So genau konnte ich ihn nicht sehen. Der Mann war normal groß und eher schlank als dick. Altersmäßig kann ich ihn nicht einordnen. Dazu war es zu dunkel, ich habe sein Gesicht auch nicht im Licht gesehen. Es war aber sicherlich kein Jugendlicher."

Korff ließ sich seine Enttäuschung nicht anmerken. „Können Sie seine Kleidung beschreiben?"

Der Mann zögerte erneut. „Sie war dunkel, dunkle Hose und eine dunkle Jacke, kann auch grau gewesen sein. Auf dem Kopf trug er eine dunkle Schirmmütze oder Kappe."

Als sich Korff und Zeinitz nach einer ersten Runde austauschten, mussten sie feststellen, dass das Ergebnis ihrer Befragung eher bescheiden war. Der Schuss war von mehreren Anliegern gehört worden, aber nur der von Korff befragte Mann hatte den Täter gesehen.

***

Bereits beim ersten Klingeln öffnete Elisabeth Kemper die Tür. Sie trug einen blauen Schlafanzug aus Seide. Als sie Korff und Zeinitz erblickte, erschrak sie und wollte die Tür wieder schließen. Offenbar hatte sie ihren Mann erwartet.

„Frau Kemper, mein Name ist Korff. Ich bin Polizeibeamter. Ich muss mit Ihnen sprechen." Er hielt ihr seinen Dienstausweis entgegen.

„Warten Sie einen Augenblick."

Die Tür wurde geschlossen und wenige Augenblicke später wieder geöffnet. Elisabeth Kemper hatte sich einen dezent geblümten Morgenmantel über ihren Schlafanzug gestreift.

„Treten Sie bitte ein."

Sie führte Korff und Zeinitz in ein großes, geschmackvoll eingerichtetes Wohnzimmer, das von einer Bücherwand und mehreren mächtigen, mit Blumen bepflanzten Holzbottichen beherrscht wurde. Die Einrichtung zeigte, dass die Wohnungseigentümer nicht unvermögend waren.

Elisabeth Kemper wirkte nervös. Sie bat die beiden Beamten Platz zu nehmen.

„Ist etwas mit meinem Mann? Ich mache mir Sorgen,

er wollte nur noch kurz mit dem Hund raus und er ist noch nicht zurück."

Korff zögerte. Er suchte bereits nach Worten, um seine Botschaft so schonend wie möglich zu übermitteln.

„Frau Kemper, wir mussten Ihren Mann ins Krankenhaus bringen. Während seines Spaziergangs wurde heute Nacht in der Lampingstraße auf ihn geschossen. Der Täter ist unerkannt entkommen."

Elisabeth Kemper erstarrte. „Was ist mit meinem Mann? Weshalb wurde auf ihn geschossen? Wie geht es ihm?"

„Als er ins Krankenhaus gebracht wurde, war er bewusstlos. Wie es ihm jetzt geht, wissen wir nicht. Er befindet sich im Klinikum Mitte in der Teutoburger Straße. Die Ärzte werden alles tun, was in ihrer Macht steht."

‚Alles tun, was in ihrer Macht steht …': Korff merkte, dass er wieder einmal eine der üblichen Floskeln benutzt hatte. Floskeln schienen Sicherheit zu geben in einer Situation, die jeder Kriminalbeamte hasste.

„Ich muss jetzt zu meinem Mann."

Korff nickte der Frau beruhigend zu. „Sie können gleich zu Ihrem Mann. Ich möchte Ihnen nur noch ein paar Fragen stellen, damit wir unsere Arbeit so rasch wie möglich aufnehmen können."

Elisabeth Kemper blickte ihn an. „Ich glaube nicht, dass ich Ihnen helfen kann. Ich weiß nicht, weshalb auf meinen Mann geschossen worden ist."

„Welchen Beruf hat Ihr Mann ausgeübt?"

Elisabeth Kemper war aufgestanden und ging im Zimmer auf und ab. „Er war Dozent an der Fachschule der Wirtschaft. Er befindet sich aber schon seit einigen Jahren im Ruhestand. Wir leben recht zurückgezogen. Wir haben mit niemandem Streit."

„Es ist doch seltsam, dass zunächst Ihr Schwager und

dann Ihr Mann Opfer von Mordanschlägen geworden sind. Da muss es Zusammenhänge geben."

Elisabeth Kemper blieb stehen und schien einen Augenblick lang zu überlegen, dann schüttelte sie den Kopf: „Keine, die mir bekannt sind."

Zeinitz schob sich auf seinem Sessel etwas nach vorn und fragte: „Gab es in den letzten Tagen Unregelmäßigkeiten, Drohanrufe oder ähnliches?"

„Nein, ganz sicher nicht. Mein Mann hätte mir davon erzählt."

„Haben Sie Kinder?"

Die Frau blickte Zeinitz an, als wollte sie fragen: „Was soll diese Frage?" Stattdessen antwortete sie: „Nein."

Korff erhob sich. „Wenn Sie wollen, nehmen wir Sie mit zur Klinik."

„Gern. Ich kleide mich rasch an."

Wenige Minuten später saßen sie in Zeinitz' Auto. Zeinitz fuhr die Ellerstraße hinab und bog nach rechts auf die Stapenhorststraße ab. Über den Adenauerplatz und die Detmolder Straße erreichten sie die Teutoburger Straße. Zeinitz hielt vor dem Parkhaus des Krankenhauses an, wo Korff und Elisabeth Kemper ausstiegen. Korff beugte sich zur Fahrertür hinunter: „Jörg, fahr zurück zum Präsidium, ich nehme mir später ein Taxi."

An der Rezeption erkundigte sich Elisabeth Kemper nach ihrem Mann. Eine etwas müde wirkende Mitarbeiterin verwies sie an Dr. Haledjian in der Abteilung für Anästhesie und operative Intensivmedizin. Korff und Elisabeth Kemper eilten in die angegebene Abteilung, wo ihnen eine Stationsschwester über den Weg lief.

Korff zeigte ihr seinen Ausweis. „Wir suchen Dr. Haledjian. Er betreut einen Patienten, der heute Nacht mit einer Schusswunde eingeliefert worden ist."

„Dr. Haledjian ist noch im OP. Es dauert sicherlich noch einen Augenblick. Sobald er fertig ist, informiere ich ihn, dass Sie auf ihn warten."

Die beiden setzten sich auf zwei etwas unbequeme Besucherstühle. Nach etwa zwanzig Minuten erschien Dr. Haledjian. Es war ein kleiner, dunkelhaariger Mann mit braunen Augen und einem sympathischen Gesicht.

Elisabeth Kemper erhob sich und ging auf den Arzt zu. „Ich bin Frau Kemper. Was ist mit meinem Mann?"

„Ich habe Ihren Mann soeben operiert und eine Kugel entfernt. Er liegt jetzt auf der Intensivstation und wird künstlich beatmet."

„Wie geht es ihm?"

„Sein Zustand ist kritisch. Die Kugel hat die Lunge durchschlagen und eine Rippe zertrümmert. Das Risiko bei solchen Verletzungen ist sehr hoch. Glücklicherweise ist die Wirbelsäule unverletzt geblieben."

Korff erhob sich ebenfalls und wandte sich an Dr. Haledjian: „Korff, Kriminalpolizei. Wann kann ich mit dem Verletzten sprechen? Er kann uns vermutlich wichtige Hinweise auf den Täter geben."

Dr. Haledjian blickte den Kriminalbeamten ungläubig an, als wollte er sagen: „Zurzeit gibt es doch wohl wichtigere Dinge, nämlich das Leben des Patienten." Nach einer kurzen Pause meinte er lakonisch: „Da werden Sie sich sicherlich noch einige Tage gedulden müssen."

Korff hatte mit dieser Antwort gerechnet. „Kann ich vorerst die Kugel mitnehmen? Wir müssen sie untersuchen."

„Ich habe sie schon einpacken lassen. Eine Schwester wird sie Ihnen gleich bringen." Damit verabschiedete sich der Arzt.

Wenig später kam eine Krankenschwester mit einem

gefütterten Umschlag, in dem Korff einen kleinen harten Gegenstand spürte. Er schob den Umschlag in die Innentasche seines Jacketts und bedankte sich. Dann verabschiedete er sich von Elisabeth Kemper, die der Krankenschwester signalisiert hatte, dass sie im Krankenhaus bei ihrem Mann bleiben wollte.

7. Kapitel

Montag, 27. August 2007

Die Nacht war kurz gewesen. Korff, Zeinitz und Helma Gebhard saßen um neun Uhr im Besprechungszimmer vor ihren Kaffeetassen und warteten auf Pott, der an der Besprechung teilnehmen wollte. Zeinitz gähnte ungeniert. Auch Korff war hundemüde, ließ sich das aber nicht anmerken. Er zuckerte seinen Kaffee noch etwas nach.

„Wenn wir hier fertig sind, gehst du erst einmal nach Hause und legst dich ein paar Stunden aufs Ohr. Ich werde das Pott schon verklickern."

Zeinitz wollte protestieren, da betrat Pott das Zimmer.

„Der Kemper-Mord in Spenge scheint sich bis nach Bielefeld auszuweiten. Habt ihr schon erste Erkenntnisse?"

„Nur ansatzweise. Wir versprechen uns Hinweise auf den Täter durch eine DNA-Analyse. Wir haben vermutlich Blut des Täters an einem Stofffetzen gesichert."

„Gut!"

Korff fuhr fort: „Die Hundestaffel hat zudem herausgefunden, dass der Täter durch den Bürgerpark und dann durch die Kantstraße geflüchtet ist. Wir werden gleich die Anwohner der Kantstraße und der unteren Humboldtstraße befragen. Vielleicht erhalten wir dadurch weitere Hinweise auf den Täter. Es wäre nicht schlecht, wenn wir dazu weitere personelle Unterstützung bekommen könnten."

Pott schüttelte den Kopf. „Ich habe zurzeit niemanden, den ich woanders abziehen könnte. Ihr müsst schauen, dass ihr klarkommt."

Korff nickte enttäuscht. Das war Pott. Eigentlich war nichts anderes zu erwarten gewesen.

„Gibt es weitere Erkenntnisse?“

„Nun ja, wir haben am Tatort die Fußspuren des Täters gesichert. Es handelt sich mit großer Wahrscheinlichkeit um einen Mann mit der Schuhgröße 44. Der Hund des Opfers ist offenbar gegen den Stamm eines Baumes geschleudert worden. Wir haben am Stamm Hundehaare gefunden. Durch den Aufprall wurde dem Hund die Wirbelsäule gebrochen.“

In diesem Augenblick klingelte das Telefon. Korff hob ab.

„Ja, Korff hier … Ah, ja, … gut.“ Es folgte eine längere Pause. Korff hörte aufmerksam zu, dabei tippte er mit den Fingern rhythmisch auf die Unterlage seines Schreibtisches. Dann sagte er: „Das überrascht mich nicht. Wann bekomme ich den schriftlichen Bericht? … Gut.“

Korff legte den Hörer auf und wandte sich an die Zuhörer, die das Telefongespräch aufmerksam verfolgt hatten: „Das war das Labor. Die vorläufige Untersuchung der Pistolenkugel hat ergeben, dass es sich bei der nächtlichen Tatwaffe ebenfalls um eine Walther PPK handelt. Die genauere ballistische Untersuchung wird noch beim LKA Düsseldorf stattfinden. Die Zusammenhänge mit dem Mord in Spenge sind aber wohl nicht mehr von der Hand zu weisen.“

Pott kratzte an seinem Hinterkopf. „Das macht die Sache nicht unbedingt leichter. Wie wollt ihr weiter vorgehen?“

„Ich denke, wir müssen zwei Wege beschreiten.“ Korff blickte zuerst Pott, dann seine Mitarbeiter an. „Zum einen müssen wir mehr über die Person des Täters in Erfahrung bringen. Dazu müssen wir Zeugen finden, die den Täter gestern Abend gesehen haben. Ob wir dazu brauchbare Aussagen erhalten werden, wird sich zeigen. Vorrangig müssen wir noch einmal mit den beiden Ehefrauen Kemper sprechen. Es muss in der Vergangenheit der Brüder einen Punkt geben, über den bislang geschwiegen worden ist. Es muss eine Verbindung zwischen dem Mord und dem Mordversuch geben, vermutlich gibt es sogar eine Verbindung zum Kollenberg-Fall, auch wenn wir die noch nicht erkennen können."

Pott nickte zustimmend. „Gut. Denkt aber daran, dass mir die Presse im Nacken sitzt. Uns läuft die Zeit davon. Niemand kann uns garantierten, dass der Täter seine Liste bereits vollständig abgearbeitet hat."

In solchen Situationen entwickelte Korff ansatzweise Mitgefühl für Pott. Korff wusste, wie unfair die Presse gelegentlich mit den ermittelnden Beamten umsprang. Manche Pressevertreter hatten einfach keine Ahnung, mit welchen Schwierigkeiten die Kriminalbeamten zu kämpfen hatten. Korff musste im Stillen zugeben, dass sich Pott bislang immer vor seine Leute gestellt hatte.

***

Korff fuhr erneut nach Spenge. Dieses Mal begleitete ihn Helma Gebhard. Zeinitz wollte die Bewohner der Kantstraße befragen. Die Getreidefelder waren größtenteils abgeerntet. Im Nagelsholz, im Grenzbereich zwischen Jöllenbeck und Lenzinghausen, sahen die beiden einige Jungen mit ihren Drachen auf einem Stoppelfeld. Sie hatten ihre Fahrräder gegen die Böschung des Straßengrabens gelegt. Der Wind blies kräftig, und die modernen Lenkdrachen vollführten einige rasante Loopings. Die Jungen lachten.

Korff hielt vor dem Haus in der Steinstraße und klingelte. Paula Kemper öffnete ihnen die Tür. Sie trug Trauerkleidung und bat Korff und Helma Gebhard herein. Sie setzten sich an den ovalen Tisch, der im Wohnzimmer stand. Die dunklen Eichenmöbel, die den Raum dominierten, schufen eine etwas beklemmende Atmosphäre.

Paula Kemper wirkte auf den ersten Blick sehr ruhig, Korff bemerkte aber, dass sie unter dem Tisch fortwährend ihre Hände knetete.

Korff nickte Helma Gebhard zu. Sie nickte zurück und wandte sich dann an die Frau.

„Frau Kemper", begann sie, „es muss jemanden geben, der Ihren Mann und seinen Bruder so sehr hasst, dass er die beiden umzubringen bereit war. Überlegen Sie einmal … Vielleicht liegt das Motiv für diese Tat schon einige Jahre zurück?"

Als Paula Kemper schwieg, fuhr Helma Gebhard eindringlich fort: „Wenn Sie uns nicht helfen, wird der Mörder vielleicht nie gefasst."

Die alte Frau schwieg immer noch.

Helma Gebhard setzte nach. „Wir vermuten, dass es irgendeine Verbindung zu dem Kollenberg-Fall gibt. Wir sehen aber noch nicht klar. Mit Ihrer Hilfe können wir vielleicht entscheidend weiterkommen."

Paula Kemper schwieg weiter.

Helma Gebhard lächelte der alten Frau aufmunternd zu: „Bedenken Sie, der Mordanschlag auf Ihren Schwager war vielleicht noch nicht das letzte Verbrechen des Täters. Wenn wir das Motiv klarer sehen, haben wir eine bessere Chance den Täter zu fassen. Das wollen Sie doch auch, oder?"

Paula Kemper richtete sich auf und legte ihre Hände auf den Tisch. Sie schien sich entschieden zu haben.

„Ich habe immer wieder darüber nachgedacht, wer meinen Mann und seinen Bruder so hassen kann, dass er sie umbringt oder umbringen will … Da war etwas, vor etwa 60 Jahren …"

Korff und Helma Gebhardt horchten auf. Vielleicht ergab sich hier ein Ermittlungsansatz.

„Was ist damals passiert?"

Paula Kemper zögerte immer noch, aber dann sagte sie: „Mein Mann hat mir davon erzählt. Er und sein Bruder waren damals in der Hitlerjugend. Kurz vor Kriegsende haben er und sein Bruder den Hartmut Kollenberg erschlagen." Sie stockte und richtete ihren Blick auf Helma Gebhardt: „Das Ganze war aber ein Unglücksfall. Kollenberg ist nach einem Faustschlag meines Mannes unglücklich gestürzt. Da es keine Zeugen gab, haben die beiden Jungen Kollenberg dann heimlich vergraben. Die Sache ist damals nicht herausgekommen."

Korff blickte Helma Gebhard vielsagend an.

Paula Kemper wandte sich jetzt an Korff: „Sie waren doch vor ein paar Tagen bei uns und Sie haben sich nach Kollenberg erkundigt. Sie haben vermutet, dass mein Schwiegervater an dem Tod Kollenbergs beteiligt gewesen ist. Ich wollte das nicht so stehen lassen, weil ... mein Schwiegervater war ein guter Mensch. Der konnte niemandem etwas zuleide tun."

Korff nickte beruhigend. „Wie ist es zu dem ... Unglücksfall gekommen?"

„Kollenberg hat meinen Mann und seinen Bruder zu einem Treffen bestellt und ihnen dann berichtet, dass er über ihren Vater und andere Kommunisten Material gesammelt habe und dass er dieses Material der Polizei übergeben werde. Kollenberg hat von meinem Mann und seinem Bruder verlangt, sich von ihrem Vater zu distanzieren und gemeinsam mit ihm das Material der Gestapo zu übergeben, um der Öffentlichkeit damit zu zeigen, dass die Hitlerjugend moralisch intakt sei."

Korff blickte Helma an. „Der Kollenberg war ja völlig

verblendet, ein irre gefährlicher Typ. Einer von der Sorte, die beim Einmarsch der Amerikaner aus dem Hinterhalt geschossen hätten, wenn er ein Gewehr besessen hätte. Der wäre mit einem ‚Heil Hitler' auf den Lippen gestorben."

Helma Gebhard nickte.

Korff wandte sich wieder der alten Frau zu und versuchte sie aus der Reserve zu locken: „Und Sie glauben tatsächlich, dass es zwischen Kollenbergs Tod und den beiden Morden, beziehungsweise Mordversuchen, an Ihrem Mann und an Ihrem Schwager Zusammenhänge gibt?" Korff schüttelte den Kopf. „Aber wie soll das möglich sein? Es gab doch damals keine Zeugen. Und wenn es welche gegeben hat, wieso schlägt der Mörder erst jetzt zu?"

„Ich weiß es nicht, aber es muss da Zusammenhänge geben!" Zur Bestätigung ihrer Behauptung nickte Paula Kemper heftig. „Ich hätte Ihnen das schon viel früher erzählen müssen. Sie hätten dann vielleicht den Mordversuch an meinem Schwager verhindern können."

Korff nickte. „Vielleicht. Aber die Polizei ist nicht allmächtig. Sie sollten sich da keine Vorwürfe machen."

***

Als Korff und Helma Gebhard das Treppenhaus verließen und Korffs Büro ansteuerten, kam ihnen Pott entgegen. Er wirkte sehr geschäftig und informierte Korff en passant: „Die Frau von Friedrich Kemper ist da und wartet auf euch. Ich habe sie in dein Büro gesetzt."

Elisabeth Kemper saß auf dem Besucherstuhl unter Korffs Borussia Dortmund-Poster. Sie sah übermüdet aus. Pott hatte ihr eine Tasse Kaffee bringen lassen. Die Besucherin blickte erleichtert auf, als Korff und Helma Gebhard den Raum betraten und sie begrüßten.

Korff begann ohne Umschweife: „Frau Kemper, wollen Sie uns etwas beichten? Vielleicht aus der Vergangenheit Ihres Mannes?"

Elisabeth Kemper war erstaunt.

„In der Tat. Woher wissen Sie ...?"

„Wir waren gerade in Spenge und haben mit Ihrer Schwägerin gesprochen. Sie hat uns von dem ... Unfall berichtet, der in den letzten Kriegswochen passiert ist."

„Darüber wollte ich auch mit Ihnen sprechen. Ich glaube, wir haben einen großen Fehler gemacht, dass wir Sie nicht eher darüber informiert haben. Mein Mann wollte aber keine Unannehmlichkeiten haben."

Helma Gebhard schaltete sich ein. „Wie geht es Ihrem Mann?"

Elisabeth Kemper sah traurig aus, ihre Mundwinkel zuckten, ihre Stimme wurde leiser: „Unverändert schlecht. Es kann noch ein paar Tage dauern, bis er über den Berg ist. Eine Garantie dafür, dass mein Mann überlebt, will mir der Arzt aber nicht geben."

Korff nahm den Gesprächsfaden wieder auf: „Was hat Ihr Mann Ihnen über die Angelegenheit im Jahre 1944 erzählt?"

„Wir haben vor vielen Jahren einmal darüber gesprochen, lange nach unserer Hochzeit. Mein Mann berichtete mir, dass sein Bruder aus Versehen einen Spitzel getötet hat und dass sie die Leiche dieses Jungen gemeinsam vergraben haben. Der Spitzel sei im Begriff gewesen, ihren Vater zu verraten. Die Sache sei damals nicht aufgeklärt worden."

„Haben Sie mit Ihrem Mann in den letzten Tagen wieder über diese Angelegenheit gesprochen? Hatten Sie den Eindruck, dass er sich erneut damit beschäftigt hat?"

Sie seufzte. „Ja, mein Mann war seit dem Mord an seinem Bruder sehr unruhig. Er hat wohl zu Recht vermutet, dass der Mord im Zusammenhang mit den Geschehnissen im Jahre 1944 stand. Ich habe ihn darauf angesprochen, er war aber nicht bereit darüber zu reden." Sie zögerte. „Wie denken Sie darüber? Ist es möglich, dass es da einen Zusammenhang gibt?"

Korff nickte. „Wir müssen davon ausgehen. Hat Ihr Mann in den letzten Tagen vor dem Mordanschlag Drohanrufe oder Drohbriefe erhalten?"

Elisabeth Kemper schüttelte den Kopf. „Nein, davon weiß ich nichts."

„Es ist natürlich möglich, dass der Skelettfund und die Berichte darüber in rechtsradikalen Kreisen für Aufregung gesorgt haben. Vielleicht ist da einer ausgerastet. Wir ermitteln bereits in dieser Hinsicht."

Elisabeth Kemper stand auf. Korff erhob sich ebenfalls.

„Ich möchte Sie bitten, morgen noch einmal vorbeizuschauen. Wir werden von dem heutigen Gespräch ein Protokoll anfertigen. Sie müssten es morgen unterschreiben."

***

Kurz nachdem sich Elisabeth Kemper von Korff und Helma Gebhard verabschiedet hatte, kam Zeinitz in das Büro.

„Ich war gerade im Labor. Der Abgleich der Fingerabdrücke ist negativ. Wir haben keinen Anhaltspunkt dafür, dass Kettering in der Wohnung von Kemper gewesen ist."

Korff wischte mit der rechten Hand über sein Kinn. „Hm, das habe ich mir fast gedacht. Was haben die Recherchen der Kollegen in Jena ergeben?"

„Ebenfalls negativ. Zwei der vier Zeugen haben die Angaben Ketterings bestätigt, die anderen beiden Personen konnte ich bislang noch nicht erreichen. Ich hatte aber ein Foto Ketterings an den Auerstedter Hof gefaxt. Mitarbeiter des Hotels haben ebenfalls bestätigt, dass Kettering in der fraglichen Nacht im Hotel war. Er hat am Abend des 17. August noch längere Zeit mit einigen seiner Gesinnungsgenossen an der Hotelbar gesessen."

Korff lachte bitter. „Vermutlich haben sie den Tod von Rudolf Heß betrauert. Der Alkohol scheint ihnen dabei geholfen zu haben."

Helma Gebhard schüttelte den Kopf: „Das ist ja fast schon wieder verdächtig. Wer ein so gutes Alibi besitzt, gerät bei mir automatisch in den Verdacht gewusst zu haben, wann das Verbrechen begangen wurde."

Korff nutzte die kurze Gesprächspause, um Zeinitz einen kurzen Bericht über die Gespräche mit den Ehefrauen der Kemper-Brüder zu geben.

Danach sah Jörg Zeinitz seine beiden Kollegen an und fragte: „Also geht ihr inzwischen fest davon aus, dass es einen unmittelbaren Zusammenhang zwischen dem Skelettfund im Juli und dem Mord sowie dem Mordversuch gibt?"

„Hast du einen besseren Ansatz?"

„Eigentlich ist es doch widersinnig, einen Zusammenhang zwischen den beiden Taten zu vermuten, zumal mehr als 60 Jahre dazwischen liegen. Ich glaube nicht an Zombies oder an Mörder aus dem Jenseits."

Korff lächelte dünn. „Daran glaube ich auch nicht, dennoch scheint jemand in der Gegenwart Amok zu laufen wegen einer Sache, die vor 60 Jahren geschehen ist. Vielleicht stehen ja noch mehr Leute auf der Liste des Täters?!"

Helma Gebhard fragte: „Wer stellt die Liste auf? Kettering?"

Jörg Zeinitz zuckte mit den Achseln: „Solange wir die

Liste nicht kennen, können wir diese Frage nicht beantworten."

Helma Gebhard mischte sich ein. „Jörg, was hältst du von der Möglichkeit eines Fememordes?"

„Warum nicht? Kollenberg war doch ein strammer Nationalsozialist, der von zwei Kommunisten, die bis vor kurzem noch gelebt haben, umgebracht worden ist. Warum sollte das nicht militante Neonazis auf den Plan rufen? Kettering muss ja nicht persönlich Hand angelegt haben."

Korff konnte sich mit dieser Überlegung nicht recht anfreunden.

„Ganz ausschließen kann man das nicht, obwohl es mir – offen gestanden – etwas zu weit hergeholt erscheint. Helma und ich, wir haben vorhin schon überlegt ... Woher sollte in der Fascho-Szene bekannt geworden sein, dass die beiden Kempers für den Tod von Kollenberg verantwortlich zu machen sind? Wir haben das doch selbst erst vor einigen Stunden erfahren. Übrigens: Wellenbrock behauptet mit niemandem darüber gesprochen zu haben, dass der alte Kemper etwas mit dem Tod Kollenbergs zu tun haben könnte."

„Was sagt der Redakteur?"

„Storm ist gerade dabei eine Liste mit den Namen aller Personen anzufertigen, mit denen er darüber gesprochen hat."

Er wechselte das Thema: „Jörg, was hat die Befragung der Bewohner der Kantstraße ergeben?"

„Nichts. Ich habe niemanden gefunden, der Beobachtungen gemacht hat, die uns weiterbringen. Um die Zeit war niemand draußen und offensichtlich hat auch niemand zur fraglichen Zeit aus dem Fenster gesehen."

***

„Kannst du mir mal dein Handy leihen?"

Jörg Zeinitz blickte leicht verwundert. „Ja, natürlich. Hast du deins verloren?"

Korff schüttelte den Kopf. „Nein, aber ich habe Streit mit meiner Partnerin. Wenn sie meine Nummer auf ihrem Display sieht, nimmt sie das Gespräch vermutlich nicht an."

Zeinitz schob Korff sein Handy hin. Während Korff die Nummer von Connys Handy wählte, verließ Zeinitz den Raum.

„Ja, Conny Richter."

„Schön Conny, dass ich dich endlich erreiche."

„Ach, du bist es." Connys Stimme klang verhalten. Sie schien sich nicht sonderlich darüber zu freuen, dass Korff sich meldete.

„Wie geht es dir?"

„Gut, mir geht es gut. Es ist sehr schön hier." Conny blieb einsilbig.

„Bist du immer noch sauer auf mich?"

„Soll ich ehrlich sein?"

„Ja, natürlich."

„Ja, bin ich."

Korff war über die Kürze und Kühle ihrer Antwort erschrocken. Er versuchte noch einmal sein Handeln zu erklären: „Es hat noch einen Mordversuch gegeben. Der Bruder von Bernhard Kemper, der in Bielefeld wohnt, ist überfallen und angeschossen worden. Es ist offenkundig, dass die beiden Fälle zusammengehören."

„Dann ist es ja nur gut, dass du in Bielefeld geblieben bist."

Der Sarkasmus in ihrer Stimme war unüberhörbar. Korff ignorierte den Unterton.

„Ja. Vielleicht gelingt es uns Schlimmeres zu verhindern. Da rennt offenbar einer durch die Gegend und dreht durch."

„Du wirst ihn sicherlich aufhalten und die heile Welt Ostwestfalens retten."

Wieder dieser Sarkasmus. Conny war offenbar zu keinem ernsthaften Gespräch bereit. War sie überhaupt willens die Beziehung fortzusetzen?

Obwohl Korff langsam wütend wurde, riss er sich zusammen. „Conny, bleib doch vernünftig. Glaub mir, ich vermisse dich, ich würde jetzt wirklich gerne bei dir sein. Wenn ich den Fall abgeschlossen habe, komme ich sofort nach."

Da Conny stumm blieb, beendete Korff das Gespräch.

8. Kapitel

Dienstag, 28. August 2007

„Hier, lest mal!"

Zeinitz hatte ein Exemplar einer in ganz Deutschland verbreiteten Boulevardzeitung zur morgendlichen Lagebesprechung mitgebracht und warf es auf den Tisch.

Helma und Korff beugten sich über die Regionalseite der Zeitung und stießen sofort auf den von Zeinitz angesprochenen Artikel mit der reißerischen Überschrift: „Rache aus dem Jenseits?"

Korff lächelte amüsiert. „Brauchen wir jetzt für unsere Ermittlungen noch eine Ausbildung als Ghostbuster?"

„Könnte nicht schaden. Passt mal auf!" Zeinitz nahm die Zeitung und las laut vor: „Ein mysteriöser Mordfall hält die Bevölkerung der kleinen Stadt Spenge im ostwestfälischen Kreis Herford seit einigen Wochen in Atem. Anfang August war bei Bauarbeiten das vollständig erhaltene Skelett eines Hitlerjungen gefunden worden. Wie die polizeilichen Untersuchungen ergaben, war der Jugendliche im Oktober des Jahres 1944 ermordet worden. Am 20. August, wenige Wochen nach dem Fund, wurde ein früherer Kamerad des Hitlerjungen, der fast achtzigjährige Bernhard K., ermordet aufgefunden. Tatwaffe war eine Walther PPK, in den letzten Kriegsjahren Dienstwaffe der SS. Vor zwei Tagen erfolgte ein weiterer Mordversuch, dieses Mal an dem Bruder des im August Ermordeten, der in Bielefeld wohnt. Friedrich K. hat den Mordversuch bislang schwer verletzt überlebt und ringt auf der Intensivstation eines Bielefelder Krankenhauses mit dem Tode.

In der Spenger Bevölkerung mehren sich die Gerüchte, dass dem Mord und dem Mordversuch ein Racheakt zugrunde liegt, manche sprechen sogar von ‚Rache aus dem

Jenseits'. Sie behaupten, der Geist des ermordeten Hitlerjungen finde keine Ruhe.

Die Anfang August ausgegrabenen sterblichen Überreste des Hitlerjungen sind nach der Freigabe durch die Polizei auf dem Spenger Friedhof bestattet worden. Seitdem ziert frischer Blumenschmuck das Grab – woher er stammt, weiß niemand." Der Artikel war mit einem Foto garniert, das bereits vor einigen Wochen an der Fundstelle des Skeletts an den Tennisplätzen aufgenommen worden war. Das Bild kam Korff bekannt vor. Er hatte bereits ein ähnliches Foto in einem von Wolfgang Storm in der Neuen Westfälischen veröffentlichten Artikel gesehen.

***

Korff wurde zu Storm durchgestellt. „Guten Morgen Herr Storm, Korff hier. Seit wann arbeiten Sie für die Bildzeitung?"

„Sie lesen diese Zeitung?", fragte Storm belustigt zurück. „Ich hätte Ihnen etwas mehr Niveau zugetraut."

„Nur beruflich!"

Storm lachte. „Das sagen sie alle. Niemand liest diese Zeitung, dennoch wird sie gut verkauft ... Aber mal im Ernst. Ich habe in den letzten zehn Jahren drei- oder viermal kurze Artikel unterbringen können. Das wird ganz gut bezahlt. Mein Arbeitsvertrag erlaubt mir das. Warum sollte ich das nicht tun? Als Journalist kann man keine Reichtümer erwerben." Er lachte. „Für Geld tue ich fast alles." Er machte eine Pause. „Gut, dass Sie anrufen. Ich wollte ohnehin etwas mit Ihnen besprechen. Ich habe nämlich recherchiert, dass Höfer und Joachim Kettering eine Grabstelle auf dem Spenger Friedhof gekauft haben, auf der am letzten Freitag in aller Stille – wie man so schön sagt – die sterblichen Überreste Hartmut Kollenbergs bestattet worden sind."

Korff fluchte innerlich, weil er das übersehen hatte.

„Wer hat die Beerdigung vorgenommen?"

„Pastorin Frank."

„Was hat es mit dem geheimnisvollen Blumenstrauß auf sich?"

„Ich habe sowohl Höfer als auch Joachim Kettering gefragt, der Blumenstrauß stammt offenbar nicht von ihnen. Sie haben anlässlich der Beerdigung allerdings einen Kranz mit der Aufschrift ‚Dein Opfer bleibt unvergessen!' auf das Grab gelegt." Storm machte eine kurze Pause. „Heute Morgen war ich erneut am Grab. Der alte Blumenstrauß ist durch einen neuen Strauß ersetzt worden."

„Das ist merkwürdig. Hartmut Kollenberg scheint ja noch weitere Freunde oder Verehrer gehabt zu haben." Korff entschied sich schnell: „Haben Sie gleich Zeit? Ich würde gern vorbeikommen, damit wir uns die Sache einmal anschauen können."

„Gern, ich bin den gesamten Tag hier in der Redaktion. Ich habe übrigens auch die Liste fertig, um die Sie mich gebeten hatten."

„Danke."

Korff legte auf. Er ignorierte die fragenden Gesichter von Helma Gebhard und Jörg Zeinitz. Er griff nach dem Telefonbuch, blätterte kurz und wählte erneut.

„Korff hier. Gut, dass ich Sie erreiche."

Pastorin Frank war am anderen Ende der Leitung. „Womit kann ich Ihnen helfen?"

„Sie haben doch am Freitag die Beerdigung der sterblichen Überreste von Hartmut Kollenberg vorgenommen?"

„Ja, habe ich. Herr Kettering und Herr Höfer hatten mich darum gebeten."

„Das weiß ich. Ich möchte nur gern wissen, wer an der Beerdigung teilgenommen hat."

„Oh, das ist leicht zu sagen. Wir waren zu fünft, das heißt Herr Höfer, Herr Kettering, zwei Friedhofsgärtner und ich. Weitere Personen waren nicht anwesend."

Korff schnaufte. Das brachte ihn nicht weiter.

„Hat einer der Anwesenden einen Blumenstrauß auf das Grab gestellt?"

„Soweit ich gesehen habe … nein. Herr Kettering und Herr Höfer haben einen Kranz mitgebracht."

„Vielen Dank für die Auskunft."

Er legte auf. Die immer noch fragenden Gesichter von Helma Gebhard und Jörg Zeinitz veranlassten ihn, über die Gespräche mit Storm und der Pastorin präzise zu berichten.

„Hinter den Blumensträußen verbirgt sich vielleicht ein Tatmotiv." Helma Gebhard war elektrisiert. Endlich eine konkretere Spur.

„Schon möglich. Ich kann mich ärgern, dass wir am Freitag bei der Beisetzung Kollenbergs nicht anwesend waren. Wir sind von der Gerichtsmedizin dummerweise nicht informiert worden, dass die Gebeine freigegeben worden sind. Diese Schlamperei wird ein Nachspiel haben."

Helma Gebhard überlegte laut: „Wir müssten nur herausfinden, wer die Blumen auf das Grab gestellt hat."

„Genau. Helma, du fährst mit nach Spenge und machst Fotos von dem Blumenstrauß, und wir klappern dann die örtlichen Blumenläden ab. Vermutlich wird uns jemand den Käufer des Straußes genauer beschreiben können."

„Gut."

***

Als Korff und Helma Gebhard das Büro verließen, lief ihnen Pott über den Weg. Er grüßte knapp und zog Korff dann zur Seite. Halblaut sagte er: „Klaus, hast du schon den Artikel über deinen Fall in der heutigen Ausgabe der Bildzeitung gelesen?"

„Zeinitz hat ein Exemplar mitgebracht."

„Ja, und?"

„Was soll ich dazu sagen? So schlecht ist der Artikel nicht. Ein Journalist der Neuen Westfälischen aus der Spenger Lokalredaktion hat ihn geschrieben. Ein für die Bildzeitung typischer Artikel, eine Mischung aus Recherche und Sensationsmache. Eventuell hilft uns der Artikel sogar weiter."

Pott zog Korff noch etwas näher zu sich heran. „Klaus, wir müssen aufpassen, dass wir von der Presse nicht lächerlich gemacht werden. Wir müssen endlich konkrete Ergebnisse vorweisen."

Korff nickte ihm beruhigend zu. „Vielleicht haben wir eine Spur. Da scheint sich irgendein Geheimnisvoller um das Grab Kollenbergs zu kümmern. Vielleicht finden wir heraus, um wen es sich dabei handelt. Wenn wir aus Spenge zurück sind, informiere ich dich."

***

„Hallo", sagte Korff zur Begrüßung und stellte Storm seine Kollegin vor.

„Angenehm, mein Name ist Storm. Mein Cousin ist der Meinung, dass wir mit dem großen Theodor verwandt sind."

Helma Gebhard lachte. „Hätte Ihr großer Ahn auch für Boulevardblätter geschrieben?"

„Ich bin geschieden und einer habgierigen Exfrau unterhaltspflichtig, habe zwei verwöhnte Kinder und brauche deshalb jeden Euro." Er lächelte und ging zum Gegenangriff über: „Im Ernst, fanden Sie den Artikel so schlecht?"

„Na ja, er ist schon ein wenig reißerisch."

Storm grinste. „Sie sehen, ich kann beides. Das spricht doch für meine Vielseitigkeit, oder?"

Storm wandte sich an Korff. „Hier ist übrigens die Liste. In der Redaktionskonferenz ist der Name Kemper gefallen. Ich habe meine Kolleginnen und Kollegen peinlichst" – Storm lachte – „befragt, ob sie diese Information nach außen getragen haben. Sie verneinen das unisono ... Kommen Sie, ich zeige Ihnen das Grab."

Er griff nach seinem Jackett, winkte seiner Kollegin zu und verließ das Büro, die beiden Polizeibeamten folgten ihm.

„Sie denken aber an mich, wenn Sie den Fall aufgeklärt haben?"

Korff nickte. „Vielleicht müssen wir doch noch einmal mit Ihren Kolleginnen und Kollegen sprechen."

Der Friedhof lag nur zwei Steinwürfe vom Rathaus entfernt. Nachdem die drei das Eingangstor des Friedhofes passiert hatten, das gegenüber der Kirche lag, bog Storm nach rechts ab und die beiden Beamten folgten ihm. In der Nähe eines großen Erbbegräbnisses, das offenbar einer angesehenen Spenger Familie gehörte, zweigte ein Weg nach links ab. Das frisch angelegte Grab fiel den beiden Kriminalbeamten sofort ins Auge.

Ein großer Kranz lehnte an einem mächtigen Findling, an dessen Seiten noch etwas Lehm klebte. Auf der Schleife des Kranzes waren zwei Grüße zu lesen: „In treuer Kameradschaft" und „Dein Opfer bleibt unvergessen!" Neben dem Findling war eine Steckvase mit einem großen Blumenstrauß aufgestellt worden.

„Da sind wir“, sagte Storm. „Ich habe von diesem Blumenstrauß gesprochen. Wer ihn hergebracht hat, ist unbekannt.“

Helma Gebhard zog ihre Digitalkamera aus der Tasche und fotografierte den Strauß mehrfach.

Korff blickte Storm an. „Sie haben doch bestimmt einen Drucker in Ihrer Redaktion, auf dem wir die Fotos ausdrucken können? Wir wollen mit den Fotos gleich die örtlichen Blumenläden besuchen, um etwas über den Käufer des Straußes zu erfahren.“

Storm nickte. „Sicher. Da kann ich Ihnen helfen.“ Er zögerte: „Ich kann Ihnen auch eine Liste mit den örtlichen Blumenläden anfertigen. So viele davon gibt es in Spenge ja nicht.“

***

Der erste Blumenladen, den Korff und Helma Gebhard aufsuchten, befand sich in unmittelbarer Nähe des Friedhofes. Die Kriminalbeamtin zeigte der rothaarigen Floristin ein Foto des Blumenstraußes. Diese schüttelte allerdings sofort den Kopf: „Wenn der Strauß heute oder gestern gebunden worden ist, so ist das nicht hier geschehen. Ich habe zurzeit keine Gladiolen.“ Die Besuche in den übrigen Blumenläden in Spenge erwiesen sich als ähnlich unergiebig. Keine der örtlichen Floristinnen glaubte den Blumenstrauß zu erkennen. Erst im benachbarten Westerenger wurden die beiden fündig. Hinter der Theke einer großen Gärtnerei stand ein junges Mädchen, das sich sicher war, den Blumenstrauß am gestrigen Nachmittag gebunden zu haben. Korff überließ Helma Gebhard die Befragung.

„Kannten Sie Ihren Kunden oder können Sie ihn beschreiben?“

„Ich glaube, es war ein älterer Mann. Den hatte ich aber vorher in unserem Geschäft noch nie gesehen."

„Was meinen Sie, wenn Sie sagen, er sei älter gewesen?"

„Na ja, er war vielleicht 60 Jahre alt. So genau kann ich das aber nicht sagen."

„Wie groß war er?"

„Größer als ich und auch größer als Sie. Ich habe wirklich nicht genau auf ihn geachtet. Hier war viel los und da guckt man sich nicht jeden Kunden an. Bei der Zusammenstellung des Straußes hat er mir freie Hand gelassen. Ich binde dann immer so ähnliche Sträuße wie diesen hier." Sie wies auf das Foto. „Darf ich wissen, warum Sie das fragen?"

Helma Gebhard zeigte der jungen Frau ihren Dienstausweis.

„Versuchen Sie sich zu erinnern. Es ist sehr wichtig."

Die Chefin der jungen Frau wurde aufmerksam und trat zu ihnen. Helma Gebhard zeigte auch ihr den Ausweis und fragte: „Gibt es hier einen Raum, in dem wir uns in Ruhe unterhalten können?"

Die Inhaberin der Gärtnerei wies auf eine Tür rechts hinter dem Tresen. Die junge Floristin ging vor, Helma Gebhard und Korff folgten ihr. Es handelte sich um einen Lagerraum, in dem Verpackungsmaterial herumlag. Ein Tisch, auf dem ein Aschenbecher und eine Kaffeemaschine standen, drei Stühle sowie zwei spindähnliche Schränke bildeten die weitere Ausstattung des Raumes. An den Wänden waren Poster mit Blumenmotiven angebracht. Dennoch wirkte der Raum, bei dem es sich offenbar um den Aufenthaltsraum der Floristinnen handelte, nicht sehr gemütlich. Die drei setzten sich.

Helma Gebhard sprach die junge Floristin erneut an:

„Hat der Mann gesagt, wofür er den Blumenstrauß benötigt? Manche Kunden sagen Ihnen doch bestimmt, für welchen Zweck ein Blumenstrauß gedacht ist?“

Die junge Frau nickte. „Viele Männer, die nicht viel von Blumen verstehen, tun das. Ich glaube aber nicht, dass dieser Mann irgendetwas dazu gesagt hat.“

„Überlegen Sie noch einmal genau. Jede Einzelheit kann wichtig sein. … Erinnern Sie sich an die Haarfarbe des Mannes?“

„Ich bin mir nicht sicher, aber ich glaube, dass er kurz geschnittene graue Haare hatte.“

„Trug er eine Brille?“

„Ich glaube nicht. Er war aber ordentlich gekleidet.“

„Was meinen Sie damit?“

Die junge Frau zögerte. „Nun ja, er trug keine Berufskleidung. Ich will damit sagen, er war kein Handwerker oder ähnliches.“

Die Floristin schwieg. Mehr schien ihr nicht einzufallen.

„Konzentrieren Sie sich. Gelingt es Ihnen, sich das Gesicht des Mannes ins Gedächtnis zurückzurufen?“

Die Floristin zögerte, dann nickte sie vorsichtig.

„Dann haben wir die Möglichkeit, dass wir am Computer das Gesicht des Mannes rekonstruieren können. Sie müssten dazu aber zu uns nach Bielefeld kommen. Würden Sie das tun?“

Die Floristin nickte erneut.

„Können Sie heute Nachmittag nach Dienstschluss ins Präsidium kommen und sich etwa eine Stunde mit unserem Experten zusammensetzen?“

Die Floristin nickte abermals. Korff schrieb ihr auf, wo sie sich einfinden sollte. Dann verabschiedeten sich die beiden Beamten.

9. Kapitel

Mittwoch, 29. August 2007

„Das ist das Phantombild des Blumenstraußkäufers."

Helma Gebhard legte drei Computerausdrucke auf den Tisch. Korff und Zeinitz nahmen sich einen Ausdruck und betrachteten ihn genau. Das Phantombild zeigte ein bartloses, schmales Gesicht. Der Mann trug kurze Haare. Auffälligkeiten waren nicht zu erkennen.

Jörg Zeinitz äußerte sich als Erster: „Offenbar ein älterer Mann, vermutlich jenseits der Fünfzig."

Korff brummte: „Sehr aussagekräftig scheint mir das Bild nicht zu sein. Ein Allerweltsgesicht, ich bezweifle, ob uns das weiterbringen wird." Dennoch, der Mann kam ihm irgendwie bekannt vor, er vermochte aber nicht zu sagen, wo er ihn gesehen hatte.

Korff löste seinen Blick von dem Bild und wandte sich an Helma Gebhard: „Hast du das Foto schon mit den Trauergästen von der Beerdigung Kempers abgeglichen?"

„Was glaubst du, was ich gestern Abend gemacht habe?"

„Und?"

„Vermutlich keine Übereinstimmung."

„Hm, wir müssen das Bild in Spenge verbreiten. Wir sollten es auch der Presse geben, damit sie …"

Das Telefon klingelte. Korff stand auf, ging zu seinem Schreibtisch und angelte sich den Hörer.

„Korff hier!"

„Guten Morgen, Herr Korff, ich habe eine Information für Sie, die Sie vom Hocker hauen wird." Dr. Germers Stimme klang euphorisch.

„Schön, aber machen Sie's nicht ganz so spannend." Korff blieb skeptisch.

„Sie erinnern sich, dass wir im Fall Kollenberg eine

DNA-Analyse durchgeführt haben. Wir konnten dabei aus einem Zahn die DNA von Kollenberg extrahieren."

„Das ist mir bekannt."

„Und nun halten Sie sich fest. Ich habe diese DNA mit der DNA verglichen, die wir bei dem Mordversuch an Friedrich Kemper aus dem Blut des Täters ermitteln konnten. Das Ergebnis dieser Untersuchung liegt seit heute Morgen vor." Dr. Germer machte eine Kunstpause.

„Und? Sprechen Sie schon!" Korff ahnte, was der Gerichtsmediziner gleich sagen würde, obwohl das gar nicht sein konnte ...

„Sie werden es nicht glauben. Das DNA-Material der beiden Befunde ist nahezu identisch."

Korff atmete tief durch. „Was bedeutet das?" Er kannte natürlich die Antwort bereits.

„Wenn wir davon ausgehen, dass Kollenberg kein Wiedergänger ist, bedeutet das, dass der Täter mit dem im Jahre 1944 verstorbenen Kollenberg in einem sehr engen verwandtschaftlichen Zusammenhang stehen muss."

Korff schlug sich mit der flachen Hand gegen die Stirn. Das war es! Dann fragte er ruhig: „Wie eng muss dieses Verhältnis sein?"

„Na ja, der Täter dürfte ein Bruder Kollenbergs sein. Alle anderen Möglichkeiten schieden wohl aus, dazu sind die beiden Befunde zu ähnlich."

„Wie sind Sie darauf gekommen?", wollte Korff wissen.

„Das war reiner Zufall. Eine Durchschrift des ersten Gutachtens lag noch auf meinem Schreibtisch. Ich habe noch einmal reingeschaut, eigentlich ohne bestimmte Absicht."

„Ich danke Ihnen für diese Information. Der Fall wird sich dadurch in eine ganz neue Richtung entwickeln."

„Sie kennen meine Vorliebe für erlesene Weine. Wenn Sie sich gelegentlich erkenntlich zeigen möchten ..."

Korff lachte und legte auf. Er blickte in Helmas fragendes Gesicht und informierte sie mit knappen Worten.

Sie stöhnte: „Wenn das stimmt, können wir ganz neu anfangen."

„Gehen wir mal davon aus, dass es stimmt. Germer ist ein guter Mann. Was würdest du jetzt tun?"

„Ich denke, wir müssen uns noch einmal mit dem Jahr 1944 beschäftigen."

„Genau. HJ-Führer Wilhelm Land hat Grohner darüber berichtet, dass ein Bruder Kollenbergs den Luftangriff auf Gelsenkirchen überlebt hat. Wir müssen herausfinden, was aus Kollenbergs Bruder geworden ist und wo er sich heute aufhält."

„Wo setzen wir an?"

„Ich würde vorschlagen, dass wir beiden zunächst noch einmal mit Walfried Höfer sprechen. Das war ein Jugendfreund Kollenbergs, der auch über die familiären Verhältnisse Kollenbergs informiert war. Höfer hat behauptet, dass die Eltern und Geschwister Kollenbergs bei einem Bombenangriff umgekommen seien. Er muss sich irren … oder er hat uns belogen." Korff griff nach seinem Jackett. „Jörg, du beschäftigst dich mit den Unterlagen des Einwohnermeldeamtes in Spenge. Kollenberg muss im Jahre 1943 in Spenge offiziell angemeldet worden sein. Er soll vorher in Bielefeld gelebt haben. Aus seiner Anmeldung wird hoffentlich zu ersehen sein, wo genau und bei wem er in Bielefeld gewohnt hat. Vielleicht kommen wir so seinem Bruder näher."

Zeinitz hielt die von Storm erstellte Liste über seine Gesprächspartner hoch und wedelte damit hin und her. „Die können wir dann ja wohl zunächst liegenlassen, oder?"

***

Auf dem Weg nach Spenge sprachen Korff und Helma Gebhard ihre Vorgehensweise für das Gespräch mit Höfer ab. Sie vereinbarten, dass sich Helma Gebhard zunächst im Hintergrund halten und Korff die Befragung übernehmen sollte. Die eigentliche Kernfrage nach dem Bruder Kollenbergs sollte eher beiläufig gestellt werden.

Korff parkte den Wagen vor Höfers Haus. Helma Gebhard und er stiegen aus und klingelten. Es dauerte eine Weile, bis Höfer die Tür öffnete. Er blickte die beiden Kriminalbeamten nicht besonders freundlich an.

„Dürfen wir hereinkommen?“, fragte Korff und lächelte den Hausherrn an, der sich verpflichtet fühlte „Ja, bitte“ zu sagen.

Höfer führte die beiden durch den Flur ins Wohnzimmer und bot ihnen Plätze in zwei Sesseln an.

Korff und Helma Gebhard setzten sich. Korff wandte sich sofort an den Gastgeber: „Herr Höfer, wir haben noch ein paar Fragen an Sie. Sie haben mir vor einigen Wochen einiges über Hartmut Kollenberg berichtet. Was hat Ihnen Kollenberg über seine Eltern und Geschwister erzählt?“

Helma Gebhard fand, dass Korff trotz ihrer Absprache sofort mit der Tür ins Haus fiel. Sie hätte das Gespräch etwas behutsamer eingeleitet.

Höfer reagierte etwas unwillig: „Wozu wollen Sie denn das wissen? Was hat das mit dem Mord an Hartmut zu tun?“

Korff sprach leise und eindringlich: „Vielleicht wenig, vielleicht nichts. Es sind einfach Angaben, die uns noch fehlen.“

Höfer lehnte sich zurück. Dann sagte er: „Viel weiß ich nicht. Hartmut wird mir sicherlich einiges dazu erzählt haben, ich kann mich aber nicht mehr so recht daran erinnern. Ich weiß nur, dass sein Vater Mitglied der NSDAP-

Kreisleitung in Gelsenkirchen war. Die Familie hat auch in Gelsenkirchen gewohnt, ich glaube in Buer. Das Haus der Familie ist bei einem Fliegerangriff zerstört worden und dabei ist die gesamte Familie ums Leben gekommen. Aber das hatte ich Ihnen ja schon gesagt."

„Schrecklich", sagte Helma Gebhard, „gab es keine Überlebende?"

„Soweit ich weiß – nein. Nur Hartmut hat überlebt, weil er während des Angriffs nicht zu Hause war."

„Sie sagten in unserem ersten Gespräch, dass Kollenberg dann zunächst bei Verwandten in Bielefeld untergekommen sei. Kennen Sie die Namen der Verwandten? Wie war die Bielefelder Familie mit Kollenberg verwandt?"

„Den Namen der Leute habe ich vergessen. Es hat sich wohl um eine Cousine von Hartmuts Mutter gehandelt."

„Sind Sie seinerzeit mit Hartmut einmal bei seinen Verwandten in Bielefeld gewesen?"

„Nein." Höfers Antwort fiel diesmal knapp aus. Korff glaubte ihm nicht.

Korff blickte Helma Gebhard an. Sie nickte kaum sichtbar. Korff kam zur Kernfrage ihres Gesprächs: „Wenn ich mich richtig erinnere, so hat einer meiner Gesprächspartner davon berichtet, dass ein jüngerer Bruder Hartmut Kollenbergs den Fliegerangriff auf Gelsenkirchen möglicherweise überlebt hat."

„Das glaube ich nicht. Ich kann mich nicht erinnern, dass Hartmut mir davon erzählt hat."

Korff stand auf, auch Helma Gebhard erhob sich.

„Ach, ich habe da noch ein Bild." Korff reichte Höfer das Phantombild von dem Blumenstraußkäufer. „Kennen Sie den Mann?"

Höfer warf einen kurzen Blick auf das Bild und sagte dann: „Nein, der Mann ist mir nicht bekannt."

Korff hatte Höfer genau beobachtet und dabei ein unmerkliches Zögern bei seinem Gesprächspartner festgestellt, bevor er die Frage verneint hatte. Als Korff das Phantombild erneut ansah, hatte er wieder das Gefühl, die dargestellte Person schon einmal gesehen zu haben.

„Vielen Dank, Herr Höfer. Sie haben uns sehr geholfen. Wir sehen jetzt klarer."

Höfer schien erleichtert zu sein, dass das Gespräch zu Ende war. Er begleitete die beiden Kriminalbeamten zur Tür.

***

Im Auto ließ Korff Dampf ab.

„So ein unverschämter Lügner. Ich bin sicher, er weiß genau, dass Kollenbergs Bruder den Fliegerangriff ebenfalls überlebt hat. Ich bin auch davon überzeugt, dass er den Mann auf dem Bild erkannt hat. Hast du auf seine Reaktion geachtet, als ich ihm das Bild gezeigt habe?"

Helma Gebhard legte ihre Stirn in Falten: „Weshalb lügt er dann?"

Korff beruhigte sich langsam. „Das ist die entscheidende Frage. Darauf kann es nur zwei Antworten geben: Entweder er ist senil geworden und weiß es wirklich nicht mehr oder ..."

„Oder was?"

„Oder er kennt Kollenbergs Bruder und will ihn decken. Fällt dir eine bessere Antwort ein?"

„Nein. Wie können wir ihn festnageln?"

Korff hob kurz seine Schultern.

„Ich weiß nicht, er ist ein alter Mann und wird sich immer auf seine Erinnerungslücken berufen können."

Er ließ den Motor an. „Komm, lass uns einen Kaffee

trinken. In der Nähe des Rathauses gibt es eine Eisdiele. Die Leute machen dort einen ganz brauchbaren Latte macchiato."

Helma Gebhard nickte zustimmend. Korff lenkte den Wagen die Lange Straße hinab und fuhr auf den Rathausparkplatz. Als sie die Eisdiele betraten, wies die Serviererin mit der Hand nach links. An einem Ecktisch saß Storm vor einem Kaffee und sog an einer Zigarette. Offenbar vermutete die Serviererin, dass Korff mit Storm verabredet war.

„Ah, der große Journalist entspannt von der ersten Hälfte seines Tagewerks", sagte Korff so laut zu seiner Begleiterin, dass Storm es hören konnte. „Setzen wir uns zu ihm."

„Gern", gab Helma Gebhard laut zurück. Da waren die beiden schon am Tisch von Storm angelangt.

„Na, ist die lokale Seite schon fertig?"

„Nun ja, ein bisschen Feinarbeit fehlt wohl noch, aber ich litt unter starken Entzugserscheinungen, sowohl was Koffein anbelangt als auch im Hinblick auf Nikotin ... Was machen die Ermittlungen? Stehen Sie kurz vor der Festnahme des Mörders?"

Korff lachte leise. „Schön wär's. Die Sache ist nicht ganz so einfach. Wir stehen ziemlich unter Druck. Aber jetzt sind wir vielleicht auf einer brauchbaren Spur. Mehr kann ich Ihnen aber nicht verraten, das werden Sie verstehen."

Storm grinste zurück. „Sie wissen doch, Journalisten sind verschwiegene Leute. Sie können mir alles anvertrauen. Nur in Gelddingen sollten Sie bei mir vorsichtig sein."

***

Ein Anruf von Zeinitz im Spenger Einwohnermeldeamt hatte ergeben, dass sich die alte Einwohnermeldeamtskartei im Rathaus befand und noch nicht in das Archiv gebracht worden war. Da das Spenger Rathaus am Mittwochnachmittag geschlossen war, hatte ihm die Sachbearbeiterin im Kulturamt angeboten, durch den unverschlossenen Hintereingang ins Rathaus zu kommen. Über eine geschwungene Treppe gelangte Zeinitz in die erste Etage, wo er dann rasch das ihm genannte Büro fand und anklopfte.

„Ja, bitte!?"

Zeinitz öffnete die Tür und sah sich einer älteren dunkelhaarigen Frau gegenüber, die mit einer karierten Bluse und einer Leinenhose bekleidet war. Die Frau beugte sich über ihren Schreibtisch und studierte einige Fotos. Das kleine Büro war vollgestopft mit Aktenstapeln, Büchern und Karten.

„Frau Schulze? … Wir hatten miteinander telefoniert. Mein Name ist Zeinitz."

Zeinitz zeigte seinen Dienstausweis.

Die Frau nickte und befreite dann den Besucherstuhl von einem Aktenstapel, den sie auf dem Fußboden ablegte. Sie wies mit einer einladenden Geste auf den Stuhl. Zeinitz setzte sich.

„Frau Schulze, wie ich Ihnen bereits gesagt habe, ermittle ich im Mordfall Kemper und benötige ganz dringend eine Auskunft aus Ihrer alten Meldekartei, die sich noch im Keller des Rathauses befinden soll. Jedenfalls hat mich ein Mitarbeiter Ihres Einwohnermeldeamtes dahingehend informiert. Es handelt sich um eine Anmeldung aus dem Jahre 1943."

„Ja, die alte Kartei liegt im Keller des Ordnungsamtes. Vielleicht haben wir Glück und werden dort fündig."

Die Angestellte stand auf und wandte sich zur Tür. „Kommen Sie mit."

Während sie die geschwungene Treppe hinuntergingen, erklärte die Angestellte: „Die aktuelle Meldeamtskartei wird natürlich elektronisch geführt. Die alte Kartei befindet sich im Rathauskeller und noch nicht im Archiv, da immer wieder Anfragen kommen, die wir von hier aus rascher beantworten können."

Im Erdgeschoss öffnete die Frau eine unscheinbare kleine Tür, die sich in der Nähe des Haupteingangs befand. Die beiden mussten in gebückter Haltung eine enge Treppe hinab gehen, die in einen dunklen Gang mündete. Die Angestellte betätigte den Lichtschalter und steuerte eine Tür an, die aus rustikalen Brettern gefertigt war. An der Tür war ein fleckiges Schild mit der Aufschrift „Abt. II" angebracht.

Auch hier knipste die Frau das Licht an. Der Kellerraum war unaufgeräumt. Es roch muffig und nach kaltem Rauch. Am hinteren Ende des Raumes stand ein großes Regal mit vielen Kästchen, in denen sich Karteikärtchen befanden.

„Entschuldigen Sie bitte das Durcheinander, aber vor einiger Zeit hat es in einem Nebenkeller gebrannt und wir haben einen Teil der geretteten Akten in diesen Keller geräumt. Der Hausmeister hat noch keine Zeit gefunden, hier Ordnung zu schaffen."

„Mich stört das nicht."

Frau Schulze stand nun vor einem Regal mit den Karteikästchen und blickte Zeinitz erwartungsvoll an. „Wen suchen Sie?"

„Es handelt sich um Hartmut Kollenberg. Sie wissen sicherlich, dass sein Skelett Anfang August am Tennisplatz ausgegraben wurde. Er muss in der zweiten Hälfte des Jahres 1943 nach Spenge gekommen sein. Er hat dann bei der Familie von Walter Kettering in der Turnerstraße gelebt. Ich würde gern wissen, wo Kollenberg früher gewohnt hat."

Die Frau musste sich offenbar zunächst orientieren. Dann blätterte sie mehrere Kästen durch, die grüne und blaue Karteikarten enthielten. Sie stockte.

„Das ist sehr ungewöhnlich. Hier, sehen Sie: Die blauen Personenkarten der Ketterings sind vorhanden, die grüne Haushaltskarte fehlt allerdings. Das ist ärgerlich, da Hartmut Kollenberg, wenn er in den Haushalt der Ketterings aufgenommen worden ist, auf der Haushaltskarte verzeichnet sein müsste. Von der Personenkarte Kollenbergs fehlt ebenfalls jede Spur. Für einen Neuzugang wird auch immer eine Personenkarte angelegt. Wir können deshalb leider nicht sehen, wo Kollenberg gewohnt hat, bevor er nach Spenge gekommen ist. Wenn ich von dieser Kartei ausgehen würde, so müsste ich sagen, dass Kollenberg nie in Spenge gelebt hat."

Zeinitz war überrascht. „Das ist merkwürdig. Das sieht ja fast so aus, als ob jemand die betreffenden Karten systematisch entfernt hat, um zu verhindern, dass man Kollenbergs Spuren zurückverfolgen kann."

„Tja, so sieht das wirklich aus, obwohl das natürlich nicht möglich ist. Wer sollte das gemacht haben? Zu diesem Keller hat niemand Zutritt."

Zeinitz dachte an den Brand im Nebenkeller. „Sie sprachen eben von einem Kellerbrand. Wann war das?"

„Oh, das war schon im vergangenen Jahr. Die Feuerwehr hat herausgefunden, dass die Ursache dafür ein Kurzschluss gewesen ist. Glauben Sie an einen Zusammenhang mit den verschwundenen Karteikarten?"

Zeinitz hob die Schultern. „Ich weiß nicht, vermutlich gibt es keine Verbindung. Dass die Karteikarten fehlen, ist bedauerlich. Wir wissen aber, dass Kollenberg aus Bielefeld zugezogen ist. Vielleicht kommen wir im Bielefelder Stadtarchiv weiter."

Die Angestellte ordnete die Karteikarten wieder ein. Dann verließen die beiden den muffigen Keller. Sie stiegen wieder die schmale Treppe hinauf. Frau Schulze knipste das Licht aus.

„Kommt es öfter vor, dass Karteikarten fehlen?"

„So häufig wird die Altaktei nicht benutzt. Ich werde morgen noch einmal einen Auszubildenden an die Sache setzen. Wenn er doch noch fündig werden sollte, melde ich mich bei Ihnen. Manchmal werden Karten ja auch einfach nur mal verstellt."

„Da wäre ich Ihnen sehr dankbar." Zeinitz reichte ihr seine Karte.

Die Angestellte öffnete für Zeinitz die Vordertür des Rathauses, so dass er ohne Umwege zu seinem Auto fand.

10. Kapitel

Donnerstag, 30. August 2007

Am nächsten Vormittag besuchte Zeinitz das Bielefelder Stadtarchiv in der Rohrteichstraße. Er hatte sich noch am vorhergehenden Nachmittag angemeldet und die Dame hinter dem Eingangstresen wusste Bescheid, als er sich vorstellte.

„Warten Sie einen Augenblick, ich sage Herrn Wegener Bescheid."

Wegener kam wenige Augenblicke später. Er war mittelgroß, hatte kurz geschnittene dunkelblonde Haare, trug einen Ohrring und war leger gekleidet. Er begrüßte Zeinitz freundlich lächelnd und streckte ihm die Hand entgegen: „Sie forschen nach einer Person, die früher einmal in Bielefeld gewohnt hat?"

„Ja, es geht um einen gewissen Hartmut Kollenberg. Er hat in der zweiten Jahreshälfte 1943 für kurze Zeit in Bielefeld gelebt und ist dann nach Spenge verzogen. Es geht mir darum herauszufinden, wo Kollenberg gewohnt hat, bevor er nach Bielefeld gekommen ist. Wir glauben zu wissen, dass er zuvor in Gelsenkirchen gelebt hat, haben aber weder seine Gelsenkirchener Anschrift noch weitere Hinweise über seine Familienverhältnisse."

Wegener notierte sich die Angaben.

„Ich schaue einmal nach, ob wir Ihnen helfen können. Es wird allerdings ein paar Minuten dauern."

Er wandte sich ab und verschwand in der Tiefe des Archivs. Zeinitz sah sich um. Noch war wenig Betrieb im Archiv, kein Wunder, er war unmittelbar nach Öffnung gekommen. Nur ein älterer Herr hatte zusammen mit ihm das Archiv betreten. Der Mann hockte nun vor einem Karteikasten und blätterte in den Zetteln.

Wenige Minuten später tauchte Wegener wieder auf. Er hatte zwei etwas vergilbte Karteikarten bei sich.

„Hier, ich glaube, wir können die Sache klären. Ich bin in der Einwohnermeldekartei fündig geworden."

Wegener legte die Karten vor Zeinitz auf den Tisch. Die erste Karte war eine Personenkarte, die auf den Namen Hartmut Kollenberg ausgestellt war. Sie enthielt das Geburtsdatum und Angaben zum Geburtsort Kollenbergs und – was Zeinitz besonders interessierte – den vorherigen Wohnsitz Kollenbergs. Zeinitz lächelte: „Na also, Gelsenkirchen-Buer, Marler Straße 24. Das habe ich gesucht." Die zweite Karte war eine Haushaltskarte, die auf den Namen Niehoff lautete und auf der alle Mitglieder der Familie Niehoff verzeichnet waren, Kollenberg eingeschlossen, die in Bielefeld, Mergelstraße 13, gewohnt hatten. Demnach war Kollenberg im September zugezogen, kurze Zeit später aber bereits, im Oktober 1943, weiter nach Spenge verzogen.

„Können Sie mir von den beiden Karten Kopien anfertigen?"

„Ja, natürlich." Wegener legte die Karten nacheinander auf das Kopiergerät, das neben dem Besuchertresen stand. Dann gab er Zeinitz die Kopien.

„Macht 60 Cent. Brauchen Sie eine Quittung?"

„Nicht nötig." Zeinitz gab ihm einen Euro und steckte das Wechselgeld in die Hosentasche. „Danke, Sie haben mit sehr geholfen."

Er grüßte und wandte sich dann zur Tür.

***

Am Nachmittag trafen sich Korff und Helma Gebhard zu einer weiteren Besprechung, an der auch Pott teilnahm. Jörg Zeinitz fehlte noch, wurde aber auch erwartet.

Korff ergriff das Wort: „Der Fall nähert sich jetzt hoffentlich seinem Ende. Alles läuft auf Kollenbergs jüngeren Bruder zu, der den Bombenangriff seinerzeit offenbar überlebt hat.“ Korffs Blick wanderte von Helma Gebhard zu Pott. An Pott gewandt erläuterte er: „Wir haben schon damit begonnen, nach dem Verbleib des Bruders zu forschen, konkrete Erkenntnisse liegen aber noch nicht vor.“

Zeinitz betrat das Büro. Er hatte die letzten Worte Korffs mitbekommen. „Ich habe die Gelsenkirchener Adresse der Kollenbergs ermittelt, das heißt, wir wissen jetzt, wo die Familie bis zum Bombenangriff gewohnt hat.“

Pott nahm die Information sofort auf: „Ich denke, jemand von euch sollte nach Gelsenkirchen fahren, um dort die Spur von Kollenbergs Bruder aufzunehmen und weiterzuverfolgen.“

Helma Gebhard und Zeinitz nickten zustimmend.

Korff blickte auf sein BVB-Poster und fluchte innerlich. Laut sagte er: „Ich fürchte, dass es mir nicht erspart bleiben wird, ins Feindesland zu fahren.“

Die anderen schmunzelten. Sie wussten, dass Korff ein umgänglicher Mensch war, in der Frage königsblau oder schwarz-gelb aber keinen Spaß verstand.

„Wann fährst du?“, wollte Pott wissen.

„Sofort morgen früh. Wir sollten keine weitere Zeit verlieren.“

11. Kapitel

Freitag, 31. August 2007

Korff hatte den Wecker auf sechs Uhr gestellt. Nach dem Duschen und einem spärlichen Frühstück saß er bereits um kurz nach sieben Uhr in seinem Auto und fuhr in Sennestadt auf die A 2. Gegen acht Uhr passierte er das Kamener Kreuz und etwa 45 Minuten später verließ er die Autobahn auf der Abfahrt Gelsenkirchen-Buer und wandte sich nach Süden. Bald darauf erreichte er die am Wissenschaftspark Rheinelbe gelegene Munscheidstraße, an der auch das Institut für Stadtgeschichte lag. Das Gelsenkirchener Stadtarchiv war Teil des ambitionierten Instituts. Korff hatte noch am Nachmittag des Vortages beim Stadtarchiv angerufen und für neun Uhr einen Termin vereinbart. Dabei hatte er erfahren, dass das Stadtarchiv freitags eigentlich für den Publikumsverkehr geschlossen hatte. Als seine Gesprächspartnerin allerdings hörte, dass es sich um eine dringende polizeiliche Ermittlung handelte, hatte sie ihm sofort einen Termin für den Freitagmorgen genannt.

***

„Guten Tag, mein Name ist Korff. Ich bin Kriminalbeamter und komme aus Bielefeld."

Korff zeigte seinen Ausweis. Sein Gegenüber war ein groß gewachsener Mann mit kurzen schwarzen Haaren. Er blickte nur kurz auf den Ausweis.

„So, aus Bielefeld. Was kann ich für Sie tun?"

„Ich ermittle in einem Mordfall und forsche nach dem Verbleib eines Jungen, der im Jahre 1943 bei seinen Eltern hier in Gelsenkirchen gewohnt hat. Das Haus ist bei einem Fliegerangriff zerstört worden, und die Familie ist bis auf zwei Kinder dabei ums Leben gekommen."

„Wie heißt der Junge, wann ist er geboren und wo hat er gewohnt?"

Korff zog einen Zettel mit den bislang ermittelten Daten aus der Tasche. Laut sagte er: „Hier ..., der Junge heißt mit Nachnamen Kollenberg, den Vornamen kennen wir noch nicht. Der Junge ist vermutlich Ende der 1930er Jahre geboren und hat bis zum Jahre 1943 in der Marler Straße gewohnt. Ach ja, sein Bruder hieß Hartmut Kollenberg."

„Hm, vielleicht kann ich Ihnen helfen." Der Archivar nahm Korff den Zettel aus der Hand und verließ das Büro. Korff setzte sich. Nach gut zehn Minuten kam der Archivar zurück. Er wedelte mit einer Karteikarte.

„Ja, hier haben wir ihn schon. Kurt Kollenberg, geboren am 18. Juni 1938 in Gelsenkirchen."

„Können Sie für mich feststellen, ob Kurt Kollenberg noch in Gelsenkirchen wohnt?"

„Warten Sie mal", er schaute auf die Karte, „Kurt Kollenberg ist 1943 umgezogen, offenbar nachdem sein Elternhaus zerstört wurde."

Er ging noch einmal weg und kam kurze Zeit später mit einer weiteren Karteikarte zurück.

„Hier, er ist zu seinem Onkel gezogen, zu dem Bruder seiner Mutter, in die Gustav-Tiburcy-Straße 6. Sein Onkel hieß Wilhelm Möller, er scheint sich dann um den Jungen gekümmert zu haben. Wenn man von dieser alten Karteikarte ausgeht, könnte Kurt Kollenberg noch in Gelsenkirchen wohnen. Es gibt allerdings noch eine neuere Kartei, die befindet sich aber im Rathaus."

„Können Sie mir diese Karteikarte kopieren?"

„Kann ich."

Der Mann ging durch die Seitentür in das Nachbarbüro, in dem offenbar ein Kopierer stand, denn Korff hörte nach kurzer Zeit einen Kopierer summen. Der Archivar kam zurück und gab Korff die Kopie.

„Was bin ich Ihnen schuldig?"

„Nichts. Das fällt unter Amtshilfe."

„Danke."

Korff verließ das Büro, atmete tief durch und ging die paar Treppenstufen zum Ausgang hinab. Es gab ihn also wirklich, den Bruder Hartmut Kollenbergs.

***

Es war kurz vor zehn Uhr. Korff hatte einige Mühe gehabt die Gustav-Tiburcy-Straße zu finden. Es war eine unbedeutende Straße mit alter Bausubstanz; kleine Einfamilienhäuser mit Gärten prägten das Straßenbild. Dort, wo die Straße von der Hauptstraße abzweigte, befand sich an der Ecke eine kleine Trinkhalle. Korff fuhr in die Tiburcy-Straße hinein und suchte die Hausnummer 6, die er auf Anhieb fand. Er stellte sein Auto ab. Parkplätze waren hier reichlich vorhanden.

Auf dem Klingelschild las er einen türkischen Namen. Korff verzichtete darauf an der Haustür zu läuten und steuerte die Trinkhalle an. Hier herrschte wenig Betrieb.

„Eine Cola und eine Frikadelle mit Brot", bestellte er.

Ein junger Türke, der hinter dem Tresen stand, schob ihm die gewünschten Sachen kommentarlos herüber. Korff zahlte. Er aß langsam und trank die Cola in kleinen Schlucken. An der Wand hinter dem Tresen hingen Schals von Schalke 04 und Besiktas Istanbul einträchtig nebeneinander.

Nachdem er sich den Mund mit einer Serviette abgetupft hatte, wandte sich Korff noch einmal an den jungen Türken: „Ich suche eine Familie, die hier vor dreißig oder vierzig Jahren in der Tiburcy-Straße gewohnt hat. Kennen Sie ältere Bewohner, die seit dieser Zeit in der Straße leben und mir Auskunft geben könnten?“

Der junge Türke überlegte. Dann nickte er.

„Fragen Sie den alten Anton.“ Er trat aus der Trinkhalle und zeigte auf ein in etwa 30 Meter Entfernung an der gegenüberliegenden Straßenseite befindliches Haus. „Er wohnt da drüben.“

Korff bedankte sich, dann überquerte er die Straße. Im Vorgarten des Hauses saß ein älterer Mann in der warmen Morgensonne auf einer Bank und sog an einem Zigarillo. Auf dem Kopf trug er eine Schiebermütze. Die Gesichtshaut des Mannes war faltig, sein Nasenbein schien in jungen Jahren einmal mit einer Faust Bekanntschaft gemacht zu haben, seine Augen blickten wach und freundlich.

„Guten Tag, sind Sie Anton?“

Der alte Mann nickte. „Ja, Anton Kessler. Weshalb fragen Sie?“

„Mein Name ist Korff. Ich bin Kriminalbeamter und ermittle in einer etwas komplizierten Angelegenheit.“ Er hielt Kessler seinen Ausweis hin. „Kennen Sie Kurt Kollenberg?“

Der Mann zögerte: „Kollenberg? Nie gehört. Soll der hier irgendwo wohnen?“

„Er soll in dem Haus Nr. 6 gewohnt haben“, Korff wies auf das entsprechende Haus und wartete kurz, bevor er fortfuhr, „… in den 1950er Jahren.“

„Zu der Zeit hat die Familie Möller in dem Haus gewohnt, ja …, Kurt Möller, den habe ich gut gekannt. Er war etwas jünger als ich. Mit dem habe ich in meiner Jugendzeit häufig gespielt.“ Kessler zögerte und dachte offenbar angestrengt nach. „Warten Sie mal, Sie haben Recht, Kurt hat früher einmal anders geheißen. Die Möllers haben ihn adoptiert, weil seine Eltern bei einem Bombenangriff ums Leben gekommen waren."

„Haben Sie Fotos von ihm?"

„Aus der Jugendzeit, ja. Aber danach? Halt, warten Sie ... Als er das Haus verkauft hat, war er noch mal bei mir. Wir haben Abschied gefeiert, haben dabei ganz schön was weggeschluckt. Kurt hat bei mir geschlafen und ist erst am nächsten Morgen zurückgefahren. Er ist dann mit seiner Frau nach St. Blasien in den Schwarzwald gezogen. Konstantin, mein Schwiegersohn, hat an dem Abend einige Fotos gemacht."

Korff merkte auf. „Können Sie vielleicht mal nachschauen, ob für mich etwas dabei ist?"

„Ob ich die jetzt so schnell finden werde?" Kessler wirkte ein wenig überfordert.

Korff setzte nach: „Sie würden der Polizei einen großen Dienst erweisen, wenn Sie diese Fotos finden würden."

Er hatte Kessler überzeugt. „Na gut, ich will sehen, was ich für Sie tun kann. Warten Sie hier." Er schlurfte ins Haus. Korff setzte sich auf die Holzbank, die vor dem Haus stand und streckte die Beine aus. Die Straße wirkte sehr friedlich. Kessler ließ sich Zeit. Als Korff beinahe eingedöst war, kam Kessler zurück und hielt ein Couvert hoch, in dem sich die gefundenen Fotos befanden. In der anderen Hand hielt er ein altes Fotoalbum.

„Hier", sagte er, „sie lagen im richtigen Schuhkarton."

Er schnaufte leicht, setzte sich dann zu Korff und öffnete das Couvert. Das erste Foto zeigte zwei Männer, die in einem Wohnzimmer an einem Tisch saßen. Auf dem Tisch standen einige Flaschen Bier und eine Flasche Weinbrand sowie Bier- und Schnapsgläser. Korff erkannte Kessler. Der andere Mann, der dem Fotografen ein Bierglas entgegenhielt, war ihm ebenfalls bekannt.

„Das ist Kurt", sagte Kessler und deutete auf den prostenden Mann. Kurt Möller war noch auf zwei weiteren Fotos gut zu erkennen.

Korff zeigte auf die drei Fotos. „Darf ich diese Fotos mitnehmen? Sie erhalten sie in wenigen Tagen unversehrt zurück."

Kessler nickte. „Natürlich. Wenn ich Ihnen damit helfen kann ... Was ist denn mit Kurt? Hat er etwas angestellt?"

„Nein", sagte Korff wider besseren Wissens. „Wir brauchen ihn nur für eine Zeugenaussage in einer Angelegenheit, die schon einige Jahre zurückliegt." Er steckte die Fotos ein.

„Alles andere hätte mich auch gewundert. Kurt war ein prima Freund." Kessler zeigte auf das Album. „Ich habe hier übrigens noch ein paar Fotos aus unserer Jugendzeit. Wollen Sie die auch sehen?"

Korff zögerte, dann nickte er aus Gefälligkeit.

Kessler öffnete das alte Album. Die ersten Seiten enthielten die üblichen Familienfotos: Bilder von der Hochzeit der Eltern, dann Babyfotos von Kessler und seinen Geschwistern. Kessler gab dazu kurze Kommentare. Plötzlich stutzte Korff. Ein Foto auf der neu aufgeschlagenen Seite zeigte zwei ältere Jungen, die auf einer Bank saßen. Sie trugen die HJ-Uniform. Neben ihnen standen zwei kleinere Jungen. Korff deutete auf das Foto und fragte: „Können Sie mir etwas zu diesem Foto sagen?"

„Der kleine Junge hier links bin ich, das da ist Kurt." Kessler deutete auf den zweiten Jungen, der rechts neben der Bank stand.

„Und die beiden anderen?" Korff fragte, obwohl er die

beiden größeren Jungen erkannt hatte. Sie waren auf dem Foto, das er sich von Höfer ausgeliehen hatte.

„Einer von den beiden muss Kurts Bruder sein, vermutlich der hier rechts. Er hat Kurt im Sommer 1944 zusammen mit einem Freund besucht. Sie waren ein paar Tage hier. Kurts Bruder ist danach verschwunden, Kurt hat nie wieder etwas von ihm gehört. Das hat Kurt sehr belastet. Er hat häufig von seinem Bruder gesprochen."

„Dürfte ich mir dieses Foto auch ausleihen?"

Kessler nickte, zog es vorsichtig aus den Fotoecken heraus und überreichte es Korff.

„Ich habe hier auch ein Bild. Würden Sie sich das einmal ansehen?" Korff hielt Kessler das vom Blumenkäufer angefertigte Phantombild hin. Kessler schaute sich das Bild an und meinte dann: „Soll das Kurt sein? Na ja, da muss man aber eine Menge guten Willen aufbringen, wenn man die Ähnlichkeit erkennen will."

Korff blickte den alten Kessler an und lächelte. „Herr Kessler, Sie haben uns sehr geholfen."

Er verabschiedete sich und ging zu seinem Auto. Als er zurückblickte sah er, dass sich Kessler ein neues Zigarillo anzündete.

Korff setzte sich ins Auto und atmete tief durch. Der Fall war gelöst. Er nahm sein Handy und wählte die Nummer seines Büros. Jörg Zeinitz war am Apparat. Korff informierte ihn knapp über seine Recherchen.

„Jörg, ich glaube, ich habe den Täter. Recherchiere bitte einmal sehr diskret die Personenstandsdaten von Kurt Möller, geboren am 18. Juni 1938 in Gelsenkirchen als Kurt Kollenberg. Er lebt heute in Spenge und arbeitet dort als Archivar. Notiere dir die Daten ... Möller mit ö, ja mit ö, ja, ... 18. Juni 1938. Kurt Möller ist vermutlich in den 1980er Jahren zusammen mit seiner Frau nach St.

Blasien in den Schwarzwald verzogen. Setz dich mit dem dortigen Einwohnermeldeamt in Verbindung und stelle fest, ob Möller vor ein paar Jahren von St. Blasien nach Spenge gezogen ist. Möller scheint auch mit dem Blumenstraußkäufer identisch zu sein."

„Wieso heißt Kollenberg jetzt Möller?"

„Kollenberg ist nach dem Krieg von seinem Onkel adoptiert worden und hat dabei den Namen Möller erhalten."

„Ich kümmere mich darum. Sehen wir uns heute noch?"

Korff blickte auf seine Armbanduhr. „Es ist halb elf. Ich fahre jetzt los. Ich denke, dass ich spätestens um ein Uhr wieder in Bielefeld sein werde. Wir treffen uns dann in meinem Büro. Informiere auch Helma."

Zeinitz lachte leise: „Wird gemacht, Chef!"

***

Korff hörte gerade die Ouvertüre des Don Giovanni, als sein Handy klingelte. Er angelte das Telefon aus seinem Jackett, das er auf dem Nebensitz abgelegt hatte, ließ dabei aber den Lastwagen, den er gerade überholte, nicht aus den Augen. Zeinitz war dran.

„Ich habe inzwischen mit dem Einwohnermeldeamt in St. Blasien telefoniert. Möllers Frau ist vor sechs Jahren verstorben und Möller ist dann fortgezogen. Er hat sich seinerzeit nach Spenge abgemeldet. Er wohnt dort in der Webereistraße. Er müsste sich zurzeit noch im Stadtarchiv aufhalten, denn heute hat das Archiv bis dreizehn Uhr geöffnet."

Korff hatte inzwischen den Lastwagen überholt und atmete tief durch. Sie hatten es geschafft.

„Planänderung. Jörg, wir treffen uns um kurz vor eins in Spenge vor dem Stadtarchiv. Das befindet sich im Torhaus der Werburg. Ich bin jetzt gerade auf der Höhe von Oelde. Wenn ich in keinen Stau gerate, kann ich das schaffen. Du mobilisierst Pol Pot und besorgst einen Haftbefehl sowie einen Durchsuchungsbefehl für Möllers Wohnung. Bring ein paar Leute mit, die sich die Wohnung genauer ansehen. Helma soll sie begleiten. Wenn ich nicht pünktlich in Spenge sein kann, übernimmst du die Festnahme."

„In Ordnung … Sieht gut aus, nicht wahr?" Zeinitz' Stimme klang zufrieden.

„So ist es."

Korff legte auf und trat das Gaspedal voll durch.

***

Das Wetter meinte es immer noch gut. Die Sonne schien und der mäßige Wind trieb weiße Cumuluswolken über das Dach des Werburger Torhauses. Über den beiden Kriminalbeamten rauschte das Laub der großen Linden, die den Eingangsbereich des Torhauses flankierten. Das Fachwerk des Herrenhauses, das in einiger Entfernung nahe der Gräfte stand, leuchtete in der mittäglichen Spätsommersonne.

Korff läutete an der Eingangstür. Es dauerte eine Weile, dann wurde die Tür geöffnet. Der Archivar stand im Eingang und lächelte. Mit einer Armbewegung forderte er die beiden Männer zum Eintreten auf.

„Kennen Sie dieses Foto?" Korff war vor der Türschwelle stehen geblieben und hielt dem Archivar das Foto hin, das er von Anton Kessler bekommen hatte. Das Foto zeigte Möller und seinen Bruder Hartmut im Jugendalter.

Kurt Möller zögerte. Sein Blick wanderte zwischen Korff und Zeinitz hin und her. „Woher haben Sie das Foto?", fragte er unsicher.

„Ich habe Ihren alten Freund Anton Kessler in Gelsenkirchen besucht, der auch über die Geschichte Ihrer Familie Bescheid weiß und sogar noch ihren Bruder Hartmut Kollenberg gekannt hat."

Möller ahnte, was diese Information zu bedeuten hatte. „Und – was wollen Sie von mir?"

Korff machte es kurz: „Herr Möller, ich verhafte Sie wegen Mordes an Bernhard Kemper und wegen versuchten Mordes an Friedrich Kemper."

Kurt Möller erstarrte. Nach einem kurzen Augenblick lächelte er aber wieder. „Respekt. Ich hoffe, Sie haben gute Beweise für diese Anschuldigung."

Er blickte Korff scheinbar entspannt an.

Korff lächelte zurück. „Die haben wir! Wir stellen zudem gerade Ihre Wohnung auf den Kopf. Vielleicht finden wir noch Ihre Waffe und Ihre Hose, die Sie bei dem Mordversuch an Friedrich Kemper getragen haben."

„Dann werden Sie mir wohl Handschellen anlegen wollen?" Möller sah Korff fragend an und streckte ihm seine Arme entgegen.

„So ist es!" Korff gab Zeinitz ein Zeichen. Dieser trat auf den Archivar zu und ließ die Handschellen zuschnappen.

„Ich muss Sie bitten, uns zu begleiten."

Kurt Möller lächelte noch immer.

***

„Möchten Sie auch einen Kaffee?"

Korff saß dem Verhafteten im Verhörzimmer gegenüber.

„Gern."

Zeinitz, der ebenfalls anwesend war, verließ den Raum und kehrte nach kurzer Zeit mit einem kleinen Tablett zurück, auf dem drei Becher mit Kaffee standen. Er verteilte die Becher und schaltete dann das Aufnahmegerät ein.

Kurt Möller lehnte sich entspannt zurück, nippte kurz an seinem Becher und ergriff noch vor Korff das Wort: „Welche Beweise haben Sie?“

„Die Frage beantworte ich Ihnen später. Zunächst möchte ich einige Fragen an Sie richten.“

Möller verlor ein wenig von seiner Selbstsicherheit. Er stellte den Kaffeebecher auf den Tisch.

„Sie sind der jüngere Bruder von Hartmut Kollenberg und haben den Bombenangriff, durch den das Haus Ihrer Eltern zerstört wurde, ebenfalls überlebt. Wie ist es Ihnen danach ergangen?“

Möller merkte schon an der ersten Frage, dass Korff gute Ermittlungsarbeit geleistet hatte.

„Ich war zum Zeitpunkt des Angriffs fünf Jahre alt und bin dann zu meinem Onkel Walter gekommen, beziehungsweise zu meiner Tante, denn mein Onkel war noch im Krieg. Hartmut sollte ursprünglich auch in die Familie meines Onkels, des Bruders meiner Mutter, kommen, er ist dann aber in Bielefeld bzw. in Spenge gelandet, weil meine Tante nervlich angeschlagen war und sich die Betreuung zweier Jungen nicht zutraute.“

„Was ist mit Ihrem Onkel geschehen?“

„Mein Onkel verblieb nach Kriegsende noch einige Zeit in amerikanischer Kriegsgefangenschaft, weil er der SS angehört hatte. Als er dann zurückkehrte, hat er mich adoptiert und ich habe seinen Familiennamen Möller angenommen.“

Korff nickte. Das wusste er bereits.

„Woher stammt die Tatwaffe?“

Möller nippte erneut an seinem Kaffee.

„Sie gehörte ursprünglich meinem Onkel. Sie ist mir

nach seinem Tode zugefallen. Mein Onkel hatte sie mit Munition zu Hause versteckt. Ich habe die Waffe gepflegt und gelegentlich auch Schießübungen gemacht."

„Wo ist die Tatwaffe jetzt?"

„In meiner Wohnung."

„Weshalb sind Sie so kooperativ?"

Kurt Möller lächelte wieder: „Ich weiß, wann ich verloren habe. Ich will mit Ihnen hier kein unwürdiges Katz-und-Maus-Spiel veranstalten. Ich stehe zu dem, was ich getan habe." Er machte eine kurze Pause. „Ich habe vor sechs Jahren meine Frau verloren und erwarte vom Leben nicht mehr viel. Ich werde bald siebzig und bin nicht mehr so gesund wie ich aussehe. Ich habe meinen Bruder gerächt, der durch Rotmord ums Leben gekommen ist. Die Mörder haben ihre Strafe erhalten." Er zögerte. „Nicht ganz. Ich bedauere, dass Friedrich Kemper noch lebt. Aber er ist ja wohl noch nicht über den Berg."

„Das stimmt. Es besteht aber berechtigte Hoffnung, dass er überlebt." Korff beugte sich nach vorn: „Zurück zu Ihnen. Wie sind Sie nach Spenge gekommen?"

„Mich hat das Schicksal meines Bruders seit meiner Jugend beschäftigt und ich wollte herausfinden, was mit Hartmut geschehen ist. Nach dem Tod meiner Frau hat mich im Schwarzwald nichts mehr gehalten. Da habe ich mir vorgenommen, das Verschwinden meines Bruders zu untersuchen. Ich habe schon immer vermutet, dass Hartmut Opfer eines heimtückischen Anschlags geworden war. Das hat sich ja nun bestätigt. Ich hatte die Hoffnung, dass ich im Archiv Hinweise auf die Geschehnisse des Jahres 1944 finden würde."

Jetzt wurde es interessant. Korff merkte, dass sich seine Konzentration erhöhte.

„Und – haben Sie?"

„Nein, die polizeilichen Ermittlungsakten des Jahres 1944, nach denen ich gesucht habe, konnte ich nicht finden, auch nicht in den übergeordneten Archiven in Herford und Detmold. Bis die sterblichen Überreste meines Bruders plötzlich entdeckt wurden, hatte ich keine verwertbaren Informationen vorliegen. Ich hatte da meine Ambitionen schon aufgegeben und mich mit Spenge arrangiert."

„Was meinen Sie damit?"

„Nun ja, ich hätte wohl meinen Lebensabend in Spenge verbracht. Wo sollte ich auch sonst hin? Nach Gelsenkirchen oder Duisburg, wo ich früher gearbeitet habe, bestehen keine Verbindungen mehr."

Korff sprach noch einen anderen Punkt an: „Hatten Sie Kontaktpersonen in Spenge?"

„Ja."

„Wen?"

Möller schwieg.

„Sie wollen dazu nichts sagen?"

„So ist es."

„Kennen Sie Walfried Höfer und Joachim Kettering?"

Möller schwieg standhaft.

Korff insistierte nicht weiter. Das würde man später klären müssen. „Wie sind Sie auf Bernhard Kemper gekommen?"

„Ich habe im Nachlass von Amtsbürgermeister Kroes, den ich vor ein paar Wochen erhalten habe, ein Schreiben Hartmuts gefunden, in dem er ihm seine Beobachtungen bezüglich Kemper mitteilte. Kroes scheint das Schreiben als eine Art Rückversicherung angesehen zu haben."

„Na gut, diese Hinweise bezogen sich aber auf den Vater von Bernhard und Friedrich Kemper."

„Ja. Ich habe dann Bernhard Kemper aufgesucht und

ihn zur Rede gestellt. Ich wollte wissen, ob ihm bekannt war, dass sein Vater meinen Bruder ermordet hatte. Kemper war allein zu Hause. Im Laufe des Gespräches ist mir klar geworden, dass nicht sein Vater, sondern er selber und sein Bruder für den Tod Hartmuts verantwortlich waren. Als ich ihn darauf ansprach, hat er das zugegeben. Er meinte, er könne mir das ruhig sagen, da es für unser Gespräch keine Zeugen gebe. Er behauptete dann noch, dass Hartmut ein mieser Typ gewesen sei."

Korff konnte sich vorstellen, dass Möller in seinem rechtsradikalen Auftreten den Antifaschisten Kemper so provoziert hatte, dass ihm dieser mit der Wahrheit in einem Gespräch ohne Zeugen offenbar eins auswischen wollte. Vielleicht hatte Kemper im Alter der Unglücksfall aus seiner Jugendzeit auch belastet, und er hatte einfach nur reinen Tisch machen wollen.

„In diesem Augenblick habe ich mich dazu entschlossen, Kemper zu erschießen. Wenn Sie so wollen, war es eine spontane Entscheidung. Ich bin keineswegs mit der Absicht zu Kemper gegangen, ihn zu töten. Ich hatte auch keine Pistole dabei."

„Wie ist es dann zu der Tat gekommen?"

„Ich wollte zuerst auf ihn losgehen, dann habe ich es mir aber anders überlegt und habe sein Haus verlassen, bin in meine Wohnung gefahren, habe die Pistole geholt und habe wieder bei ihm geklingelt und ihm gesagt, dass ich noch einmal mit ihm sprechen müsse. Er hat mich reingelassen und ich habe ihn daraufhin in seiner Küche erschossen."

Korff blickte Möller eindringlich an. „Konnten Sie kaltblütig einen Menschen erschießen, für eine Tat, die schon mehr als 60 Jahre zurücklag?"

Möller erwiderte den Blick unbewegt. „Wissen Sie, ich habe von meinem Onkel einiges gelernt. Um Typen wie die beiden Kempers ist es nicht schade. Über solche Miesmacher wird die Geschichte hinweggehen, aber Hartmut …" Er machte eine Pause. „Hartmut war sehr begabt, er hatte damals sein ganzes Leben noch vor sich." Er brach ab.

„Sind das nicht etwas" – Korff suchte nach einem passenden Wort, fand es aber nicht und vollendete den Satz deshalb mit: – „unzeitgemäße Vorstellungen?"

„Wissen Sie, ich habe viel gelesen." Möller ereiferte sich jetzt. „Ich glaube nicht an die Gleichheit aller Menschen, ich glaube auch nicht an allgemeine Menschen- und Bürgerrechte. Ich bin keineswegs ein primitiver Nationalsozialist, auch wenn Sie das jetzt vermuten. Im Dritten Reich ist vieles falsch gemacht worden, aber nicht alles war falsch. Mein Onkel war in der SS, das waren schon besondere Menschen, die sich unter Einsatz ihres Lebens für Deutschland eingesetzt haben. Hinterher sind sie dann geschmäht und gedemütigt worden."

„Sicherlich wissen Sie auch von den Verbrechen der SS?", schaltete sich Zeinitz in das Gespräch ein. Korff reagierte unwillig, weil er befürchtete, Möller würde das Gespräch abbrechen, aber Möller ignorierte den Einwurf.

„Ich weiß auch, dass mir solche Aussagen zum Nachteil gereichen werden. Ich habe nichts mehr zu verlieren, ich habe – leider – oft genug mit meiner Meinung hinter dem Berge gehalten oder halten müssen. Ob ich jetzt zwei Jahre länger sitzen werde oder nicht, ist mir egal." Er machte eine kurze Pause, dann fuhr er fort: „Schauen Sie sich doch einmal Deutschland an. Heutzutage fehlt eine politische Führung, die diesen Namen wirklich verdient. Notwendige Entscheidungen werden nicht gefällt. Regierung und Parteien machen sich Liebkind bei der Bevölkerung. Die so genannten Eliten sind größtenteils egoistisch, jeder denkt nur an sich. Es besteht keine Gemeinschaft mehr. Deutschland wird untergehen, das steht für mich fest. Über das, was als Multi-Kulti bezeichnet wird, will ich lieber gar nicht reden. Es ist einfach erbärmlich.“

Korff hatte allmählich genug von diesem Mischmasch aus nationalsozialistischer Propaganda und modernem Stammtischpalaver.

Es klopfte. Helma Gebhard öffnete die Tür und winkte Zeinitz heraus.

„Wann haben Sie sich entschlossen, Friedrich Kemper zu töten?“

„Unmittelbar nachdem ich Bernhard Kemper erschossen hatte. Friedrich Kemper hatte den Tod ebenfalls verdient. Ich hatte zuvor Kempers Wohnung in Bielefeld beobachtet, um seine Gewohnheiten herauszufinden. Ich stellte schnell fest, dass er jeden Abend einen kurzen Spaziergang zwischen Ellerstraße und Lampingstraße unternahm. So war es für mich leicht, in der Lampingstraße auf ihn zu warten. Ich habe ihm gesagt, weshalb er sterben sollte. Er wollte noch flüchten, das ist ihm aber nicht gelungen.“

Möller lächelte versonnen, vermutlich angesichts der beiden „Exekutionen“, die vor seinem geistigen Auge abliefen. „Alles, was danach kam, war mir egal.“

„Dann sind Sie jetzt zufrieden?“

„Ja, natürlich. Die Mörder meines Bruders bestraft zu haben, ist für mich eine große Genugtuung. Ich hatte nicht mehr damit gerechnet, dass mir das gelingen könnte.“ Er zögerte. „Schade nur um das schöne Archiv, das wird jetzt sicherlich verstauben.“

Zeinitz trat wieder in den Raum. „Herr Möller, wir haben in Ihrer Wohnung Aufzeichnungen über Mona Gettner, die Tochter Bernhard Kempers, gefunden. Haben Sie geplant, auch Frau Gettner umzubringen?“

„Vielleicht. Ich hatte dazu noch keine endgültige Entscheidung getroffen."

***

Als Möller wieder in seine Zelle zurückgebracht worden war, resümierten Korff, Helma Gebhard und Zeinitz das Verhör.

Zeinitz deutete auf die Tür, durch die Möller fortgebracht worden war. „Möller ist ein armes Schwein. Der eigentlich Schuldige ist ja wohl sein Onkel."

Helma Gebhard nickte. „Der scheint Möller von Anfang an darauf gedrillt zu haben den Tod seines Bruders zu rächen. Der Junge hatte vermutlich keine Chance ein selbstbestimmtes Leben zu führen."

Korff schüttelte den Kopf.

„Na na, das klingt für mich nach einem unausweichlichen Schicksal. Möller ist zur Schule gegangen, er wird Freunde gehabt haben, ihm werden vielfältige Informationen zugänglich gewesen sein. Ich erinnere mich an meinen Deutsch- und Erdkundelehrer. Sein Bruder war Kreisleiter der NSDAP gewesen, und er selbst war als aktiver Nationalsozialist im Rahmen der Entnazifizierung zunächst aus dem Schuldienst entfernt worden. Seit Mitte der 1950er Jahre war er wieder Lehrer und hat noch Ende der 1960er Jahre versucht uns Schüler im Sinne des Nationalsozialismus zu indoktrinieren. Er hat zum Beispiel die Apartheidpolitik in Südafrika verteidigt und die Zeit des Nationalsozialismus auf den Bau der Reichsautobahnen reduziert. Wir haben das aber instinktiv gemerkt, und wir haben ihn dafür gehasst, ohne dass wir genau hätten sagen können, was uns an ihm gestört hat."

„Und – was willst du damit sagen?"

„Ich will damit sagen, dass man meist vielfältigen Einflüssen ausgesetzt ist und dass man nicht zwangsläufig zu dem wird, wozu andere einen machen wollen.“

Helma Gebhard gab sich mit dieser Antwort nicht zufrieden. Sie gab ihre entspannte Sitzhaltung auf und schob ihren Bürostuhl näher an den Schreibtisch heran. „Gut, aber das ist kein allgemeines Gesetz. Kollenberg bzw. Möller wird von seinem Onkel in einer Zeit massiv beeinflusst worden sein, in der er besonders empfänglich dafür war. Wenn der genauso indoktriniert worden ist, wie heutzutage Sekten das mit ihren jungen Mitgliedern praktizieren, dann hätten schon mehrere glückliche Umstände zusammentreffen müssen, um ihn resistent zu machen. Es ist zudem immer noch ein Unterschied, ob du von einem einzelnen Lehrer beeinflusst wirst, oder ob das dauerhaft im Elternhaus stattfindet. Wir wissen auch nicht, was der plötzlich verschwundene ältere Bruder für Möller bedeutet hat.“

Wenn ein fast siebzigjähriger Mann mehr als 60 Jahre nach dem Tod seines Bruders mordete, so war das ja wohl nicht mehr mit seiner Indoktrination als Jugendlicher zu rechtfertigen. Das von Zeinitz und Helma Gebhardt geäußerte Verständnis für die Tat Möllers war für Korff nicht nachvollziehbar. Er ging aber nicht mehr auf den Einwurf Helma Gebhardts ein. Er hatte kein Interesse an einer intensiveren Diskussion, da er nicht viel vom Psychologisieren hielt. Schließlich gelang Korff eine elegante Wende: „Über den Grad seiner Schuld werden die Richter befinden müssen. Wir haben unsere Aufgabe erledigt, für die Gerechtigkeit sind die Gerichte zuständig.“

Helma Gebhard sah wenig überzeugt aus.

„Wenn du meinst …“ Sie ließ den Satz ins Leere laufen.

Jörg Zeinitz schaltete sich ein: „Ich finde, der Fall ist damit aber noch nicht abgeschlossen. Wir sollten uns Höfer und Kettering noch einmal vorknöpfen. Die beiden waren doch bestimmt Mitwisser des Mordes, oder?“

Korff nickte. „Möglicherweise. Die Frage ist nur, ob wir den beiden das auch nachweisen können.“

12. Kapitel

Samstag, 1. September 2007

Walfried Höfer öffnete die Haustür und war offenbar überrascht, als er Korff und Zeinitz erblickte.

„Herr Höfer, wir müssen uns mit Ihnen noch einmal unterhalten“, sagte Korff bestimmt.

„Dann kommen Sie bitte herein.“ Höfer führte seine beiden Besucher in das Wohnzimmer. Die drei Männer nahmen Platz.

„Herr Höfer, kennen Sie die Personen auf diesem Foto?“

Korff schob Höfer das Foto hin, das er von Anton Kessler erhalten hatte. Höfer betrachtete das Foto, das ihn, die Brüder Kollenberg und Anton Kessler zeigte. Er wurde unruhig.

„Woher haben Sie das Foto?“

„Ich war gestern in Gelsenkirchen und habe einen Nachbarn von Kurt Möller besucht. Er hatte noch ein altes Fotoalbum.“

Höfer schwieg.

„Sie haben Hartmut Kollenberg im Sommer 1944 nach Gelsenkirchen begleitet, als er seinen Bruder besucht hat. Mir haben Sie aber erzählt, dass Kurt Kollenberg bei dem Fliegerangriff im Jahre 1943 getötet worden sei.“

„Kurt wollte nicht, dass jemand davon erfährt, dass er der Bruder von Hartmut ist. Er wollte die Nachforschungen nach seinem Bruder hier in Spenge in aller Ruhe durchführen.“

Korff bluffte. Ohne mit der Wimper zu zucken behauptete er: „Wir haben Kurt Möller gestern verhaftet. Er hat bestätigt, dass Sie sein Ansprechpartner vor Ort gewesen sind und dass Sie sich schon einige Jahre kennen.“

Höfers Unsicherheit wuchs. Er zögerte. Schließlich

schien er sich entschlossen zu haben die bereits bekannten Fakten zuzugeben.

„Das stimmt. Ich habe, aus Sentimentalität, nachdem ich Rentner geworden war, versucht Kurt ausfindig zu machen. Das ist mir nach einigen Mühen auch gelungen. Wir haben uns dann immer mal wieder geschrieben. Ich habe Kurt damals auch den Tipp mit der Archivarsstelle gegeben. Dadurch ist Kurt vor ein paar Jahren nach Spenge gekommen. Wir haben seitdem versucht etwas über das Schicksal seines Bruders herauszufinden. Wir sind aber nicht sehr erfolgreich gewesen. Erst nachdem im Juli die Überreste Hartmuts gefunden worden waren, glaubten wir, dass wir vielleicht doch noch etwas über seinen Tod herausbekommen würden."

Das erschien plausibel. Korff ließ aber nicht locker. Er bluffte erneut: „Sie haben außerdem gewusst, dass Möller Bernhard Kemper ermordet und dessen Bruder angeschossen hat. Möller hat es Ihnen erzählt. Vielleicht hat er Sie sogar im Vorfeld mit in seine Pläne eingeweiht."

Korff wartete. Als Höfer nicht reagierte, setzte er nach: „So etwas nennt man Nichtanzeige einer geplanten Straftat. Das kann mit einer Freiheitsstrafe bis zu fünf Jahren bestraft werden."

Höfer erwiderte erregt: „Das ist doch Unsinn. Möller hat mir nichts gesagt. Ich habe bis heute nicht gewusst, dass Kurt Bernhard Kemper umgebracht und auf dessen Bruder geschossen hat."

„Nein? Was haben Sie denn geglaubt, als Sie davon erfahren haben, dass Bernhard Kemper ermordet worden war?"

Höfer schwieg erneut, dann richtete er sich auf. Er schien sich zu bemühen ruhig zu bleiben. „Dazu habe ich nichts mehr zu sagen. Ich werde überhaupt nichts mehr sagen. Ich möchte Sie bitten, mein Haus zu verlassen. An weiteren Gesprächen wird mein Anwalt teilnehmen."

Korff erhob sich. „Wissen Sie, Herr Höfer, wir haben Ihre bisherigen Aussagen protokolliert und da haben Sie bis zuletzt behauptet, dass keines der Geschwister Kollenbergs den Fliegerangriff überlebt hat. Was glauben Sie, wird ein Richter sagen, wenn wir ihm diese Aussage und das Foto vorlegen, und Sie gleichzeitig behaupten, dass Sie von den Plänen Möllers nichts gewusst haben?"

„Ich habe Ihnen nichts mehr zu sagen. Verlassen Sie jetzt bitte mein Haus." Höfers Erregung war mit den letzten Sätzen Korffs gewachsen.

„Hinzu kommt noch das Phantombild von dem Blumenstraußkäufer, das Sie angeblich nicht erkannt haben wollen."

Höfer äußerte sich nicht.

Korff und Zeinitz gingen zur Tür. Höfer humpelte hinter ihnen her. Im Hausflur passierte er die hier wartenden Beamten und öffnete ihnen die Tür. Die beiden Kriminalpolizisten verließen grußlos das Haus. Höfer ließ hinter ihnen die Tür lautstark ins Schloss fallen.

Auf der Straße meinte Korff: „Wir könnten jetzt noch einen weiteren Besuch anschließen, aber ich glaube, es ist besser, wenn wir Kettering nach Bielefeld vorladen. Vielleicht verliert er ein wenig von seiner Selbstsicherheit. Wenn wir jetzt zu ihm gehen, wird die Befragung vermutlich ähnlich verlaufen wie das Gespräch mit Höfer."

Zeinitz nickte.

13. Kapitel

Montag, 3. September 2007

Die beiden Männer betraten um zehn Uhr pünktlich das Büro. Zeinitz war bereits anwesend. Ketterings Begleiter, ein dünner, groß gewachsener Mann mit etwas ungelenken Bewegungen, stellte sich als Rechtsanwalt Dr. Gerlich vor und fragte, noch während er und Kettering im Raum standen: „Dürfte ich wissen, was Sie meinem Mandanten vorwerfen?"

Korff lächelte leicht und wies mit einer einladenden Geste auf die beiden Stühle, die vor seinem Schreibtisch standen. Die beiden Männer nahmen Platz, auch Korff und Zeinitz setzten sich.

Korff ignorierte Gerlich und wandte sich direkt an Kettering: „Im Zusammenhang mit dem Mordfall Bernhard Kemper und dem Mordversuch an Friedrich Kemper sind noch einige Fragen aufgetaucht, die Sie, Herr Kettering, uns vielleicht als Zeuge beantworten können. Herr Dr. Gerlich wird Ihnen sicherlich erklärt haben, dass Sie sich dabei nicht selbst belasten müssen."

Joachim Kettering saß auf seinem Stuhl und blickte unbeeindruckt aus dem Fenster. Er trug einen eleganten Anzug und hatte die Beine übereinander geschlagen. Er zeigte seine tadellos geputzten Schuhe, indem er mit dem rechten Fuß auf und ab wippte. Er schwieg.

Korff fuhr fort: „Wir fragen uns zum Beispiel, seit wann Ihnen bekannt war, dass Kurt Möller der Bruder des im Jahre 1944 getöteten Hartmut Kollenbergs ist."

Kettering blickte zu seinem Anwalt hinüber und deutete ein leichtes Kopfschütteln an.

Gerlich richtete sich auf. „Imponiergehabe", dachte Korff und musste unwillkürlich lächeln.

„Mein Mandant hatte davon keinerlei Kenntnisse."

Aus Korffs Gesicht verschwand das Lächeln. „Dann fragen wir uns aber, weshalb in der rechtsradikalen Szene, offenbar gestreut von Ihrem Mandanten, Gerüchte über einen Rächer bekannt geworden sind, der den Mord an dem in den Kreisen Ihres Mandanten verehrten Hitlerjugendführers vergelten werde. Darüber gibt es schriftliche Zeugenaussagen."

Korff wies auf eine grüne Akte, die auf seinem Schreibtisch lag. Er nahm sie und blätterte darin.

Gerlich fragte: „Darf ich mir Ihre Zeugenaussagen einmal ansehen?"

Korff lachte und schüttelte dabei den Kopf. „Damit Sie die Zeugen unter Druck setzen können, sobald Sie diesen Raum verlassen haben? Sie werden die Zeugen im Verlaufe des Prozesses kennen lernen."

„Was wollen Sie von meinem Mandanten?" Gerlich und Kettering hatten kurze Blicke ausgetauscht.

„Herr Kettering, Sie könnten hier etwas genauer Auskunft darüber geben, woher Sie diese Informationen erhalten haben. Sie könnten zudem präzise darlegen, wie Ihr Verhältnis zu Möller ist beziehungsweise wie es war. Sie könnten sagen, ob Sie über die Pläne Möllers informiert waren und ob Sie als Mittäter oder nur als Mitwisser anzusehen sind." An Gerlich gewandt fuhr Korff fort: „Sie kennen den § 138 StGB. Die Nichtanzeige einer geplanten Straftat, wie etwa Mord, wird mit einer Freiheitsstrafe von bis zu fünf Jahren geahndet. Ich denke im Augenblick darüber nach, ob wir die Zeugenbefragung nicht abschließen und stattdessen eine Verdächtigenvernehmung durchführen sollten."

Während dieser Ausführungen war Kettering zunehmend unsicherer geworden. Das verriet zumindest seine

Körpersprache. Sein Gesicht hatte sich gerötet, sein Fußwippen war intensiver geworden. Gerlich blickte seinen Mandanten an, dann wandte er sich an Korff: „Ich möchte mich mit meinem Mandanten kurz unter vier Augen auf dem Flur unterhalten."

Korff nickte. Die beiden Männer verließen das Büro. Zeinitz stellte das Aufnahmegerät aus.

„Du scheinst Kettering beeindruckt zu haben."

„Ich bin mir nicht sicher. Was haben wir denn wirklich in der Hand? Begründete Vermutungen, aber keine wirklich stichfesten Beweise. Wenn Gerlich hart gesotten ist, wird er uns auflaufen lassen."

Nach etwa fünf Minuten klopfte es an der Tür. Kettering und Gerlich traten wieder ein und setzten sich.

Dann wandte sich Gerlich an Korff: „Ich habe mit meinem Mandanten gesprochen. Ihre Vorwürfe sind völlig unbegründet. Herr Kettering möchte den Sachverhalt deshalb als Zeuge noch einmal aus seiner Sicht darlegen."

Kettering nickte zustimmend und ergriff das Wort: „Ich kenne Herrn Möller nur flüchtig. Ich habe ihn ein paar Male bei Walfried Höfer getroffen. Ich wusste, dass er der Bruder von Hartmut Kollenberg ist. Kurt Möller war ein Eigenbrödler, ich habe versucht, ihn für unsere Partei zu gewinnen, er wollte aber nicht. Er war ganz darauf fixiert, mehr über das Schicksal seines Bruders zu erfahren. Nach ein paar Begegnungen habe ich es aufgegeben, mit ihm ernsthafte Gespräche zu führen."

„Was hat er Ihnen über seine Absichten mitgeteilt?"

„Nichts, absolut nichts. In der Hinsicht war er sehr verschlossen. Als Kemper tot war, habe ich schon einen kurzen Augenblick daran gedacht, dass Möller der Täter sein könnte. Aber was sollte ich machen? Das war eine bloße Vermutung, Beweise hatte ich keine. Die Polizei wird bei

Mordfällen sicher mit Vermutungen überschüttet. Ich hatte deshalb keine Veranlassung mich an die Polizei zu wenden."

„Wie erklären Sie sich dann die Gerüchte in der rechtsradikalen Szene, als deren Urheber Sie angegeben werden, die sinngemäß zum Inhalt hatten, dass jemand unterwegs sei, der den Mord an Kollenberg räche?"

„Es kann sein, dass ich Vermutungen dieser Art im internen Kreis geäußert habe, nachdem Kemper erschossen worden war. Es handelte sich dabei aber um bloße Spekulationen ohne reale Grundlage. Was einzelne Kameraden daraus gemacht haben, ist nicht von mir zu verantworten."

Korff schüttelte den Kopf. „Geschickt", dachte er, „Gerlich hat ihn gut vorbereitet. Wir werden sehen, ob der Richter ihm diese Version abnimmt." Laut sagte er: „Sie haben Verständnis dafür, dass ich an dieser Darstellung meine Zweifel behalte."

„Das bleibt Ihnen unbenommen", schaltete sich Gerlich ein und versuchte dabei überlegen zu lächeln. „Entscheidend ist doch, ob die Staatsanwaltschaft wegen solcher Vermutungen, die keinerlei reale Basis besitzen, Anklage erhebt."

Korff nickte. „So ist es. Ich werde mich bemühen, die Staatsanwaltschaft von unserer Auffassung zu überzeugen."

Gerlich stand auf. „Sind wir fertig?

„Vorerst. Ich bin sicher, wir werden uns bald wiedersehen."

Gerlich und Kettering verließen grußlos das Büro.

***

Kriminalrat Paul-Heinrich Pott hatte die Mitglieder der Mordkommission am späten Vormittag in sein Büro bestellt, um den Fall abschließend zu besprechen.

„Respekt. Ich habe es noch nicht erlebt, dass jemand einen mehr als 60 Jahre zurückliegenden Mord aufklären konnte."

„Totschlag!", korrigierte Korff halblaut, „es spricht alles dafür, dass es Totschlag war."

Pott schien den Einwand überhört zu haben. „Sie können sich gar nicht vorstellen, unter welchem Druck ich in den letzten Tagen gestanden habe. Ich habe mich dennoch immer vor Sie gestellt, weil ich wusste, dass Sie gute Arbeit leisten. Sie sind erfolgreich gewesen. Herzlichen Dank dafür, besonders an Sie, Frau Gebhard, dass Sie unser Team verstärkt haben. Ich werde einen entsprechenden Bericht an Ihre Dienststelle schicken."

Pott schaute die Anwesenden nacheinander an, um seinen Worten Nachdruck zu verleihen. Korff verzog sein Gesicht zu einem Lächeln, verdrehte aber innerlich die Augen. Pott hatte seine kurze Ansprache aber bereits fortgesetzt. „Ich habe Ihren Schlussbericht gelesen und werde ihn umgehend der Staatsanwaltschaft überreichen. Die Beweislage gegen Möller ist umfassend, so dass hier mit einer Anklage wegen Mordes zu rechnen ist."

„Was geschieht mit Höfer und Kettering?"

Pott blickte Helma Gebhard an und zuckte die Achseln. „Letztlich wird die Staatsanwaltschaft entscheiden müssen, ob die Beweislage für eine Anklage ausreicht. Die Indizien sprechen meines Erachtens dafür, dass beide als Mitwisser anzusehen sind. Zumindest haben sie es unterlassen eine Straftat anzuzeigen. Eine Mittäterschaft werden wir ihnen nur nachweisen können, wenn Möller eine entsprechende Aussage macht. Nach allem, was ich bislang von ihm gehört habe, ist es nicht sehr wahrscheinlich, dass er das tut."

Korff nickte. „Das ist wohl wahr. Hoffen wir nur, dass

die Staatsanwaltschaft unsere Ansicht teilt und dass sie genug Courage hat, Anklage zu erheben."

Die Gruppe blieb noch einige Minuten zusammen. Pott bemühte sich um Helma Gebhard, die sich dabei sichtlich unwohl fühlte. Als das Telefon klingelte, nahm Korff das als Gelegenheit, Pott ein Zeichen zu geben und mit seiner Truppe das Büro zu verlassen. Pott schob die Hand über den Hörer, nickte und wandte sich dann seinem Gesprächspartner zu.

***

Kurz vor sechzehn Uhr klingelte das Telefon. Dr. Haledjian war am Apparat und teilte Korff mit, dass sich Friedrich Kemper auf dem Weg der Genesung befände. Die Krise sei vorüber, Korff könne ihn nun besuchen und mit ihm reden. Korff, der seit mehreren Tagen auf den Anruf gewartet hatte, setzte sich sofort ins Auto und fuhr zum Krankenhaus.

An der Rezeption erfuhr Korff, wo er Friedrich Kemper, der die Intensivstation verlassen und ein normales Krankenzimmer bezogen hatte, finden konnte. Korff verzichtete darauf, den Fahrstuhl zu benutzen und eilte die Treppen zum dritten Stock hoch.

Oben auf der Station wandte sich Korff leicht schnaufend an eine Krankenschwester, die ihm den Weg zu Dr. Haledjian wies. Der Arzt begrüßte Korff und klärte ihn über die Genesungsfortschritte bei Friedrich Kemper auf. Dann fragte er: „Haben Sie etwas dagegen, wenn ich bei dem Gespräch dabei bin?"

Korff verneinte.

Als Korff hinter Dr. Haledjian das Krankenzimmer betrat, sah er Friedrich Kemper, der in seinem Bett lag. Über einen Tropf wurde er mit Flüssigkeit und Medikamenten versorgt. Kemper war wach. Er blickte erstaunt auf, als die beiden Männer auf ihn zukamen. Dr. Haledjian begrüßte den Kranken und wies dann auf Korff: „Herr Kemper, dies ist Herr Korff. Herr Korff ist Kriminalbeamter und hat einige Fragen an Sie."

Korff lächelte. „Schön, dass es Ihnen jetzt besser geht."

Kemper nickte, dabei verzog er leicht das Gesicht.

Die beiden Männer stellten zwei Besucherstühle an das Krankenbett und setzten sich. Dr. Haledjian erklärte dem Kranken: „Sie können das Gespräch jederzeit abbrechen, wenn es Sie zu sehr anstrengt."

Kemper nickte wieder.

Dann wandte sich Korff an den Kranken: „Herr Kemper, vor ein paar Tagen haben wir den Mann gefasst, der auf Sie geschossen und zuvor Ihren Bruder getötet hat. Es war der jüngere Bruder von Hartmut Kollenberg."

Kemper schien wenig überrascht.

„Das hatte ich noch vermutet, bevor er …" Kemper sprach leise. Er suchte nach den richtigen Worten.

„Was hat er Ihnen gesagt?"

„Er sprach von ‚Auge um Auge, Zahn um Zahn'".

„Was ist dann geschehen?"

„Mein Hund hat ihn gebissen, und ich bin in dem Augenblick losgelaufen, weil mir klar war, dass dieser Mensch im Begriff war mich zu töten. Er ist aber schnell mit Oskar fertig geworden und hat dann auf mich geschossen."

Korff nickte, dann wechselte er die Tonlage. Er fragte ruhig, aber eindringlich: „Herr Kemper, was ist damals, im Oktober 1944, passiert?"

Kemper zögerte.

„Herr Kemper, wenn das damals Totschlag war, so ist dieser Straftatbestand heute längst verjährt. Sie müssen sich keine Sorgen machen, außerdem waren Sie damals noch nicht strafmündig."

Friedrich Kemper lächelte schwach, dann nickte er.

„Kollenberg war unser Gefolgschaftsführer. Er hat damals meinen Bruder und mich zu einem Treffen bestellt. Er tat sehr geheimnisvoll, und wir haben uns abends am Werburger Wald verabredet. Kollenberg hat uns dann darüber informiert, dass unser Vater ein Volksschädling und ein Wehrkraftzersetzer sei."

„Ihr Bruder hat mir gesagt, dass Sie beide in Opposition zur HJ-Führung standen."

Kemper schüttelte vorsichtig seinen Kopf.

„Bernhard war von Anfang an gezwungenermaßen in der HJ, ich nicht. Ich war – wenn ich das im Nachhinein ehrlich analysiere – nicht unbeeinflusst von der Vielfalt der Aktivitäten in der HJ. Ich habe meinen Vater und meinen Bruder mit ihren Vorbehalten nicht so recht verstanden. Die Begegnung mit Kollenberg am Werburger Wald hat mir dann allerdings die Augen geöffnet. Er hat von uns verlangt, dass wir unseren Vater bei der Gestapo denunzieren sollten. Er wollte damit der Öffentlichkeit und der übergeordneten HJ-Führung zeigen, dass seine Jungen fest zum Führer stehen und sogar gegen Regimefeinde aus der eigenen Familie vorgehen. Wir sollten Vorbild für andere sein. Er sagte, in dieser für Deutschland schwierigen Situation müsse man sich vorbehaltlos zum Führer bekennen."

Korff schüttelte den Kopf. Es war unfassbar, dass ein siebzehnjähriger Junge ein so infames Spiel getrieben hatte.

„Bötze, ich meine mein Bruder Bernhard, hat die Forderung Kollenbergs sofort zurückgewiesen. Ich habe wohl einen Augenblick zu lange gezögert und nicht sofort vehement widersprochen. Daraufhin hat sich Bötze auf Kollenberg gestürzt und wollte ihn verprügeln, wohl auch aus Enttäuschung darüber, dass er mich bereits so stark beeinflusst hatte."

„Und wie ist es zu dem tödlichen Ausgang gekommen?"

„Das war trivial. Kollenberg war eigentlich wesentlich stärker als mein Bruder. Mein Bruder war aber wütend und hat Kollenberg einen Faustschlag verpasst, Kollenberg ist dann gestolpert und nach hinten gestürzt und dabei mit dem Hinterkopf auf einen Stein gefallen. Exitus."

Korff nickte. Friedrich Kemper hatte damit die Aussage seiner Schwägerin bestätigt.

„Sind Sie und Ihr Bruder nie Gegenstand irgendwelcher Ermittlungen geworden?"

„Doch sicher, wir jüngeren Hitlerjungen sind mehrfach von der Gestapo nach dem Verbleib Kollenbergs befragt worden. Bötze und die älteren Jungen sind beim Schanzen am Westfalenwall von einem Gestapo-Beamten verhört worden. Die anderen Jungen wussten ja nichts und Bötze hat sich nicht verraten."

„Und was war mit Ihrem Vater und seinen Genossen? Sind die nicht verdächtigt worden?"

„Natürlich sind die verdächtigt worden. Mein Vater ist in der Zeit zweimal von der Gestapo intensiv verhört worden, einige seiner Genossen ebenfalls. Meine Mutter und ich, wir haben schon das Schlimmste befürchtet. Wenn mein Vater noch einmal in ein KZ gekommen wäre, hätte er das bestimmt nicht überlebt, als Invalide … Die Männer sind vermutlich dadurch gerettet worden, dass sie wirklich unschuldig waren. Es haben sich keine Anhaltspunkte für Verhaftungen ergeben. Bötze und ich, wir haben mit unserem Vater nie über Kollenbergs Verschwinden gesprochen, auch später nicht. Unser Vater hat bis zu seinem Tode nicht gewusst, dass Kollenberg durch unser Handeln umgekommen ist und dass wir dadurch seine Verhaftung verhindert haben."

„Warum haben Sie nie mit Ihrem Vater darüber gesprochen?"

„Wir wollten das nicht, weil wir dachten, dass er sich möglicherweise mitschuldig fühlen würde. Wir wollten ihn damit nicht belasten."

Korff nickte. Kempers Stimme war zunehmend leiser geworden. Korff sah, dass das Gespräch den Kranken zusehends erschöpfte. Das schien auch Dr. Haledjian zu bemerken. Er blickte zu Korff hinüber, um ihm zu verstehen zu geben, dass es langsam genug sein müsse.

Korff entschloss sich zu einer letzten Frage: „Wir wissen, dass Kollenberg Kroes über seine Beobachtungen informiert hat. Wie erklären Sie sich, dass Kroes die ihm von Kollenberg zugespielten Informationen nicht an die Gestapo weitergeleitet hat?"

Friedrich Kemper zögerte einen Augenblick, dann erklärte er: „Wir haben damals und auch später lange darüber nachgedacht. Wir haben uns das schließlich damit erklärt, dass Kroes wusste, wie übrigens alle Realisten auch, dass der Krieg bald zu Ende sein würde. Wenn er so kurz vor Kriegsende für den Tod von Bürgern seines Amtsbezirks direkt verantwortlich geworden wäre, dann hätte er in Spenge niemals wieder einen Fuß an den Boden gebracht. Seine Karriere als Verwaltungschef wäre beendet gewesen. Er hat offenbar taktiert und sich letztlich dazu entschlossen nichts zu sagen. Nach Kollenbergs Tod beziehungsweise nach seinem Verschwinden war ja auch niemand da, der bezeugen konnte, dass eine Anzeige vorlag."

Korff nickte. „Das leuchtet ein."

„Vermutlich war es für Kroes einfacher, die Mitteilung Kollenbergs nach dessen Verschwinden unter den Tisch fallen zu lassen, als sich der Gefahr auszusetzen, in den Augen der Öffentlichkeit für die Hinrichtung mehrerer Familienväter verantwortlich zu sein. Das Zurückhalten der Anzeige Kollenbergs war für ihn sicherlich auch nicht ohne Risiko, aber langfristig hat er sich davon offenbar mehr versprochen. Und er hat damit Recht gehabt."

Da Dr. Haledjian Korff erneut unmissverständliche Zeichen gab das Gespräch zu beenden, erhob sich Korff und verabschiedete sich von Kemper.

„Vielen Dank, Herr Kemper. Ich sehe jetzt klarer. Ich wünsche Ihnen weiter gute Besserung."

Kemper lächelte zurück und schloss dann die Augen, während Dr. Haledjian Korff aus dem Krankenzimmer drängte.

14. Kapitel

Dienstag, 4. September 2007

Auf der Autobahn herrschte nur wenig Betrieb. Korff hatte am Vorabend einige Kleidungsstücke in seine Reisetasche gepackt, war dann zeitig schlafen gegangen und saß bereits seit dem frühen Morgen im Auto. Kurz nach acht Uhr hatte er bereits Frankfurt passiert und steuerte eine Raststätte an, wo er zwei Tassen Kaffee trank und ein Sandwich verzehrte.

Bevor er den Wagen erneut startete, legte Korff eine CD mit den Mozart-Konzerten für Klavier und Orchester ein. Seine Stimmung war gut, er war entspannt und freute sich auf die Durchquerung des Elsasses. Auf der A 5 fuhr Korff weiter über Karlsruhe bis Appenweier. Als er im Autoradio vor einem Stau gewarnt wurde, verließ er die Autobahn, überquerte auf der B 28 den Rhein und nahm in einem elsässischen Restaurant ein zweites Frühstück zu sich.

Über Straßburg und Colmar fuhr er weiter nach Süden. Er liebte das Elsass und genoss die Fahrt durch die spätsommerliche Landschaft. Kurz vor Lyon machte Korff eine weitere Pause. Es war jetzt später Nachmittag. Er parkte seinen Wagen an einer Autobahnraststätte und kletterte aus dem Fahrzeug. Bevor er die Raststätte betrat, machte er einige Dehnübungen, um seinen verspannten Rücken zu lockern. Nach dem Essen trank er noch zwei Espresso. Dann nahm er sein Handy und wählte Connys Nummer.

„Ja, Conny Richter." Ihre Stimme klang frisch und entspannt.

„Klaus hier, ich bin auf dem Weg zu dir."

Conny antwortete nicht.

„Bist du noch dran?"

„Ja. Wo bist du?"

„Ich bin kurz vor Lyon."
„Wann wirst du hier sein?"
„Ich schätze so zwischen acht und neun. Wo finde ich dich?"
„Wir sollten uns in Orange im Restaurant La Crémaillère treffen, das liegt direkt am Theater. Das kennst du doch noch, oder?"

Korff und Conny hatten im letzten Jahr in der kleinen Stadt Orange Station gemacht und vor Ort beschlossen im nächsten Jahr länger in der Provence zu bleiben. Sie hatten einen ganzen romantischen Abend lang auf der Terrasse des Restaurants La Crémaillère gesessen, zwei Flaschen Wein getrunken und sich gut unterhalten. Den harmonischen Abend hatten sie danach in ihrem Hotelzimmer fortgesetzt.

„Ja natürlich, das habe ich in guter Erinnerung."
„Ich auch, aber das ist lange her." Damit beendete Conny das Gespräch.

***

In Orange parkte Korff seinen Wagen nahe dem Theater und ging dann schnellen Schrittes zum La Crémaillère. Es war etwa halb neun und Conny war bestimmt schon da. Korff freute sich auf das Wiedersehen. Er hoffte, dass Conny zu einer Versöhnung bereit war. Ihnen blieben immerhin noch vier oder fünf gemeinsame Urlaubstage.

An einem der hinteren Tische nahe dem Eingang des Restaurants sah Korff Conny sitzen. Er stutzte. Sie befand sich in Begleitung eines Mannes. Sie lachten miteinander. Korff ging auf die beiden zu. Auf dem Tisch standen zwei halb gefüllte Rotweingläser und leere Teller. Conny blieb auf ihrem Stuhl sitzen.

„Hallo. Schön, dich wieder zu sehen", sagte Korff leicht enttäuscht.

Conny nickte und wies dann auf den Mann, der neben ihr saß: „Das ist Friedhelm."

Korff sah sich den Mann genauer an. Friedhelm schien groß zu sein, er wirkte jugendlich und war sicher zehn Jahre jünger als Korff. Er hatte ein freundliches, braun gebranntes Gesicht und trug kurze Haare, die offenbar von seinem spärlichen Haarwuchs ablenken sollten.

Friedhelm nickte Korff freundlich zu. Korff grüßte reserviert zurück. Seine Freundlichkeit hielt sich in Grenzen, da der fremde Mann offenbar mit Conny sehr vertraut zu sein schien.

„Setz dich doch." Conny zeigte auf den leeren Stuhl neben sich.

Korff zog den Stuhl zurück und nahm Platz. Der Serviererin, die gerade vorbeiging, gab er zu verstehen, dass er auch gern Rotwein trinken würde.

„Ich bin etwas verwundert, dich hier in Begleitung zu sehen", versuchte Korff sofort die Verhältnisse zu ergründen. „Wohnt ihr hier zusammen?"

Conny blickte Korff kurz an und erklärte dann bemüht emotionslos: „Ja, wir sind zusammen hergefahren. Friedhelm kommt auch aus Bielefeld. Wir sind Kollegen." Ihr Begleiter nickte bestätigend.

Korff war wie betäubt. Er brachte nur ein „Wenn das so ist, dann hätte ich mir den Weg nach Orange ja sparen können" heraus.

Conny nickte. „Ich hatte dich auch nicht gebeten mir nachzufahren."

„Ich wollte versuchen unseren Streit aus der Welt zu schaffen. Ich habe nicht geahnt, dass du hier nicht alleine bist."

„Dass wir beiden nicht mehr zusammenkommen würden, war für mich schon in Bielefeld klar." Sie zögerte. „Weißt du, das hat bei mir auch etwas mit Selbstwertgefühl zu tun. Wenn man spürt, dass man auf der Skala deiner Wertschätzung unterhalb eines Fußballvereins rangiert, dann ist es an der Zeit die Beziehung zu beenden."

Korff blickte Conny empört an. Seine Stimme wurde ungewollt etwas lauter. „Das stimmt doch nicht. Was hätte ich denn machen sollen? Den Dienst quittieren, um mit dir in Urlaub zu fahren? Ich habe nun mal einen Beruf, der das eine oder andere Opfer verlangt. Verbrecher richten sich nicht nach meinem Dienst- oder Urlaubsplan."

Friedhelm hatte das Gespräch, das im Ton zunehmend schärfer zu werden schien, aufmerksam verfolgt. Nun schaltete er sich ein. „Es bringt nichts, wenn ihr euch hier angiftet. Conny möchte die Beziehung beenden. Das musst du akzeptieren. Es ist wohl besser, wenn ihr ein wenig Abstand gewinnt und in Frieden auseinander geht."

Einen Augenblick lang schwiegen alle.

„Voici votre vin, Monsieur." Die Kellnerin war an den Tisch getreten und brachte den Wein. Korff nickte der Kellnerin etwas verstört zu und brachte mühsam ein „Merci" heraus. Er hatte sich noch nicht wieder gefangen. Mit dieser für ihn überraschenden Entwicklung, mit der er im Traum nicht gerechnet hatte, musste er erst fertig werden.

Er wandte sich Conny zu, Friedhelm ignorierend. „Gut. Weitere Gespräche sind dann ja wohl sinnlos."

Er nahm das Rotweinglas und trank es in schnellen Schlucken aus. Danach stand er auf, legte einen Fünfeuroschein auf den Tisch und schob den Stuhl nach hinten weg.

„Bis dann."

Er wandte sich ab. Er war verletzt.

„Warte mal." Conny stand ebenfalls auf und folgte ihm

bis auf den Bürgersteig. Sie standen unmittelbar vor der Rückseite des antiken römischen Theaters.

„Lass uns das in aller Freundschaft beenden, Klaus."

Korff blickte sie prüfend an. „Wie lange kennst du Friedhelm schon?"

„Schon lange. Er ist ein Kollege."

„Ich meine, seit wann bist du mit ihm zusammen?"

„Was ändert das?"

Was änderte das? Conny hatte Recht. Letztlich war es egal. Es war so wie es war. Sie hatte sich von ihm getrennt. Er musste das akzeptieren. Er schwieg.

„Klaus, versteh mich bitte, zuletzt lief es doch nicht mehr. Wir haben wie ein altes Ehepaar zusammen gelebt. Und wenn du dich mal aufgerafft hast, bist du zum Fußball gegangen. So ein Leben will ich nicht. Ich möchte noch etwas sehen, noch etwas erleben."

Korff nickte leicht.

„Warum haben wir darüber nicht geredet?"

„Ich weiß nicht ..., ich habe es ein paar Mal versucht, du bist aber nie darauf eingegangen. Ich hatte den gemeinsamen Urlaub als letzte Chance für unsere Beziehung angesehen. Und der ist dann ja von dir storniert worden."

Korff stand auf dem Bürgersteig und starrte vor sich hin. „Ist gut, wahrscheinlich hast du Recht", sagte er dann resigniert.

Er nahm Conny in den Arm und küsste sie auf die Wange. „Mach's gut."

Er wandte sich ab und ging zurück zu seinem Wagen. Er setzte sich hinter das Lenkrad und rührte sich nicht. Er war sich Conny zu sicher gewesen. Er war glücklich gewesen mit ihr und hatte nicht damit gerechnet, dass es so zu Ende gehen könnte. Friedhelm gegenüber empfand er keinen Zorn. Das war ein Frauenversteher, den man nicht wirklich ernst nehmen musste. Sollte Conny mit ihm vorübergehend glücklich werden. Er hoffte, dass sie irgendwann erkennen würde, dass er, Korff, der bessere Partner für sie war.

Nach einer Weile startete er den Motor.

***

Für den Abend suchte sich Korff in der Nähe von Orange eine Pension, die er für zwei Nächte buchte. Am nächsten Tag trödelte er in der Gegend umher und fuhr ohne große Begeisterung nach Avignon, Nîmes und zur Pont du Gard.

Am Donnerstag machte er sich dann wieder langsam auf den Heimweg nach Deutschland. Ihm war nicht mehr nach Urlaub.

Glossar

Als oppositionelle Bewegung in der evangelischen Kirche setzte sich die im Jahre 1934 formierte *Bekennende Kirche (BK)* gegen die Deutschen Christen und die NS-Kirchenpolitik zur Wehr. Die BK wandte sich u. a. gegen die Einführung des Arierparagraphen für evangelische Geistliche und Kirchenbeamte sowie gegen die Einflussnahme des nationalsozialistischen Staates auf kirchliche Angelegenheiten. Die BK besaß im östlichen Westfalen starken Rückhalt in der Bevölkerung.

Die *Deutschen Christen (DC)* waren eine unter starker Einflussnahme der NSDAP und ihrer Ideologie stehende Glaubensbewegung innerhalb der evangelischen Kirche. Ihr Ziel war es, die evangelischen Landeskirchen durch eine zentral gelenkte Reichskirche zu ersetzten und damit den Einfluss der NSDAP auf die Kirche zu zementieren.

Die *Hitler-Jugend (HJ)*, 1926 gegründet, unterstand ursprünglich der SA. Ab 1933 entwickelte sich die HJ, die die am Alter orientierten Untergliederungen Deutsches Jungvolk (DJ), Hitlerjugend (HJ), Jungmädelbund (JM) und Bund Deutscher Mädel (BDM) umfasste, zum staatlichen Jugendverband. Ziel der HJ war die politisch-ideologische Schulung und die körperliche Ertüchtigung der Jugendlichen. Der Jugendverband gliederte sich in Kameradschaften, Scharen, Gefolgschaften, Stämme, Banne und Gebiete, die jeweils von entsprechenden Führern geleitet wurden. An der Spitze des Jugendverbandes stand der Reichsjugendführer – zunächst Baldur von Schirach, später dann Artur Axmann.

Durch das im Jahre 1956 ergangene Urteil des Bundesverfassungsgerichts wurde die *KPD* verboten. Begründet wurde das Verbot mit der politischen Ausrichtung der KPD, die mit der durch das Grundgesetz geschaffenen freiheitlich-demokratischen Grundordnung unvereinbar sei. So enthielt das KPD-Programm lt. Gerichtsurteil u. a. die Forderung nach der „Errichtung einer sozialistisch-kommunistischen Gesellschaftsordnung auf dem Wege über die proletarische Revolution und die Diktatur des Proletariats".

Der *Organisation Todt (OT)* war im Jahre 1938 u. a. die Bauleitung des Westwalls übertragen worden. Benannt nach dem Führer der Organisation, Fritz Todt, dem Generalinspekteur für das dt. Straßenwesen und Generalbevollmächtigten für die Regelung der Bauwirtschaft, leitete die militärisch strukturierte OT den Bau militärischer Anlagen und den Wiederaufbau durch Kriegseinwirkungen zerstörter Straßen, Brücken und Eisenbahnlinien. Nach dem Tode Fritz Todts im Jahre 1942 übernahm Albert Speer die Leitung der OT.

Die *1. SS-Panzer-Division Leibstandarte SS Adolf Hitler* war aus der kurz nach der „Machtergreifung" im Jahre 1933 gegründeten und auf Adolf Hitler vereidigten „Leibstandarte" entstanden. Unter ihrem Kommandeur Josef Dietrich wurde sie im Jahre 1938 stehender militärischer Verband und nahm 1939 unter Führung der Wehrmacht am Überfall auf Polen teil.

Von Juni bis September 1944 hatte die SS-Panzerdivision in der Normandie unter dem Oberbefehl von Generalfeldmarschall Erwin Rommel gegen die alliierten Invasionstruppen gekämpft. Von September bis Dezember 1944 war die Panzerdivision dann zur Erholung und Auffrischung in das Gebiet des Landkreises Herford verlegt worden. In dieser Zeit wurde von zwei Angehörigen der Truppe die in der Gemeinde Werfen (heute: Stadt Bünde) wohnende Jüdin Franziska Spiegel ermordet. Angehörige der Leibstandarte waren an zahlreichen Kriegsverbrechen an der Ost- und Westfront beteiligt.

Der *Werwolf* war eine von Heinrich Himmler (Reichsführer SS) Ende 1944 initiierte geheime Widerstandsbewegung, die im Untergrund hinter den Linien der vorgerückten alliierten Truppen sowohl gegen kollaborierende Deutsche als auch gegen alliierte Ziele kämpfen sollte, um damit die eigenen deutschen Kampfverbände zu entlasten. Mitglieder des W., die in Kleinkampfgruppen (4-20 Mann) agierten, verübten in den letzten Kriegstagen und -wochen und nach der alliierten Machtübernahme zahlreiche Morde und Sabotageakte.

Der *Westfalenwall* war eine – militärisch wertlose – befestigte Verteidigungslinie, die von Ahaus über Südlohn, Borken und Bocholt bis nach Wesel reichte. Seit September 1944 war der Bau des W. von den beiden NSDAP-Gauleitungen Westfalen-Nord und -Süd organisiert worden. Zu den sog. Schanzeinsätzen wurden u. a. Hitlerjungen aus den beiden Gauen sowie Angehörige der Organisation Todt (OT), aber auch ausländische Zwangsarbeiter herangezogen.

Dem massierten Angriff der alliierten Truppen Ende März 1945 hielt der W. nicht stand.